蔡宗齊講唐詩

蔡宗齊 ◯ 著

責任編輯　張軒誦
書籍設計　任媛媛
書籍排版　時　潔

蔡宗齊講唐詩

著　　者　蔡宗齊
出　　版　三聯書店（香港）有限公司
香港北角英皇道四九九號北角工業大廈二十樓
香港發行　香港聯合書刊物流有限公司
香港新界荃灣德士古道二二〇至二四八號十六樓
印　　刷　美雅印刷製本有限公司
香港九龍觀塘榮業街六號四樓 A 室
版　　次　二〇二五年五月香港第一版第一次印刷
規　　格　大三十二開（135 mm × 210 mm）二八〇面
國際書號　ISBN 978-962-04-5603-9

本書原名《唐詩所以然》，中文繁體字版由中華書局（北京）授權出版

目錄

絕句篇

山川異域、古今對比的書寫 124

懷古絕句：為何五言無法 PK 七言 148

古詩篇

詩仙層出不窮的結構創新 167

序言

我一直有這樣的構想：寫一部向廣大讀者介紹唐詩藝術，同時又有學術含金量的專著，這也是我對學術原創的執着追求的延伸。自從 2008 年哥倫比亞大學出版社出版《如何閱讀中國詩歌：導讀集》（*How to Read Chinese Poetry: A Guided Anthology*）以來，在鑽研學術的同時，我一直孜孜不倦地開展推廣中國古典詩歌的工作，各種集體和個人項目也越做越大。首先是完成哥倫比亞大學出版社《中國詩歌選集》系列（共三部），接着又與北京生活·讀書·新知三聯書店合作，於 2023 年出版此系列的兩部中文擴充版。從 2022 年開始，這項穿越英語、漢語世界的工程開始從書籍出版擴展到新媒體的傳播。2022 年，我與美國十多位知名漢學家合作，推出五十六集的英文播客「How to Read Chinese Poetry」；2023 年推出三十四集中文視頻《唐詩之意境》；2024 年 3 月，繼續推出九集中文視頻《唐詩之音韻》。無論是構思設計，還是具體的講解，無不源於我對原創的追求。我認為，做學術，不應該拘束於條條框框，應當有獨立的思想，敢於大膽發揮；研究古典詩歌的學者，要敢為人之先，發表自己獨特的見解。假若沒有一些真知灼見，只是照本宣科地介紹他人的觀點、見解，我覺得對不起讀者的寶貴時間。此書就是抱着這種對讀者強烈的責任感寫出來的。

本書不僅精解了七十二首唐詩名作，在選詩和內容的組織上也獨闢蹊徑：以「縱」和「橫」兩個軸線來組織架構。所謂「縱橫」，各自又有兩個層次：其一是作為材料組織方面的「縱橫」，其二是方法論上的「縱橫」。

在材料組織方面，「縱」是指在詩歌解讀中注重詩歌形式方方面面的演變，力圖揭櫫它們的歷史發展脈絡。本書每個主題中，絕大部分的選詩是按照時序來組織的。通過「縱」的原則，我試圖找出唐詩不同時期、不同形式的文本之間，以及不同的詩人之間相互影響和互動的痕跡。「橫」的方面的組織則更為複雜。傳統的詩歌分類方法以詩體為板塊，高棅的《唐詩品彙》、孫洙的《唐詩三百首》、高步瀛的《唐宋詩舉要》都把唐詩按照古詩、律詩、絕句三種來分類，實屬一種「橫向」的分類。然而，三書只是以此法將詩歸類，並沒有深入討論這三種詩體的表達各有怎樣的特點、在不同主題書寫上呈現出何種優勢和劣勢。在處理相同或相似的主題上，古詩、律詩、絕句其實各有其獨特的寫作方法。

本書亦按照傳統的分類方法，把唐詩分成律詩、絕句和古詩三種，其各部分又包括五言與七言兩類。但與傳統的編排不同，我不只舉例，更強調這三種詩體相互間的「橫向」比較。在詩體的大框架之下，全書七十二首詩按照十三個主題來組織。對每一個主題之中的作品都予以串講，做相互比較，從而彰顯每位作者處理該主題的獨特之處。通過這種橫向的組織，我們還可以發現，在某一詩體中，哪些主題用得比較多，最有特色；哪些主題難以恰當處理，故很少問津。例如寫「禪」的詩，五言為貴，七言便難以表達「禪」的精神；關於「詠史」

的主題，五絕太短，七絕才更適於表達「史」的氣質。特定詩體用於表達特定主題，是否具有優勢或劣勢？為何如此？這些都是學界較少關注的，但卻是值得深入探究的重要課題。

在方法論上，「縱」、「橫」也各司其職。在「縱」的方面，我注重和古人在「縱向」時間上的對話。古人談詩，大多數時候是一種欣賞性的「詩話」。我們闡釋唐詩、賞析唐詩，實際上都是對歐陽修《六一詩話》以來「詩話傳統」的繼承。我們討論的唐詩中的大部分問題，有很多其實是古人早已討論過的，我的解詩也深深得益於古人的真知灼見。當然，受惠於前人的同時，也應當以創新的思路延續之。詩話的核心之一就是談詩歌的形式，涉及詩歌語言使用的特點，比如字法、句法、章法、篇法等。這些形式是如何來助力詩歌創作的，又是如何深入加強詩人和讀者的審美經驗的？探究這些理論問題時，我都會回歸詩話傳統，與古人進行溝通和交流。

方法論上的「橫」，主要是指將視野橫向展開，把唐詩放諸世界的文學批評（「世界詩學」）之中，以及穿梭於跨學科的不同維度之中。在分析詩歌句法、章法方面，我吸收了現代語言學研究古代漢語的成果，從主謂句、題評句兩個角度，揭示了近體詩營造絢麗紛呈的藝術境界的奧秘。站在現代語言學的角度，「主謂句」指主—動—賓的詞序。王力先生指出，「主—動—賓的語序是從上古漢語到現代漢語的詞序」（《漢語史稿》）。這種詞序呈現線性的邏輯及時空關係，配上從句，就能表達複雜的時空關係。李商隱〈隋宮〉名聯「玉璽不緣歸日角，錦帆應是到天涯」就是一個極佳的例子。名詞「玉璽」、「錦帆」是主語，即句子中的施事者；動詞「歸」、「到」是謂語，即是句子所描述的動作或狀態；名詞「日角」、「天涯」是賓語，即動作的承受者。從主語→謂語→賓語，不僅指動作發生始末和空間關係，也點明施事、事、承事三者之間的邏輯關係。這聯兩行組合為一個跨行的複雜主謂句，主要是由形容動作的短語「不緣」、「應是」所致。「不緣」表示一種否定的假設，而「應是」表示這種假設的可能結果。這樣，兩行就構成了一個前後連貫、假設因果關係的複雜主謂句了。

「題評句」則由題語和評語組合而成，兩者之間有邏輯和時空的斷裂，故可呈現超時空的關係。例如，在杜甫〈江漢〉首聯「江漢思歸客，乾坤一腐儒」中，名詞「江漢」、「乾坤」是題語，而名詞詞組「思歸客」、「一腐儒」是評語。兩行中，題語與評語邏輯上是斷裂的，因為江漢與思歸客、乾坤與腐儒屬於完全不同的事類。就時空關係而言，一句中的前兩字和後三字之間也沒有必然的時空關係。在題評句中，題語是詩人觀察的對象，而評語是詩人觀物的情感反應。杜甫凝視江漢天地，情感反應是想到自己當今的窘境，便用評語來抒情。

在律詩和律絕中，唐代詩人在句法上可謂是絞盡腦汁，各顯神通，各式各樣的主謂和題評句式應運而生，目不暇接，美不勝收。本書律詩篇和絕句篇中，每一個主題、每一篇詩作的分析，無不從句法和章法的角度展開，無不試圖從這兩方面說明它們予以我們無限審美享受的所以然。然而，在寫古詩時，唐人對煉字、煉句往往是不屑一顧的，儘管在名篇中我們偶爾可以見到精雕細琢的對句。因此，古詩篇的討論重點自然也移到了篇法結構上。

詩人書寫某一主題，為甚麼要選擇古體詩，而不是律詩或絕句？在同一篇詩內，不同的材料、段落如何組織起來，能使表達、抒情、寫意的效果是最佳的？這與詩人的詩風、篇法結構的安排息息相關。西方新批評中關於「詩人」、「詩中人」、「作品內容」之間的關係論說，對分析古詩結構有借鑒的價值。

作品是用詩人第一人稱直接抒情，還是採用「詩中人」代言的視角，抑或是兩者混雜而用，這是很關鍵的，獨特的敘述視角很大程度上構成了一篇古體詩的亮點。比如杜甫的〈石壕吏〉，就是以全知型的視角來寫，他知道所有人的心情，瞭解所有人的話語，但他本人從頭到尾也沒有站出來發表過議論。再如李白的〈月下獨酌〉，用第一人稱「我」來抒情，詩的內容便只限於「我」的瑰麗想像了。古體詩允許不同的敘述角度，或對話，或坦白，或寫意。這些分析都是我得益於「世界詩學」的結果。在方法論「橫」的方面，「世界詩學」的確為我開闢了分析古代詩歌的新路徑。

在本書中，「縱」與「橫」相互交錯，編織出了一個龐大的、多層次的網絡。將七十二首名作放入此網絡中進行精解，有助於加強微觀與宏觀的視野的互動。通過這種互動，我希冀引導讀者跳出「就詩論詩」的窠臼，將詩篇細讀與文學史知識相結合，做到「既見樹木，又見樹林」，既會作微觀的欣賞，又能有宏觀的把握。宏觀，通過微觀而變得有血有肉；微觀，通過宏觀而變得博大精深。

現在，就讓我們開始在這張「縱橫之網」中咀嚼欣賞七十二首名作吧！在閱讀過程中，讓我們細心尋繹它們之間相互影響、相互吸收的關係，探究十三個主題的藝術特點，從而圓覽唐詩的發展。這樣閱讀，我們就有望把握唐詩的精髓。

此書能在較短時間完成，有賴於嶺南大學中文系徐曉童和樊哲揚同學幫助整理文稿，謹此鳴謝。

是為序。

蔡宗齊

2025 年 1 月 25 日

於香港屯門滿名山夢文廬

開篇語

當我們談論中國古典詩歌時，通常喜歡把一種詩體和一個具體的朝代聯繫起來，諸如漢賦、唐詩、宋詞、元曲等。這些名稱中的朝代都是指該詩體興起、繁榮的時代，只有唐詩例外。詩，作為一種詩歌類別，興起於西周時期四言為主的《詩經》，而成熟的五言體在東漢末年崛起，到了六朝就取代四言成為統治文壇的詩體。然而，為甚麼詩不在六朝而是在唐代走向鼎盛呢？這個問題的答案是見仁見智的，不過我認為，詩在唐代達到藝術巔峰的原因哪怕能列出千百條，也可以歸納為天時、地利、人和三大類。

與「天時」關係最密切的應是詩歌體式的創新。唐王朝建立之時，詩已走過了一千五百多年的歷史，詩體的重大變革已經箭在弦上。在六朝齊梁時期，五言詩已經有了從繁複到凝練的趨勢，一些篇幅較長的詩作越來越少，十分精煉的短詩反而變多。同時，駢對的使用日趨普遍，從詞類到句法，變得越加複雜精巧，而駢化的詩歌語言又與新發現的平、上、去、入四聲相結合，催生了南齊的永明體。時至盛唐初期，沈佺期和宋之問把齊梁四聲音律簡化為更易操作的平仄格律系統，從而將南朝永明體入律短詩發展定型為近體格律詩。五、七言律絕也隨着五、七言律詩同步誕生和發展。這樣，兩種前所未有的入律詩體橫空出世，合稱為近體詩，其中律詩成了唐代最具代表性的詩體。在科舉考試當中，應試詩被要求使用排律體。在律詩、律絕以及古絕風靡天下之際，歷史悠久的古體詩也不甘寂寞，借初、盛、中唐復古運動，一掃六朝纖細綺麗的風氣，開創了一種盡顯風骨的古詩詩風。本書設立律詩、絕句、古詩三篇，希冀將唐代律詩、絕句、古詩三駕馬車馳騁的雄姿展現出來。

如果說「天時」是詩體革新的縱向歷史，那麼「地利」則是唐代廣闊的疆域為詩人提供了多元的創作環境與素材。大一統的唐朝不僅有中原文化的基石，還把疆域擴展到塞外的西域和東北，建立絲綢之路和與亞洲各國交往的海上之路，促進了與外域的文化交流。胡商、遣唐使、僧侶等群體帶來多元文化元素，如佛教典籍和藝術、西域樂舞等，為唐詩創作提供了許多前所未有的題材。我們常說「行萬里路，讀萬卷書」，而唐朝詩人可謂「行萬里路，寫萬首詩」。在唐代開疆拓土的新局面中，詩人親臨其境，寫下真真正正的邊塞詩。在所選的邊塞詩中，我們在王之渙的〈出塞〉中看到滿目蒼涼的塞外景色，在岑參的〈白雪歌送武判官歸京〉中領略戍邊的軍營生活，也可以在高適的〈燕歌行〉中目睹出征東北的血腥戰事。同時，唐朝詩人的足跡，不限於異域，而是遍佈大唐帝國的每一個角落。唐朝驛站交通比起從前更為發達，文人的旅行活動也更為容易，這使得他們可以在較短的時間內穿梭於地理環境完全不同的區域，因而傳統題材也得以大大擴展。例如，六朝謝靈運的山水詩局限於江南一隅，而唐人描寫山水的範圍，已東擴到長江中上游，並往北覆蓋整個中原大地。唐朝廣袤的地域，成為唐詩繁榮生長的泥土，為詩人拓展了人文景觀的視野。這點在唐代的懷古和詠史題材上表現得尤為突出。比如杜甫的〈詠懷古跡〉、〈武侯廟〉等詩，杜牧的〈赤壁〉、〈泊秦淮〉等詩……，都是詩人親訪歷史古跡，目睹殘留文物而發出的感嘆，其所詠之物是具體的，所發之志是真實的。相比之下，過往的歷史題材的書寫，如漢代班固和六朝左思的詠史詩，只是使用常用的意象和套語，讀起來有一種很抽象的同質感，不像面對歷史現場時產生的反思和抒懷那樣的別樣與動人。地利的因素對唐詩其他題材亦產生了深遠的影響，這裏就不一一論及。

講完了「地利」，我們就要講「人和」。所謂「天時不如地利，地利不如人和」，人和的確是三者中最重要的。人和的因素，主要表現在詩人身份的巨變。在六朝時期，詩歌創作基本上是宮廷集團、貴族階層的專利。我們想想，這個時期的著名詩人有多少不是望族的成員？光琅琊王氏和陳郡謝氏兩大家族就出了王羲之、王融、謝靈運、謝朓、謝道蘊等顯赫人物，而很多著名的詩人又依附於王公權貴，成為宮廷文人集團的成員。到了唐代，這種詩歌文化迅速走向消亡，重要的原因是唐朝廢除了六朝歷代沿用的察舉和征辟制度，改用科舉取士，向所有社會階層廣開仕途大門，大量才德兼備的寒門士子迅速獲得晉升。《唐摭言》記載唐代共取進士六千六百零三人，庶族比例超過六成，其中不少人來自邊遠地區，如張九齡就來自廣東韶關，登進士第後官至宰相。不僅如此，唐玄宗時期，一些沒有考試資格的人，也能通過個人才能而進京做事。例如李白的父輩從今天的吉爾吉斯地區遷到四川，很可能是商人背景，但李白依然能夠被引薦至皇帝面前。這樣一來，來自五湖四海、家庭和文化背景不同的舉子、文人匯聚京城長安，形成了一個嶄新、龐大的詩歌創作群體。為了練就一手寫詩的絕技，他們相互切磋，相互競爭，而登第後又相互提攜，通過書信交往不斷提高詩藝，加深友誼。杜甫的〈夢李白〉和〈天末懷李白〉、劉禹錫的〈金陵五題〉等詩都是摯友書信交往中留下的千古名作。值得一提的是，唐代不僅有發達的驛站，方便詩人互贈詩作，還可以在名勝場所題壁，盡享「公共發表」、「公共傳播」、「公共競技」的空間。崔顥的〈黃鶴樓〉和李白的〈登金陵鳳凰臺〉之爭的傳說，不管是否可靠，但起碼印證了唐代詩人喜用題壁形式向社會傳播自己詩作的事實。元稹〈白氏長慶集序〉記載白居易詩歌傳播的情況：「二十年間，禁省、觀寺、郵候牆壁之上無不書，王公妾婦、牛童馬走之口無不道。」

「人和」的最大貢獻是孕育了唐詩富有個性的特質。在優秀的唐詩中，處處展現出詩人的性情，我們看到他們生活、思想、感情的縮影。在下面要談的七十二篇詩中，每一位詩人無不為自己寫詩，書寫自己的歡樂和哀傷、自己的理想懷抱，追求自己的藝術創新。正因如此，我們總能感受到詩人的鮮明個性和精神境界，無論他們是直抒胸臆，還是用句法、章法、篇法來營造含情無限的藝術境界。讀杜甫，我們通過抑揚頓挫的句法、章法，體驗到詩聖融入宇宙天地的家國情懷；讀李白，我們可以跟隨詩仙瀟灑浪漫的豪情，激起生命的活力，找到超越世俗的勇氣；讀王維，我們可以領會詩佛的寧靜心靈，在空寂之境中體悟精神的超越⋯⋯

談完造就偉大唐詩天時、地利、人和的因素，我想跟大家分享一下自己治唐詩、撰寫這部書的心路歷程。顏淵稱讚老師孔子言：「仰之彌高，鑽之彌堅，瞻之在前，忽焉在後。」顏淵稱讚孔子的話，正好描述我對唐詩的無限敬意。這部書中，我要深入分析每一首詩，必須講出其大美的所以然，故可謂「鑽之」;「彌堅」則是我深感詩篇之精深而發出的感嘆。這些耳熟能詳的名篇都已經談論一千多年，但深鑽進去，仍能找到前人未見的精彩之處。真是鑽研越深，越能感到唐詩之偉大。「瞻之在前，忽焉在後」一句正好表達我串講選詩和主題時的體會。在分析杜甫六首律詩時，我驚喜地發現，它們各自使用了一種極為獨特的句法，從而創造出不同的審美效果；在比較主題和詩體之時，驚喜的發現同樣也是目不暇接。這讓我深深感到，唐詩藝術猶如一種偉大的精神，「瞻之在前，忽焉在後」！最後，「仰之彌高」一語最為貼切地表達了我對唐詩藝術的敬仰。

我衷心期望，讀者能與我一道去探索唐詩藝術所以然，自然而然地熱愛上唐詩。這一期望若能實現，我想，這本書或許也算是不負古人、不負唐詩。

律詩篇

十六首

感時花濺淚，
恨別鳥驚心。

唐代是中國最偉大的朝代之一，也是中國詩歌的黃金時期。詩歌，不僅是科舉考試的重要組成部分，並且還成為一種全民的追求。唐代詩歌現存的數量十分驚人。彭定求等十人奉敕於康熙四十四年（1705）編校《全唐詩》，囊括了約兩千兩百位詩人的近四萬九千首詩，大致形成古詩、律詩、絕句三足鼎立的態勢。

據《全唐詩》數據庫統計，三種詩體數量最多的是律詩以及很少量不入律的八句詩，有兩萬三千多首。在三種體裁中，古體詩最為自由，沒有嚴格的形式規定。律詩在行數、句法、結構、韻律等方面均要遵守嚴格的規則。律詩的固定長度為八行，其變體「排律」（擴展的律詩）卻更長，從十行到三百行左右不等。根據每行詩的字數，律詩可以分為兩種：五言律詩和七言律詩。絕句也有固定的行數，為四行，是律詩一半，同時也有五言和七言兩種。就聲律而言，絕句有遵守平仄格律的律絕和不入律的古絕兩種。這樣，就聲律方面來說，唐詩又可以兩分：一是不講平仄格律的古體詩，二是與之相對、高度格律化的近體詩。

律詩無疑是世界上規則最繁複的詩歌之一。寫作一首律詩，詩人在行數、字數、字詞選擇、句法、詩行排列、總體結構乃至韻律方面都必須嚴格遵循規則。一種高雅格律詩的建立，無論是中文的律詩還是英語的十四行詩（商籟體），都代表着人類努力將語言愉悅的自然順序（即韻律和意義節奏）加以形式化和理想化，使之反映出整個宇宙的秩序，而律詩的形式正是這種努力的絕佳範例。

在齊梁至初唐時期，中國詩人集體發展律詩形式的過程中，都自覺或不自覺地以陰陽宇宙論為模型，乃至於律詩的形式實際上成為該模式的縮影。確實，律詩所有的句法、結構和韻律規則均帶有陰陽作用的印記，如以下眾所周知的符號所示：

這個符號中，黑色部分和白色部分強烈的對比旨在表明陰和陽這兩種基本宇宙力量的對立。這種基本的對立在律詩形式的各個主要方面都有所反映。律詩基本的語義節奏包含了雙音節與三音節的對比；構成一聯對仗往往需要以相反或迥異的形象相配（諸如天對地、山對川）；四聯之中也經常包含自然與人事、景與情之間的互動；在韻律層面上，在一句之內以及一聯之間，平聲和仄聲形成對比反差從而形成節奏，創造出類似音樂節拍的韻律感。

位於符號的相反顏色區域內的黑色和白色小點，旨在表現出陰陽之間微妙的呼應，伴隨並緩和它們之間的對立。在律詩的形式中，這樣兩極對立且呼應的關係同樣顯而易見。比如，中間兩聯均要求詞性嚴格一致，而通常在詞義上又是對立的。此外，在任何毗鄰的兩聯之間還有部分聲調對應（黏）的韻律規則。

這個符號裏黑白部分柔和彎曲的邊界線意在表明，陰和陽都有轉變為自己對立面的趨勢——陰成為陽，陽成為陰。陰陽之間的動態相互作用因而遵循推力與反推力，上升與下降的路徑循環。在律詩韻律中，對仗的聯與非對仗聯有規律地交替，沿着類似的路徑循環。最後，陰陽符號的圓圈本身表達了陰陽運行的包容性、完整性和永恆性。在律詩中，首聯之「起」、頷聯之「承」、頸聯之「轉」、與尾聯之「合」，周而復始、不斷復返，與永恆的宇宙秩序共鳴。

律詩引入如此複雜而相互交錯的強制性規則，從根本上改變了詩歌創作的動態過程。律詩作者面臨的挑戰不僅是表達他自己，還要在嚴格的形式束縛之下去表達。拙劣的詩人極易淪為形式規則的囚徒，將自己的作品變成瑣碎的文字遊戲。然而，在偉大的詩人手中，律詩可以成為最有效的手段，以實現由來已久的中國詩歌最高理想，即把自己的胸襟情懷昇華為一種彌漫天地的氣象。

本篇中我對杜甫、李白和王維所作六首五言律詩的細讀，足以證明這三位偉大的唐代詩人是如何爐火純青地發揮出律詩形式的巨大潛力，將自我精神和儒、釋、道的宇宙觀融為一體，創造出無與倫比的藝術境界。本篇要分析的另外十首都是七言律詩。如果說五言律詩是最為尊貴的、科舉考試規定使用的詩體，那麼七言律詩則更加接地氣的，從盛唐七言律詩開始就成為詩人抒發自我情感、詩壇競技、懷古詠史的首選。七言律詩如此快速崛起，我們從崔顥、杜甫、李商隱等人句法、章法的創新中，將窺見其所以然。

五律氣象何以成

「唐詩氣象」一詞，用來形容我們讀盛唐名詩時所感受到的非同尋常的氣場，極為恰當。唐代傑出的詩人們對於「盛唐氣象」是自知且自豪的，他們在詩歌中往往自覺地、有意地描述這種宏大氣象。如杜甫的〈秋興八首〉中提到自己「彩筆昔曾干氣象」，顯赫地用了「氣象」二字；李白在〈古風五十九首〉其一中則寫到了唐代文壇的群星燦爛：「文質相炳煥，眾星羅秋旻。」唐代詩人們似乎可以感受到這個時代正在閃耀，自己的詩篇更是將要超越時代，照亮千古。因此，他們的詩衝破現實社會的樊籬，有一種彌漫宇宙的氣象。

最讓人能感受「盛唐氣象」的詩體非五言律詩莫屬。五言律詩延續了漢代和六朝的五言古詩，是從齊梁時期謝朓等人的短小五言詩發展而來，並配以完整的平仄格律。唐代的科舉考試就用五言律詩的擴張體——通常為六韻十二句的排律體作為省試考題內容。

盛唐時期有哪些寫五律的能手呢？高步瀛在《唐宋詩舉要》中說：「如王、孟之華妙精微，太白之票姚曠逸，皆能自闢蹊徑，啟我後人。而杜公涵蓋古今，包羅萬象，又非有唐一代所能限者。」這段話舉出四位詩人，其中最能代表「盛唐氣象」的是李白、杜甫、王維。我們知道他們被尊稱為詩仙、詩聖、詩佛，詩歌造詣達到了唐詩的巔峰，並在抒情的過程中傳達出自己獨特的道家、儒家、佛家的世界觀，從不同的角度感悟人生命運與宇宙本質。那麼，他們究竟是如何通過詩歌來做到這一點呢？本書將跟大家講清楚，這些盛唐名詩究竟好在甚麼地方，以及唐朝最偉大的三位詩人是如何營造「盛唐氣象」的。

盛唐詩人寫律詩，必須在對偶聯的句法上絞盡腦汁，才能大放異彩。例如，我們要細讀的杜甫的五律〈春望〉、〈江漢〉、〈登岳陽樓〉，七律〈詠懷古跡〉其三、〈登高〉就會看到，每一首的句法都十分獨特，他借助獨特的句法來表達自己複雜的情感，並將其昇華為彌漫天地的氣象。詩仙李白性格豪爽飄逸，當然不會拘泥於詩歌的規則，自有一種獨特的仙人式表達手法，其最有名氣的詩歌幾乎都是古詩。詩佛王維則通過以不露痕跡的手法來煉句，藉以呈現自己入禪的境界，他的詩有一種宗教式的體悟。

我們習慣將杜甫稱為詩聖。甚麼叫「聖」？孟子對聖的定義是：「充實之謂美，充實而有光輝之謂大，大而化之之謂聖，聖而不可知之之謂神。」（《孟子・盡心下》）「聖」其實就是一種用個人修養改造世界的力量。杜甫在下面這三首詩（〈春望〉、〈江漢〉、〈登岳陽樓〉）中寫出了將個人情懷、國家命運與宇宙氣勢相結合的藝術境界，因此讀來十分真摯感人。

1

杜甫〈春望〉

如何化無情為有情

國破山河在，城春草木深。
感時花濺淚，恨別鳥驚心。
烽火連三月，家書抵萬金。
白頭搔更短，渾欲不勝簪。

至德元載（756）六月，安史叛軍攻進京城長安，唐玄宗攜皇室要員倉皇出逃，留下一城的百姓。叛軍縱火焚城，繁華壯麗的京都轉瞬間變成廢墟。杜甫攜家人逃避戰亂，先後飄泊到奉先、白水、鄜州等地。七月十三日太子李亨即位，杜甫聞此消息，大喜過望，將復興的希望寄託於新即位的唐肅宗身上。八月洪水之後，杜甫立即北赴靈武，然叛軍勢力此時向北擴張到鄜州一帶，杜甫陷入進退兩難的境地，不幸被俘並押送至已淪陷的長安，至此已逾半載。至德二載（757）三月，詩人身在被叛軍佔領的長安，眼見山河依舊而國破家亡，春回大地卻滿城荒涼，觸景生情，引起無限的感慨與傷懷，創作了這首歷代傳誦的五律〈春望〉。

五律只有四十個字，詩人要清楚地表達自己的思想和情感，就要將每個字物盡其用，因此在五律中「實詞」居多，如名詞、動詞、形容詞、副詞等，因為這些「實詞」有自身的意義，而僅有句法功能作用的「虛詞」則很少出現。〈春望〉中幾乎全是實字，僅是最後兩句用了「更」、「渾」、「欲」、「不」四個虛詞。這四十個字，分為四聯，即首聯、頷聯、頸聯、尾聯。根據宋人的總結，四聯在詩中各自發揮起、承、轉、合的獨特功能。這種分工，在杜甫的律詩之中尤為顯著。

首聯「國破山河在，城春草木深」擔負着「起」的功用。一般來說，首聯確定了整首詩的主題，介紹時間、地點和事件，基本不使用對偶。此聯每句用 2+3 的節奏，精練地寫出幾組對比。把淪陷的「國」與「城」相對，把人間之「破」與自然之「在」作強烈對比。「城春」往往讓人想到熙熙攘攘的鬧市和生機盎然的花草，但詩人卻用了「草木深」來指野草叢生的荒涼狀態，打破了人們慣常的聯想。

頷聯和頸聯，按律詩創作的要求必須對仗，一聯中兩句之間詞類必須相同，而詞義也必須對稱。〈春望〉的對仗就非常工穩。頷聯表達情感的動詞「感」對「恨」，表達時空的名詞「時」對「別」，表達自然生命的名詞「花」對「鳥」，表示情感反應的動詞「濺」對「驚」，與情感有關的名詞「淚」對「心」。在頸聯中，與傳遞消息有關的雙音節詞「烽火」對「家書」，表時空聯繫的動詞「連」對「抵」，數量詞「三月」對「萬金」。這些詞語相互匹配，非常工整。

頷聯「感時花濺淚，恨別鳥驚心」執行「承」的功能，將首聯的景物進行具體化。用詞方面，「承」是由大到小：離開宏大的「國破」、「城春」，用具體細小意象的組合「花」、「鳥」來承接上句。但從主題意義發展來說，「承」的作用恰恰相反，是從實到虛、從小到大：此聯是寫由景物所引發的感受，因此構成一種虛的象徵空間。從審美的角度來看，就有由小入大，由具體的山河、草木進入這個超越時空的「永恆現在」，喚起無限的藝術想像。「感時花濺淚，恨別鳥驚心」這一句是如何帶領我們進入想像世界的呢？下面我們從四種不同的解讀方式來看杜甫的出神入化的句法。

首先，按照五言詩句 2+3 的停頓讀，視詩人（我）同為「感時」和「濺淚」的主語，故得此解：

（我）感時｜花（使我）濺淚，

我對這個不幸的時代深感難過，因此連花都令我掉淚，

（我）恨別｜鳥（使我）驚心。

我是如此地痛恨分別，乃至於鳥的鳴叫聲也令我心驚。

這種理解方式將「濺」和「驚」看作使役動詞，詩人（我）是流淚心驚的真正主體，而「花」和「鳥」這組和諧的自然意象只是名義上的主語，單純引起詩人情感反應的，而沒有與詩人的情感共振，顯得自然無情而人類多情。

如若我們稍微展開一下想像，將「時」作為「花」、「別」作為「鳥」的修飾，這樣就產生了兩個詞組，意為按時而開的花和離群失路的鳥，這就產生了第二種解讀：

（我）感時花｜（我）濺淚，

感情受到按時而開之花的影響，我流下眼淚，

（我）恨別鳥｜（我）驚心。

痛恨看到離群失路之鳥，我的心被其鳴叫聲驚動。

這種解讀的語義節奏是 3+2，雖說和五言句傳統的 2+3 語義節

奏不同，但因為杜甫常常有意違反既定的語義節奏來達到特殊效果，因此這種解讀也是可以接受的。

同時，我們還可以將「花」和「鳥」都當作「濺淚」、「驚心」的主語，得出第三種解讀：

（我）感時｜花濺淚，

當我感到時代的不幸，花也流下了眼淚，

（我）恨別｜鳥驚心。

當我痛恨別離，鳥的心也被驚動了。

不同於第一種的情感互動，這種解讀，詩人仍是「感時」、「恨別」的主語，而「濺淚」、「驚心」的主語則更換成了「花」和「鳥」，大自然被人類的情感牽動，會隨着人類的悲傷情緒而一起流淚難過。

最後，我們還可以將「花」與「鳥」當作整句的主語。因此有了第四種解讀：

（花）感時｜花濺淚，

感受到時代的不幸，花都流下眼淚，

（鳥）恨別｜鳥驚心。

痛恨着離別，鳥的心都被驚動了。

這種解讀，能看到人類、自然之間深刻的情感共鳴。自然被人類世界的悲歡離合打動，主動替人們濺淚、驚心。

這四種不同的讀法，呈現了關於人類苦難的不同的視角：前兩種解讀，是詩歌傳統的主題——人有情與自然無情的對照。純粹從人的視角看人的苦難，無情的自然對人類的苦難無動於衷，周而復始的盎然春意，只是令人「觸目驚心」，感到無助與悲哀。但後兩種解讀就完全不同，人類與自然被視為一個整體，人類與花鳥存在着感人的共振，自然與人類同悲，甚至為人類的遭遇掉淚和痛心。僅僅十個字，就將詩人個人的情感深化為自然宇宙的共感，而與這四種讀法共生的藝術化境，就是我們通常所說的「意境」。

此詩的「變」在頸聯。頷聯已經把個人的情感投射到自然，延展到了終極的宇宙，再往下也寫無可寫，所以頸聯就必須要有變化。因此，「烽火連三月，家書抵萬金」急「轉」，筆鋒從自然轉向人類社會。這一聯的用詞也同樣的精練。「連」、「抵」兩個動詞對得很工整；「烽火」、「家書」不僅表面對仗，從深層意義上來說這兩個名詞，也有戰爭與和平、自然現象與人文符號的對照之意，同時點亮烽火和傳遞家書也意味着在空間上和他人的聯結。「三月」表明戰火連綿。按古人的注釋，「三」既指三個月的激烈戰鬥，也可以暗指秦朝首都咸陽被項羽軍隊焚燒了三個月的歷史典故。另一種解釋，「三月」指杜甫創作此詩之際，戰爭已經橫跨兩個年頭的「三月」，持續一年之久。表面看，「連」表示這些事情都在持續，但其實要傳遞的深層意義卻是「斷裂」:「烽火」導致「家書」無法抵達親人的手中。杜甫巧妙利用「烽火」一詞的雙關義，「烽火」傳遞消息與「家書」傳遞信息相對，這個是意義上的暗對。「烽火」又可代指「戰火」，揭示了山河破碎、家人離散的原因，和下一句「家書抵萬金」構成了因果關係。烽火傳遞連綿不斷，而造成了家書傳遞中斷，而這種中斷又造成了另一種連接，即家書抵萬金的價值。「連」和「抵」這兩個具有「連接」屬性的動詞，經詩人別出心裁的對仗，又彰顯了時間和空間上的斷裂，讀起來會顯得諷刺而震撼，進而我們就能領略，杜甫筆下的戰爭帶來的災難是何等的痛苦與沉重。

尾聯「白頭搔更短，渾欲不勝簪」是「合」，但實際上也蘊含一個小「轉」，即從頷、頸兩聯抒情的「永恆現在」又回到詩人生活的現實時空。此聯是圍繞「白頭」展開的，不僅是為了描述詩人身軀的衰老，更反映他內心深處的痛苦。當詩人的悲痛已經急速毀壞身體，那描寫身體摧殘的狀況，無疑最能表達痛苦之深。詩人的稀疏白髮和第一句裏破碎的山河互相照應，個人衰老與「國破」相吻合，從而創造了循環往復、圓融完美的藝術境界。

2

杜甫〈江漢〉

詩聖法寶之題評句

江漢思歸客，乾坤一腐儒。
片雲天共遠，永夜月同孤。
落日心猶壯，秋風病欲蘇。
古來存老馬，不必取長途。

唐代宗大曆二年（767），杜甫已五十六歲，身居夔州（今重慶奉節），處境艱難。受其弟杜觀的勸導，加之夔州氣候潮濕，不宜居住，杜甫於大曆三年（768）正月離開夔州前往江陵（荊州），此時面前有兩條路線可以選擇，一為北歸長安，二為沿江東下。受突如其來的北方戰亂影響，杜甫決定沿江東下，但在江東的姑母與弟弟杜豐卻無消息。杜甫乘舟輾轉於湖北江陵、公安等地，北歸無望且生活日益困窘，又飽受疾病折磨。他感慨萬千，寫下〈江漢〉。

〈江漢〉的成詩時間比〈春望〉晚十一年，此時杜甫的生命只剩下了一年的時間。〈江漢〉、〈春望〉兩首詩都是通過物、我互動將個體的情感投射到整個宇宙，詩人煢煢孑立於廣闊的天地之間，通過天地之廣闊來凸顯個體命運的渺小。不同之處在於兩首詩使用了不同的筆法來化實為虛，鑄造出感人至深的境界。兩首詩均用了較多名詞，名詞質實易板滯，為克服此缺陷，〈春望〉選擇在動詞上下工夫，錘煉「詩眼」以使詩篇靈動，如「感」與「恨」、「濺」與「驚」等；〈江漢〉則是在句法上下工夫，使用題評句來化實為虛，推動自己情感的昇華和抒發。

趙元任名著《漢語口語語法》闡述了題評句的特徵，其中的題是話題，而評就是對此話題加以評價的評語。趙先生舉了一個現代漢語的例子加以說明：「這瓜吃着很甜」，此句看似是一個主謂句，其實不然。如果我們把「這瓜」當作主語，「吃」是謂語，那並不符合邏輯，「瓜」是被人吃的，主語應該是說話人，而不是「瓜」。因此趙先生認為這是漢語中特有的題評句，這類句子實際上是說話人對主題所做的評論。「這瓜」是主題，說話人的評論是「吃着很甜」，這就是典型的題評句。

憑着對古詩的閱讀經驗，我發現〈古詩十九首〉已經出現了此類題評句，只不過「題」、「評」倒置，句末是主題，前面是評語。如〈其二〉中「青青河畔草，鬱鬱園中柳。盈盈樓上女，皎皎當窗牖。娥娥紅粉妝，纖纖出素手」，三聯前面兩個字是抒情的聯綿詞（評），是用來表達觀物人對這些物象的情感反應。這種五言題評句又可以上溯至《詩經》中含有聯綿詞的四言比興句，如「關關雎鳩」，「關關」是觀物人對於「雎鳩」的評語。杜甫很擅長使用抒情潛力很大的題評句，常在對偶聯中使用，如名聯「清新庾開府，俊逸鮑參軍」，「清新」、「俊逸」是前置的評語，形容李白繼承庾信和鮑照而形成的兩種詩歌風格。

下面從此詩獨特的結構入手解讀，看看這首詩如何將題評句發揮得淋漓盡致。

首先，將五言句按照 2+3 結構分為左右兩欄，中間這條豎線將意象群分成了頗為工整的兩部分。豎着讀，左側雙音節部分，「江漢」、「乾坤」、「片雲」、「永夜」、「落日」、「秋風」全部是名詞；右側三音節部分，第一聯是名詞詞組：「思歸客」、「一腐儒」。第二聯開始才有動詞出現，「共」、「同」、「蘇」、「存」等。首聯全部都是名詞，直譯過來就是「江漢想歸家的遊子」，「乾坤一位老儒」。名詞的堆疊雖使得表意最大化，但也未免讓詩歌顯得呆滯。為了盤活這些過於厚實的名詞，杜甫就採用了十分靈活、特別的句式——題評句。

「江漢｜思歸客」、「乾坤｜一腐儒」這種 2+3 的組合，其實就是題評句。前兩字「江漢」是題語，後三字「思歸客」為評語。相較以往的詩歌的題評句句型，此兩句有兩點創新：第一點是以往的「評」大多為兩個字的形容詞，如「青青」、「鬱鬱」，這裏杜甫卻擴展成三個字的名詞或詞組，如「思歸客」、「一腐儒」。第二點創新，是「題」與「評」的聯繫。「江漢」（題）是怎麼樣的？常人可能以為杜甫要說「江漢」很廣闊、很壯觀，但他別出心裁，緊接着「江漢」說「思歸客」，江水邊上有一個想回家的遊子。「江漢」和「思歸客」這兩個意象完全沒有聯繫，一個極大、極廣闊，一個很小、很孤單。兩個意象看上去，就像電影中的遠景急速被拉近，空間張力無限大。杜甫沒有用一個形容詞作評語說「江漢」很遼闊，我們卻已經從一個江邊的思歸客的身上瞬間想像到了；杜甫也沒有說「思歸客」很孤單，有廣闊的江漢做對比，我們已經能夠感同身受。「乾坤」、「一腐儒」也是如此。這兩組實詞「江漢」與「思歸客」、「乾坤」與「一腐儒」是杜甫精挑細選，用靈活的題評句把它們連接在一起的，從而形成宏大與渺小的對比。在這空間張力中表現杜甫自嘲中的堅持與無奈。

如果杜甫僅止步於此的話，他只能稱得上是一位優秀的詩人，還不能稱作偉大的詩人。從整體結構來說，〈江漢〉不僅有線性的時間敘事，還有強烈的空間思維。中國古典詩歌有嚴格的字數限制，比如這首詩總共就四十個字，這不僅使得詩人在寫詩時要字斟句酌，讀者品讀的時候，也要發揮想像力，反覆咀嚼、玩味字句，將詩歌中的世界在腦海中空間化、立體化。

首聯，「江漢」、「乾坤」都是宏大的景象，相比之下，「思歸客」、「一腐儒」就顯得可悲和渺小。杜甫詩中很多這樣的對比，比如「飄飄何所似，天地一沙鷗」（〈旅夜書懷〉），天地的廣闊和一隻小小的沙鷗形成強烈對比。這可能是由於杜甫晚年對宇宙與自我的關係十分關注，他越發感受到自己在廟堂之中、天地之間的渺小。頷聯「片雲」、「永夜」、「月」等意象說明此詩應該是作於夜晚。奇怪的是，接下來第三聯，竟然又出現了「落日」這個本該屬於下午的意象，何解？實際上，這是一個景物描寫由實入虛的轉折，頷聯的「永夜」和「月」是實寫，是描述實在的時間；頸聯的「落日」和「秋風」是虛寫，並不是現在的時間，詩人只是通過這些充滿衰頹意味的詞語，象徵自身的狀態。「落日心猶壯」，「心猶壯」省略的主語應該是「我」，側面證實了「落日」就是「我」衰老的象徵，而非真實的景物描寫。景物描寫從頸聯開始由實入虛，但情感描寫卻從頸聯開始由虛轉向實。

豎線左邊的雙音節詞是「題」，為景物描寫，而豎線右邊的三音節詞則是「評」，為情感描寫。「題」和「評」的部分都有一個虛實的變化過程，而且是反向而動的。前面講了左邊景物是如何由實到虛的，右邊的情感描寫是如何從虛到實的呢？先看頷聯，雖然延續了首聯全用純粹的意象，但與〈春望〉的頷聯一樣由於主語的模糊性，這句話有三種解讀方法，這種多義性也造就了此句之「虛」。

第一種，「我」是隱藏的，或說只作為一個觀察者存在，「片雲」和「天」是主語，「永夜」和「月」也是主語。翻譯過來就是：

片雲（與）天｜共遠，

一片雲與天空在一起十分遙遠，

永夜（與）月｜同孤。

漫長的夜與月亮同樣的孤獨。

這種理解方式類似於李白〈獨坐敬亭山〉「眾鳥高飛盡，孤雲獨去閒」，詩人看到鳥都飛盡了，雲也慢悠悠地離開，言下之意是只剩下自己和敬亭山了。「片雲天共遠，永夜月同孤」也一樣，詩人觀察到「雲」、「天」都遠離自己，「永夜」和「月」也在共同忍受孤單。言下之意就是在廣闊的空間和無限的時間中，唯獨詩人被忘卻和拋棄，孑然一身。

此聯還有另外兩種相似的讀法，即是：

片雲天（與我）｜共遠，

一片雲和天空與我一起遠離，

永夜月（與我）｜同孤。

漫長的夜和月亮與我一道孤獨。

或者：

片雲｜天（與我）共遠，

一片雲下——天空與我一起遠離，

永夜｜月（與我）同孤。

漫長的夜裏——月亮同我一樣孤獨。

這兩種讀法可以類比孟浩然的「野曠天低樹，江清月近人」，同樣是孤單的人與月亮相伴。「天」、「月」同情詩人，所以一起度過「永夜」，共同營造了自然與人類的共存，頗有詩人與天地融為一體的感覺。乾坤有情，和詩人「共遠」、「同孤」。這樣一來，個人的孤單昇華為天地的孤單，這種普遍的共存，一方面放大了詩人的孤獨，同時這種孤獨又因為天地星月的陪伴而有所減弱。頷聯這種虛寫，衍生出三種讀法，不論我們怎樣去理解，都能感受到這種情感表達的複雜與細膩。更巧妙的是，這種孤獨感為接下來頸聯戲劇性的「轉」做了一個鋪墊。

一般來說，杜甫的律詩起承轉合都很明顯，〈江漢〉這首詩的轉折卻有些模糊。如果單從景物攝取上來看，也許很難發現這首詩的「轉」。但若從情感書寫上觀察，就能夠發覺頸聯是極大的轉折——從極度孤涼悲傷的情緒，一下子轉到積極向上、不屈不撓的決心。前面講頷聯有多種理解方法，其中一種是說

「永夜月同孤」指天地萬物給予了詩人陪伴，減輕了詩人的孤獨感，讓他有了振作的力量，這其實就是頸聯「轉」的契機。「落日心猶壯」、「秋風病欲蘇」，「落日」和「秋風」是兩個很衰頹蕭索的意象，是虛寫；杜甫這裏巧用了「心猶壯」、「病欲蘇」兩個實實在在的詞組，來凸顯自己雖已是暮年，仍有壯志。他在衰頹的意象中傳達着自己的樂觀，一張一弛之間，詩篇意味深長，境界也隨之提高。

尾聯延續這種樂觀，就像曹操說的「烈士暮年，壯心不已」，或者《韓非子·說林上》講「老馬之智，可用也」，「老馬」也許跑不快，但貴在知道正確的路途。他用這個隱喻，來表達自己作為一個老而多病的腐儒的珍貴價值，並完整地收束全篇。

杜甫巧妙運用題評句，使得這首詩達到了個人的情感、家國情懷和自然宇宙融為一體的藝術境界。短短四十個字，高情遠志，詩人的精神力量超越時空。「腐儒」是自嘲，也是堅持。就像他〈自京赴奉先縣詠懷五百字〉說的「老大意轉拙」，「拙」和「腐儒」是杜甫很準確的自我寫照，他永遠用滿懷期許和關懷的眼光看着自己的國家，執着得近乎笨拙。

3

杜甫〈登岳陽樓〉

一轉再轉，轉即是合

昔聞洞庭水，今上岳陽樓。
吳楚東南坼，乾坤日夜浮。
親朋無一字，老病有孤舟。
戎馬關山北，憑軒涕泗流。

大曆三年（768），杜甫離開夔州，冬十二月，他離開公安，一路飄泊至岳州，登上了聞名的岳陽樓。岳陽樓是岳陽城西門樓，瀕臨煙波浩渺的洞庭湖，詩人登樓憑軒遠眺，縱目遙望洞庭湖，壯麗的景觀將這位老人襯托得更加渺小，他的思緒不由得轉向自身的浮沉，隨即又從家事上升到國事。是年郭子儀將兵五萬屯奉天，防禦吐蕃，戰事又起，社會混亂，國事、家事少有佳訊。壯闊的景觀、困頓的個人生活、憂國憂民的情懷一起湧現心頭，杜甫揮筆寫下了這首意境渾厚、氣勢磅礴、情感悲壯的詩篇〈登岳陽樓〉。

開元四年（716），宰相張說被貶為岳州刺史，他喜歡在洞庭湖邊眺望，所以召集名工巧匠將岳陽樓進行擴建、翻修。許多文人騷客慕名而來，題詩寫字，久而久之，岳陽樓就成為一個書寫地標。這種有豐富文化內涵的地理標誌在唐代很常見，如黃鶴樓、滕王閣、寒山寺等地方，本無特別之處，但因為有很多詩人在此題詩，或者某一首出名的詩歌中寫過它，它就被賦予了一些超越空間的文化想像。因此，當大詩人杜甫登上岳陽樓，他作詩不光是為了抒發情感，還要和古人進行對話，暗暗和以往作詩的人較量文采。這種文人競技十分常見，傳說李白登上黃鶴樓就說「眼前有景道不得，崔顥題詩在上頭」（計有功《唐詩紀事》），他認為崔顥已經將黃鶴樓題詩寫到極致，擔心自己不能勝過他。杜甫〈登岳陽樓〉和范仲淹的〈岳陽樓記〉是古今題詠岳陽樓最有名的兩部作品。在他們這一詩一文之後，往後的文人為岳陽樓題詩備感壓力，幾難超越。明代李東陽有詩說：「吳楚乾坤天下句，江湖廊廟古人情」，即是歌頌杜甫、范仲淹這兩篇名作的。

臨水抒情的傳統自古有之，流動的水似乎特別容易激發古代文人的遐想和思考，這種抒情方式主要分為三種：第一種是臨水發思，引發富有哲學性的思考，如孔子面對河流發出「逝者如斯夫，不舍晝夜」的感嘆；第二種是臨水詠志，三國時期曹操的〈步出夏門行．觀滄海〉中的「東臨碣石，以觀滄海」、「幸甚至哉，歌以詠志」，雖然沒有明白地說所詠何志，但我們知道他寄託了自己的政治抱負；第三種是臨水抒情，大多是抒發自己失意的情感，比如謝朓的名句「大江流日夜，客心悲未央」（〈暫使下都夜發新林至京邑贈西府同僚〉），就是面對江水抒發自己的悲傷之情。杜甫也有很多臨水抒情的詩篇，比如前面讀過的〈江漢〉，在題材方面與〈登岳陽樓〉很相似，都是眺望着水景，抒發自己與親人隔絕、飄零孤單的情感，但兩首詩的寫法卻很不一樣。〈江漢〉裏面的水景是很開闊的靜景，但在〈登岳陽樓〉中，水景是磅礴而富有動態的，這與詩的句法有很大的關聯。

接下來，我們從句法、抒情兩方面，看杜甫〈登岳陽樓〉是如何創造出震撼人心的藝術效果的。「昔聞洞庭水，今上岳陽樓」，杜甫登臨在開元盛世所修建的岳陽樓，看着氣勢磅礴的洞庭湖，心中不免感慨萬千。

頷聯「吳楚東南坼，乾坤日夜浮」十分精彩。首先，我們將每句的第五個字「坼」、「浮」理解為及物動詞，再將省略的主語「洞庭湖」補充上去，這句話的語序就應為「洞庭湖在東南坼吳楚」、「洞庭湖於日夜浮乾坤」，意思是，洞庭湖劈開了吳楚，托起來整個乾坤，天下都在洞庭湖的掌握之中。

吳楚東南坼 —（洞庭湖在）東南坼吳楚

乾坤日夜浮 —（洞庭湖於）日夜浮乾坤

五十多年前，孟浩然有題岳陽樓的名句「氣蒸雲夢澤，波撼岳陽城」，氣勢磅礴，但也只是氣掩蓋着雲夢澤，波濤撼動着岳陽城罷了。杜甫此詩中，「吳楚」大地被洞庭湖劈開了，「乾坤」也浮於洞庭湖之上，洞庭湖顯現出更加驚心動魄的氣勢。蔡絛《西清詩話》中說此詩「不知少陵胸中吞幾雲夢也」，就是說杜甫比孟浩然技高一籌，營造的氣勢更加雄偉。總結來說，通過將「坼」、「浮」理解為句尾的及物動詞、此聯兩句為倒裝句式，我們可以更好地感受到杜甫塑造的壯闊場面與氣勢，且能領略到大詩人出神入化的藝術想像。

這聯最巧妙的是，詩人將動詞放置在此句最後，「吳楚」、「乾坤」是主語，「東南」、「日月」是狀語，「坼」和「浮」是謂語後置，是動詞。他用這種句法表達宏偉的景物，這在盛唐詩中比較常見，比如說王維「大漠孤煙直，長河落日圓」，「直」、「圓」放在最後，創造出一種十分震撼人心的動感。

此聯的倒裝句也極精彩。如謝朓的「大江流日夜」也是倒裝句，這句的正常語序應為「日夜大江流」，日夜之中大江在流動，若如此寫詩，僅僅是對實際現象的直接描述，那麼會非常普通；語序變為「大江流日夜」，就是一個富有動態的想像描述，高下立見。基於謝朓的句法，杜甫進一步發明，把句末的最後一個字作為及物動詞，這個句法是他「語不驚人死不休」的一大創新。

這首詩的「轉」也十分精妙。古人講起承轉合，「轉」是在第三聯，即「親朋無一字，老病有孤舟」。此聯，從前面開闊的景色轉到小我的個人經歷，不僅景色被襯托得更加宏偉，個體也有「渺滄海之一粟」的落寞伶仃之感，對比之下，詩人的身世遭遇便顯得更加淒慘。這種由大到小的「轉」，格外打動人心。

這首詩除了頸聯的「轉」，在尾聯還有一「轉」，這也是杜甫語言的高絕之處。「戎馬關山北，憑軒涕泗流」，杜甫把個人層面轉到了國家層面。整首詩從個人寫到家庭，最後再落腳到國家，層次分明且豐富。而最讓人動容的是，杜甫雖身居江湖、窮困潦倒，卻依然在詩歌最後，把內心最深處的情感給了國家，這時他的抒情自我與家國完全重合了。對比孟浩然〈望洞庭湖贈張丞相〉的尾聯「坐觀垂釣者，徒有羨魚情」，似乎是畫蛇添足，與頸聯「欲濟無舟楫，端居恥聖明」所表達的意思重複了。且從立意上來講，孟浩然此詩有非常強烈的求官之意，相比之下，杜甫心懷家國的悲愴慷慨之情，顯然比孟浩然的氣節更高。

上面分析了〈登岳陽樓〉整體結構的頓挫有致，而從語言上來講，杜甫這首詩也有很多細針密線的嚴謹之處。比如頸聯出現了「孤舟」，回扣了他首聯的洞庭湖，他很可能是乘舟而來，又乘舟而去；最後一聯「憑軒涕泗流」中「憑軒」二字，又回扣了首聯第二句的「今上岳陽樓」，整首詩的結構可以說是天衣無縫。頸聯「親朋無一字」，「無一字」，他不是沒有親友，他期待幫助，卻沒有任何消息，詩人落寞的情感更是無處可依。

讀〈登岳陽樓〉此詩，完全可以感受到杜甫詩歌語言技藝的精妙，以及他人格之偉大。他是一個真誠的詩人，即便自己已經窮途困境，還心繫唐王朝的命運與腳下這片瘡痍大地。杜甫「詩聖」、李白「詩仙」這些稱號都是名副其實的。「仙」或許是超越人世的，但「聖」卻永遠在人民之中。無論處於江湖之遠，還是廟堂之上，杜甫永遠秉持着「位卑未敢忘憂國」的赤忱之心。

4 李白〈與夏十二登岳陽樓〉

擬人只為找玩伴

樓觀岳陽盡，川迴洞庭開。
雁引愁心去，山銜好月來。
雲間連下榻，天上接行杯。
醉後涼風起，吹人舞袖回。

乾元元年（758），李白因永王李璘一案受到牽連，被流放夜郎。此時李白已經將近六十歲，年老體衰，經此一行，不僅人生理想已經無望，可能還要身死蠻荒異地，再難見到中原天日了。第二年的春天，他剛抵達白帝城，準備動身前往夜郎之際，突然傳來皇帝的赦令。在人生至暗之時，李白意外獲赦，心情好不亮麗。他與好友夏十二由江陵南遊洞庭，登上岳陽樓覽景。茫茫江水，汪洋無邊，雁隨秋風而去，月攀山影而出。美景之上，詩人與好友設宴暢飲，涼風吹入樓中，不勝愜意。他似乎又找回了自己年輕時那股飄逸瀟灑的生命力，寫下了〈與夏十二登岳陽樓〉。

李白和杜甫的性格通常被認為是完全相反的類型。人們認為杜甫清醒、誠懇又德行高尚，而李白卻沉溺於酒，灑脫自由，超然物外。他們也因那些最能展現自己性格特徵的作品而被人們銘記於心。

因此，杜甫為人稱頌的偉大作品多為律詩，而李白絕大多數最受喜愛、最廣為傳誦的作品為古體詩。這樣簡單的二分法，不可避免地掩蓋了兩位詩人生活與作品的複雜性。高度限制的律詩形式似乎頗不適宜於李白狂放不羈的才情與詩風。但實際上，李白也寫了不少優秀的律詩。這首〈與夏十二登岳陽樓〉並不大出名，但卻是少有能呈現他超凡飄逸個性的律詩。

首聯呈現出詩人正在俯瞰着的全景。在頷聯中，他凝視着兩個具體的形象，其一是飛翔之「雁」。「雁」是一個常見的關於思鄉之情的意象，在這裏卻被用來表示帶走了思鄉之情（或曰「愁心」）。這個慣常的意象變形後，隨之而來的是想像力的飛騰：山峰變成一隻巨大的鳥兒正「銜好月」向我們飛來。

頸聯設計的「轉」正是詩仙特色：飛往天界。以詩人為隱含的主語，可以解讀如下：

雲間｜（我）連下榻，

在雲彩間，我來到了尊貴客人之榻，

天上｜（我）接行杯。

在天上，我接過傳來的酒杯。

李白並不像杜甫那樣將人與自然視為平等夥伴，而是將人，或更確切地說將自己，凌駕於自然之上，以至於他成為雲中仙人。

尾聯出現的「涼風起」既是寫夜的涼爽，也暗示詩人心情的輕鬆暢快；「舞袖」是動態描寫，表現了詩人的自由自在、無拘無束，這些描寫又進一步豐滿了詩人的仙人形象。

李白和杜甫一樣也善於利用擬人化，但是對他而言，擬人化很大程度上是一種將自然轉化為快樂玩伴的手法。例如，詩中帶走愁心之大雁以及銜來好月的山峰都是他想像中的玩伴。

〈與夏十二登岳陽樓〉這首五言律詩雖然不算有名，但能夠從中看出李白逍遙自在的仙人氣質。他創造出獨特的詩人形象，超越時空的左右與限制，與造物者為玩伴，這與從前遊仙詩低調的第三者視角截然不同。李白這種書寫方式，給人的感受是他的朋友圈裏全是各路神仙，無怪乎賀知章稱他「天上謫仙人」，意思就是李白可能是被貶謫下凡的仙人，這一稱謂也迅速被傳揚開來，而談論詩仙也成了千百年間雅俗同賞、樂此不疲的事情。

李白詩中絕大多數的擬人化動詞都不是憂傷和悲嘆那一類，如「感時」、「濺淚」，而是描繪精力充沛、活潑明快、神乎其神的行為。為了讓自然聽從他的指揮，轉化為他的玩伴，他將自我提升至造物主或宇宙主人的地位。他將自我神化為宇宙之主的行為，被很多人視為李白最偉大詩歌的印記。這將他與早期平凡的遊仙題材的詩歌區別開來，為他贏得了「詩仙」這一不朽的稱號。

5 王維〈終南山〉

四個詩眼不尋常

太乙近天都，連山接海隅。
白雲回望合，青靄入看無。
分野中峰變，陰晴眾壑殊。
欲投人處宿，隔水問樵夫。

王維最上乘的詩作超越人生的慾望，物我兩忘，讓人體悟到萬物的實相，故為他贏得了「詩佛」之美名。一般來說，王維的絕句最有禪意，因為其篇幅很短，最能簡練地突出情、物之間的互動，且不落言筌。王維也有五律禪詩，此類五律對景物描寫十分有技巧，常常是移步換景，每兩聯更換一個觀察景物的視角，呈現出不同的禪觀體驗，從而帶有一種宗教性的超越。

〈終南山〉一詩應寫於開元二十九年（741）至天寶三載（744）王維隱居終南山期間。王維作為一位著名畫家、山水畫中的南宗畫派的創立者，其作品經常被稱讚為「詩中畫」。〈終南山〉這首詩無疑是他的山水詩裏具有繪畫品質的絕佳範例。

與杜甫和李白不同，王維在詩中並沒有告訴我們他的情感狀態、身體狀況或是想像中超越的壯舉。相反，他帶領我們經歷了一系列強烈的視覺體驗。首聯，遠望終南山，詩人先將我們的視線縱向從太乙峰引往天上，然後橫向沿着連綿的山脈直至大海。頷聯則帶領我們與近距離接觸的兩種大氣現象捉迷藏。頸聯中，他觀察的對象從山峰轉變為山下廣闊的平原。這個新的全景俯瞰，因陽光和白雲的映照與遮擋效果，而有着千變萬化的形貌與色彩。尾聯，詩人拉回近景，為我們揭示了人的蹤跡：一個樵夫，以及從河水另一側傳來的詢問樵夫夜晚住處的人聲。

此詩對微妙的色彩變化的描寫令人愉悅——「白雲」對「青靄」，表現太陽光影的明暗對比；此詩不斷變換視角，移步換景——或水平或垂直，垂直的觀察有的從下往上，有的從上至下，這些帶着繪畫特質的意象完美地交織在一起，創造出罕見的視覺盛宴。此外，詩歌隨着一日遊覽的各個階段來描繪風景與形象：始於首聯遠望，繼之以頷聯的登山經歷，並在頸聯到達山頂，以尾聯黃昏時分下山收束全詩。

本詩也是王維山水詩中佛教世界觀的藝術體現的完美示例。首先來看一下這首詩的結構特點。從句移至句腰似乎成為唐代五律一時的風尚。為了在句腰嵌入更雋永的原因從句，許多詩人不惜使用刪字壓縮法。例如，杜甫名聯「名豈文章著，官應老病休」便用了三字作原因從句，以求將「豈因為文章」和「應因為老病」壓縮裝入句中。與杜甫壓縮虛詞的手法不同，王維〈終南山〉的頷聯別出心裁，將雙音動詞嵌入從句。「回望」、「入看」不僅取得很好的陌生化效果，而且絕妙地傳達了詩人禪觀山水的體悟。「回望」和「入看」都是未固定的、可以拆開的雙音動詞，因而頷聯可以有兩種讀法：

作 2+2+1 讀：

白雲｜回望｜合，

詩人回望白雲，白雲頓時聚合，

青靄｜入看｜無。

詩人步入青靄，青靄消失無跡。

作 2+1+2 讀：

白雲｜回｜望合，

詩人回首白雲，以觀其聚合之變，

青靄｜入｜看無。

詩人步入青靄，以觀無有之境。

這兩種讀法，如果說前者如實地記錄了詩人在雲霧繚繞的山峰中跋涉的視覺感受，後者則栩栩如生地傳達了詩人禪悟山水的心理活動。此聯有此兩讀，完全可以看作詩人有意為之。

讀到頸聯，我們會發現另一個頗不尋常的現象：頸聯使用的也是句末為動詞的句式。五律中頷聯和頸聯使用如此相似的句式的情況是不多見的。當我們將兩聯句末的四個動詞聯繫在一起看，就有了一個更重要的發現：每一字正是中國佛教典籍中經常用以闡釋佛家世界觀的術語：「合」、「無」、「變」、「殊」。「合」是「和合」的一部分，和合是世間萬象一切因緣的總體，指所有客觀或主觀現象存在的根本原因；「無」指的是「無二」，是大乘佛教中一個雙重否定的術語，即「既不……也不……」，旨在說明世間一切概念都不可具體化為絕對存在，防止將任何事物或概念作為本體論上的絕對存在。一切事物，不管是實物還是臆想，都源自原因與條件複合的因緣，而非本質存在，不可能擁有任何根本的實質，因此都處於「變」和「殊」之中。按照佛教的理解就是，既非實有亦非空無。王維在詩中巧妙地嵌入這四個佛家術語，顯示了他作為詩人高超的想像力。這四個抽象的哲學術語，在詩人天才的筆觸下一個個生動地化為每句的詩眼，賦予了每句詩靈動的生命。這些詩眼相互作用，產生了變幻無窮的、體現佛教世界觀的幻境。

白雲回望合，青靄入看無。

分野中峰變，陰晴眾壑殊。　　隱藏的佛教用語

「合」與「無」精妙地再現了「雲」和「靄」如有似無的形象；「變」與「殊」寫出了「峰」和「壑」變幻不定的景色。這四個詩眼一起產生了一齣感知幻覺的持續戲碼。前兩個詩眼「合」（匯聚）與「無」（消失）渲染白雲與青靄是如此的難以捉摸，以至於他們是否真正存在都成為問題。接着，另兩個詩眼「變」（改變）和「殊」（變得不同），將山谷和平原轉為形狀和色彩不斷變換的奇觀。

這齣感知幻覺的戲碼在尾聯中達到高潮：我們被詩人引導着，如入其境，彷佛也覺得林中有可供投宿之處，然而我們又看不到它，只能隔着水霧，高聲詢問那遠處似有似無的樵夫。也許從空曠的山谷傳來的回聲，才是我們能夠得到的唯一答案。當這個感知幻覺達到頂點，一個敏銳的讀者可能會得到佛教的啟迪，或至少深刻理解到佛教對實有與空無、對宇宙與自我之虛幻本質的見解，或多少體會到佛家信奉的宇宙一切物我皆無自性，即空即色、亦幻亦真的道理。

6 王維〈漢江臨眺〉

隱形的移步換景之法

楚塞三湘接，荊門九派通。
江流天地外，山色有無中。
郡邑浮前浦，波瀾動遠空。
襄陽好風日，留醉與山翁。

王維的〈漢江臨眺〉作於開元二十八年（740），正值盛唐，也是王維仕途順風順水之時。王維因政務赴南方，途經襄陽，他被秀麗的漢江所陶醉，寫下了這首清新雋永的名篇。

如果借用王國維的「境界說」來評價上面所談李白、杜甫的詩，它們都是「有我之境」，在詩中能夠看到詩人的影子。王維這首詩則是「無我之境」，從頭到尾都在寫景，有意把「我」隱藏起來。

這首詩，讀來韻味深長，寓動於靜，像一幅寫意山水畫。寫意山水畫和工筆山水畫的區別，主要就在於「意」的塑造。工筆畫栩栩如生，和肉眼見到的景色差不多；寫意山水畫不同，它是用藝術家的眼光來展現自然，而非常人所看到的自然風光。這裏的「意」，實際上就是詩人或畫家感知外物的特定方式和效果。那麼接下來，我們就一起感受一下王維在這首詩中的「意」。

從觀景視角來看，這首詩觀景角度的轉換頻繁多樣，從首聯的俯視，到頷聯的平視遠眺，再到頸聯的仰視，三聯都變換了一個視角。我們常說「移步換景」，但這首詩作者的「移步」幾乎是隱形的，敘述者的移動被悄然隱藏起來了，讀者只覺得是自己在移動。

一開篇，詩人就從天帝的視角俯視荊楚大地，寫下首聯「楚塞三湘接，荊門九派通」，氣勢恢宏。這句話按照正常語序應該是「楚塞接三湘」、「荊門通九派」，語意上雖然十分清晰，但讀起來很普通。王維將動詞「接」、「通」挪到每句最後一個字，就把整個荊楚地勢的磅礴展現出來，給人的審美衝擊更勝無人機航拍中國的效果。王維通過調整動詞的位置，將乾巴巴的地理位置描述變成一種美的感受。

楚塞接三湘 → 楚塞三湘接
荊門通九派 → 荊門九派通

頷聯，「江流天地外，山色有無中」，是一個平視遠眺的視角。嚴格來說，這句話沒有動詞，是很嚴謹的對仗。不過，此聯上句用了「江流」二字，而「流」給人一種動詞的錯覺，遠處的畫面一下子就有流動感，富有活力。如果換用「江河」二字，那這一整句就失去了動態感。前面一聯氣勢磅礴，彷彿佔據了整個畫面；這一聯卻留出了大片空白，江水似乎都在天地之外，望不到盡頭，而遠處的山色也若隱若現，畫面極其生動。

如果說上兩聯都是由遠處眺望，從上方和正面看江流和遠處的山色，接下來的兩聯，詩人與江水的距離則被拉近了。正因如此，這首詩有另一個名字，叫作〈漢江臨泛〉，即詩人在江上泛舟觀景。

頸聯，「郡邑浮前浦，波瀾動遠空」，「郡邑」、「遠空」說明這一聯描寫的視角是仰視，可能是坐在或者平躺在船上，對遠方和上方的景色展開描述：城市好像在浦口上下漂浮，遠處的天空也搖搖晃晃的。實際上，都邑、樓宇如此穩固，怎麼會動來動去的呢？上句揭示了原因，「波瀾動遠空」，原來是船在動，而非眼前的都邑或天空在動。船又為甚麼會動呢？因為波濤洶湧，江上風浪大。王維這裏對波濤的描寫，不像〈登岳陽樓〉那樣浩浩蕩蕩，而是很隱晦地等待我們自己去發覺。「波瀾動遠空」，波濤明明就在身下推着船兒，近在咫尺，詩人卻寫撼動遠方的天空，這樣就會加深讀者對遠景的感受。

通過分析〈漢江臨眺〉觀山水視角的不斷變化，我們能夠感受到詩人的「意」。不過，這種「意」不單是詩人的精神自覺，更多的是詩人的精神世界和宇宙律動產生的共鳴，即「道我合一」。這裏所說的「道」是廣義的，在道家是天地萬物運行的一種機制，在佛家則是真如、佛性、實性等。讀這首詩，我們已經能夠感受到王維詩中的「意」，除了視覺想像，還有幾分禪意，即佛家對宇宙實相的體悟。王維十分喜歡寫景物剎那間的變化，這種變化不只是視覺的享受，更是宗教的體悟。佛教中言「空有不二」，「空非斷無，故言空有。有即是空，空即是有，故言不二」（《妙法蓮華經玄義》），詩人超越了物質和精神的區別，體悟到萬物的實相。而這些難以言傳的「意」，十分玄妙，只能通過偶然閃現的幻覺來略知一二，正如我們讀王維詩歌的感受。

尾聯「襄陽好風日，留醉與山翁」，「襄陽」回扣了前面說的「郡邑」，又將我們從宗教的體驗拉回到現實生活中。整首詩似乎從禪意中走出來了，回到了有酒、有煙火氣的人世間，讓人有清閒自樂之感。這裏的「留醉」，不僅是觀山水的飲酒助興，還是一種對前文所描寫的山水的留戀、迷醉，韻味悠長。

作為敘述者，王維在整個畫面中都處於靜音狀態，在這首詩中找不到「我」的影子，他只留下了一幅幅山水畫，讓讀者用寧靜的心靈來感受詩中的禪機。

七律何以自由縱橫

王維的禪詩，都是五律、五絕體。要呈現禪境，文字須簡短精練，絕對不可囉唆、加議論，所以禪詩極少用七律、七絕來寫。相反，歷史題材適合用七律、七絕來寫，五律、五絕是很難寫好的。不論是懷古詩還是詠史詩，詩人首先要對歷史事件或人物做一個交代，要談的是哪位歷史人物？要議論的是甚麼歷史事件？然後，再展開自己豐富的歷史想像。五律、五絕篇幅短小，每行只有五個字，交代完基本信息之後，已經沒有足夠的餘地讓詩人發揮自己的想像與文采了。

七言，尤其是七律，可以相對自由地開創出獨特的歷史時空。這一點是五律難以做到的。比如〈黃鶴樓〉的「白雲千載空悠悠」、〈登高〉的「百年多病獨登臺」，這些詩雖然並非歷史題材，卻已經體現了歷史的時空。杜甫晚期在夔州創作的律詩〈詠懷古跡〉和〈秋興〉八首，更是把真實的歷史和虛構的歷史進行了融合。諸如此類的藝術表現，都非七律莫屬。到了李商隱，詠史懷古則跳出了個人對歷史的情感，站在一個超越歷史的角度來縱觀全貌，臧否人物。這便是晚唐詩以歷史維度切入才會有的氣象了。因此五言詠史十分難寫，較為有名的詠史詩都是七律、七絕體。

7

杜甫〈詠懷古跡〉其三

詩聖絕技之草蛇灰線

群山萬壑赴荊門，生長明妃尚有村。
一去紫臺連朔漠，獨留青塚向黃昏。 轉
畫圖省識春風面，環佩空歸月夜魂。
千載琵琶作胡語，分明怨恨曲中論。

大曆元年（766），杜甫謫居夔州，開始了他詩歌創作的巔峰時期，寫下了許多著名的組詩，如大家熟知的〈秋興〉八首、〈八哀詩〉等。〈詠懷古跡〉五首也是組詩，都是杜甫在夔州、江陵一帶觀覽古跡所作。〈詠懷古跡〉其三是這組詩中最著名的一首，為詠王昭君所作。王昭君，西漢南郡秭歸人，其因才貌出眾選入漢宮，於竟寧元年（前33）正月被漢元帝賜予屬國南匈奴呼韓邪單于。王昭君出塞和親、殞命異國的苦難人生，是歷代詩人競相書寫的主題，留下的詩篇不計其數，而壓軸之作非杜甫〈詠懷古跡〉其三莫屬。清人沈德潛言「詠昭君詩，此為絕唱，餘皆平平」（《唐詩別裁集》）。

此詩開篇氣勢磅礴，首句「赴」字有一種奔騰的氣勢，似乎千山萬壑都要向荊門奔去。荊門匯聚群山、地靈人傑，所以孕育出四大美人之一的王昭君，也就不出奇了。

按「起承轉合」這個規律，頷聯應是「承」。首聯氣勢雄大，這一聯也得須大場面才能接得住，比如〈登高〉首聯的「渚清沙白鳥飛回」之後，緊接着頷聯的「無邊落木蕭蕭下」非常有氣勢。這是我們讀杜詩慣有的閱讀期待。此詩卻另闢蹊徑，頷聯即「轉」，首聯氣勢恢弘，頷聯卻一片死寂，本來我們還在想像如此女子會有怎樣的美麗人生，結果沒想到是一場悲劇，這一聯無論在氣勢還是情感上都是一種巨變。短短十四個字描繪了王昭君的一生，人生悲劇的軌跡全由景物勾勒出來。這些景物都具有獨特的顏色，與王昭君不同時期的人生狀況極為貼合。「紫臺」，指昭君在漢宮裏的經歷，「紫」暗示着富麗堂皇的宮廷生活環境。「朔漠」即北方沙漠，指昭君出塞，嫁給了匈奴呼韓邪單于，這裏的顏色也轉為灰淡，滿目荒涼。「青塚」是說王昭君身歿匈奴之域，今內蒙古呼和浩特市南有王昭君墓，墓表呈青黛色，故名青塚。後面緊跟「黃昏」二字，畫面的淒涼之感倍增。富麗堂皇的宮廷，轉眼變為不毛之地中的孤塚，強烈的景物及其色彩的對比將王昭君命運多舛的一生逼真地展現在眼前，令人唏噓不已。除了意象擷取之外，「一去」、「連」、「獨留」、「向」這些連接詞都指涉空間的無限延伸，遠離漢地，不再復返，進一步增添了昭君人生的悲涼感。

頸聯上句「畫圖省識春風面」，純粹就詞序而言，是一個典型的主謂賓句。首先出現的「畫圖」是主語，「省識」是謂語，而「春風面」則是賓語。然而，此句絕不可能作主謂句解。「畫圖」是沒有生命的東西，怎麼能感知和認識「春風面」呢？顯然，此句只能作題評句解，「畫圖」是題語，指毛延壽為昭君畫像之事，而「省識春風面」則是評論漢元帝未能通過畫像來辨別出絕代美人。杜甫這句評語是很耐人尋味的，有三種不同的解法：一是認為杜甫是在譴責毛延壽，痛恨他沒有「職業道德」，因沒有從王昭君那裏拿到賄賂金，就作弊將王昭君畫得很醜，使皇帝無法知曉她的美貌。二是認為杜甫將批評的矛頭指向漢元帝，諷刺他昏庸無知，選宮妃如此大事，竟然依賴畫工的作品來做決定。三是認為毛延壽和漢元帝都是杜甫鞭撻的對象。我更傾向於第三種解釋。頷聯下句也應作題評句解，視為 4+3 或 2+5 結構皆可。

若作 4+3 句解，「環佩空歸」是題語或話題，講王昭君的環佩叮噹地回來了，而評語「月夜魂」則給出令人遺憾的解釋：月夜裏回來的不是王昭君，只是一縷魂魄而已。

環佩空歸｜月夜魂。

環佩叮噹地回來了，只是月夜裏的一縷魂魄。

若作 2+5 句解，那麼「環佩」是題語，而評語則表達出極度的失望，聽到環佩叮噹之聲，但不是王昭君真的歸來，只是她的幽魂而已。

環佩｜空歸月夜魂。

環佩叮噹，回來的只是王昭君的魂魄。

尾聯，「胡語」一說是昭君擅彈琵琶，自己作曲彈奏，或說是後人為她的故事作了琵琶曲子，這兩種理解都可以。「分明怨恨曲中論」，曲中分明可以聽到王昭君的怨恨。

這首詩不只寫了王昭君的人生悲劇，還重現了她的思想感情。另外，詩中還融入了杜甫自己的情感。詩聖詠王昭君，也間接地抒發自己被朝廷邊緣化的心情，王嗣奭《杜臆》有言：「昭有國色，而入宮見妒；公亦國士，而入朝見疾，正相似也，悲昭以自悲也。」的確，杜甫這首詠昭君的詩歌，就是在對其遭遇深表同情之時，無法忘懷自己被拋棄於朝廷之外的相似處境。

對整首詩稍做梳理後，下面着重談談這首詩的中間兩聯。

此詩的結構並不是杜甫常用的律詩結構。這首詩的「轉」在頷聯，由首聯壯觀的景物轉向了死寂的人生悲劇；而「承」卻出現在頸聯，它承接了頷聯所講的悲劇緣由。頷聯和頸聯中，每聯上下兩句都是一種遞進的因果關係，也就是我們常說的流水對。頷聯「一去紫臺連朔漠，獨留青塚向黃昏」有時間上的遞進關係，而同時又呈現因果關係。有「一去紫臺」之因，才有「青塚向黃昏」之果。頸聯同樣如此，正是因為「畫圖省識春風面」，最終才有「環佩空歸月夜魂」的悲劇發生，這也是一種時間和因果的遞進。

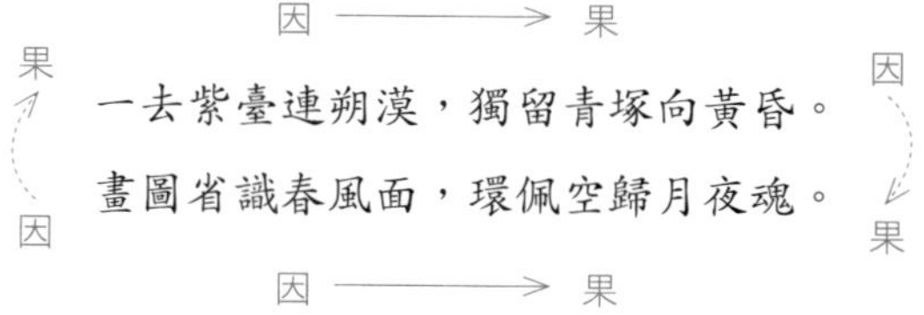

除此之外，頷、頸兩聯前後連接，形成一種在律詩中極為罕見的意義對仗，即所謂「扇對」或說「隔句對」。就是說，頷聯與頸聯的上句、頷聯與頸聯的下句分別形成對仗。在此詩中，頷聯的上句「一去紫臺連朔漠」與頸聯的上句「畫圖省識春風面」在意義上是對仗的，都是寫王昭君在漢宮的遭遇，且都是下面一句的「因」。同時，頷、頸聯的下句「獨留青塚向黃昏」和「環佩空歸月夜魂」也形成意義上的對仗，全部是上一句的「果」，都是王昭君離別漢廷的悲慘結果。因此，這首詩，有橫向和縱向兩種不同的讀法。順着詩句先後順序，橫着來讀，王昭君人生悲劇的前因後果，重複陳述了兩次，從而取得更加濃烈的效果。如果我們不管詩行順序，豎着來讀，就是跳出橫向推進的時序，沿着兩聯之間扇對的空間關聯，就會有驚人的發現：先看扇對的前半部分，有了「畫圖省識春風面」的前因，才有「一去紫臺連朔漠」的後果。與此先果後因的陳述相反，扇對後半部分是先因後果。「獨留青塚向黃昏」講的是王昭君已成孤墳野鬼，正因如此才會有「環佩空歸月夜魂」，王昭君魂歸故土的傳說。這四重因果關係的展開不僅有橫、縱方向之別，還有顯隱和主次之異（用實線和虛線區別）以及先因後果與先果後因的邏輯差別。這個縱橫交疊、錯落有致的因果關係網，把我們帶入了詩人撫今悼昔、纏綿悱惻的心境之中。這裏，我們可以大膽斷定，古今沒有哪一首律詩在頷、頸兩聯中使用了如此複雜的「草蛇灰線」，出神入化，感人至深。

8 李商隱〈隋宮〉

別人怕用的虛字，我用

紫泉宮殿鎖煙霞，欲取蕪城作帝家。
玉璽不緣歸日角，錦帆應是到天涯。
於今腐草無螢火，終古垂楊有暮鴉。
地下若逢陳後主，豈宜重問後庭花。

律詩作者惜字如金，盡可能多用實字、少用虛字。李商隱的〈隋宮〉卻一口氣用了七個虛字，搭建出被譽為「百寶流蘇，千絲鐵網」（范大士《歷代詩發》）的結構。清初黃生在《詩麈》中談道：「詩必有線索，虛字呼應是也。線索在詩外者勝，在詩內者劣。今人多用虛字，線索畢露，使人一覽無餘味，皆由不知古人詩法故耳。」他觀點是「多用虛字」會「線索畢露」，這樣的詩讀起來會毫無味道。

首先，我們得先搞清楚甚麼叫作「詩內線索」。其實它是指用虛詞將一首詩中的句子勾連起來。大家知道，律詩的字數很少，因此在盛唐，詩人大都惜字如金、字字斟酌，很少會使用虛詞。在這種情況下，詩歌結構就是隱形的，通常藏在意象之中，猶如草蛇灰線，就像杜甫〈詠懷古跡〉其三那樣。然而，晚唐詩人李商隱則十分叛逆，一改盛唐詩風，在這首〈隋宮〉中詩意的推進和想像空間的塑造都是依賴虛詞建立的。用筋骨畢露的結構來詠史，這是對黃生觀點的有力駁斥。

下面標出的詩中的這些虛詞，我們一目了然了。帶着對虛詞的關注，我們來逐聯細讀〈隋宮〉。

紫泉宮殿鎖煙霞，欲取蕪城作帝家。
玉璽不緣歸日角，錦帆應是到天涯。
於今腐草無螢火，終古垂楊有暮鴉。
地下若逢陳後主，豈宜重問後庭花。

虛詞構成的千絲鐵網

此詩中的虛詞不僅不是累贅，還是四聯詩詞緊密連成一個整體的關鍵之處，可以說我們所有的想像都是由虛詞所激發的。首聯，「紫泉」和「蕪城」兩個地名十分有諷刺意味。「紫泉」實際上應是「紫淵」，是長安的一條河，唐代為避李淵的名諱，故改稱「紫泉」。「紫泉宮殿鎖煙霞」意思是長安的宮殿上方籠罩着煙霞，而隋煬帝去了哪兒呢？原來他還打算在蕪城（今揚州）建立更繁華的宮殿。南朝詩人鮑照曾寫過關於廣陵歷史的〈蕪城賦〉，通常被解讀為對南朝一位王子的含蓄批評，那位王子曾在廣陵發動了一場失敗的叛亂。如此，說隋煬帝「欲取蕪城作帝家」等於是在含蓄地批評他沒能吸取歷史教訓。

頷聯「玉璽不緣歸日角，錦帆應是到天涯」，「玉璽」是帝國的象徵，而「錦帆」是指隋煬帝南巡時張着錦帆的船隊，沿着新開通的航道，連綿不絕，十分奢侈。「日角」是相面的術語，意即在前額有似角狀的凸起，表明一個人命中注定會成為皇帝，這裏指的是李淵。如果僅陳述這個史實，這句詩可以簡化成「玉璽歸日角，錦帆到天涯」，意思就是李淵當皇帝，隋煬帝的船隊一直到天邊。這樣讀來十分平淡，且不具有文學性。

加上虛詞「不緣」、「應是」後，這句詩就活了起來，產生了兩種理解的可能性：

一是從第三人稱的口吻去評價此事，如果玉璽不歸李淵所有，隋煬帝的巡遊船隊應該會直抵天涯海角，而隋朝仍舊被這位昏庸奢靡的皇帝統治。

二是以隋煬帝的口吻作猜測：「如果不是李淵搶了我的皇帝位置，那麼我應該可以四處遊覽，一直到天邊呢！」此種理解無疑更顯得隋煬帝執迷不悟、愚蠢昏庸，也更具尖刻諷刺的意味。

頸聯，「於今腐草無螢火，終古垂楊有暮鴉」，據說隋煬帝曾經在南遊期間向民眾收集螢火蟲，僅僅是為了釋放它們，以便在夜間遊覽時提供照明。「垂楊」實際上就是垂柳，據說運河兩岸種植垂柳，全是為了給隋煬帝的遊船遮陰。如今運河邊的螢火蟲已經滅跡，暗指是隋煬帝當年滅絕性捕捉的惡果。同樣，當年的垂柳已經枯老，黃昏時分棲滿烏鴉。有的詩論家認為，運河畔今昔景色的對比，影射了隋煬帝前半生窮奢極欲，到晚年孤獨淒涼的境遇。

尾聯提到了亡國之君陳後主。隋文帝楊堅在 589 年滅掉陳朝，陳後主最寵愛的妃子演唱的《玉樹後庭花》便成為亡國之音，而歌名也成為陳後主奢靡淫樂的代名詞，一提到《後庭花》就令人聯想到陳代覆亡。而傳說中隋煬帝楊廣曾在夢中與陳後主相遇，並說也想聽一聽《後庭花》這首歌。此詩的尾聯「地下若逢陳後主，豈宜重問後庭花」就是以這個傳說為依託的，但詩人加上「若逢」、「豈宜」兩個有假設意思的虛詞，這句就由實變虛。詩人似乎是在與我們對話，以第三人稱的視角說：「你看這位隋煬帝，若是在地下遇到陳後主，他怎麼還能要求聽《後庭花》這首曲子呢？」言外之意是，隋煬帝到了陰間仍念念不忘尋歡作樂，完全不知悔改。鞭辟入裏的諷刺在這種虛設的詰問中到達了極致，虛詞在這首詩中的重要性昭然若揭。

好的七律是不能減少兩個字變成五律的，這首詩中的虛詞這樣多，是不是可以刪掉虛詞變成五律呢？答案是否定的。如果將此詩的虛詞刪掉，那麼整首詩便是「七寶樓臺碎拆下來不成片段」。詩歌的藝術手法在於虛構，這些歷史材料要往虛處做工夫才有文學性，否則就只是一堆零散的史料而已。《唐詩三百首》中除了杜甫五絕〈八陣圖〉，所有的詠史詩都是七言，這就說明，五言的詩體空間不足以讓詩人將歷史化實為虛，表達出對歷史的反思。

〈隋宮〉是十分典型的詠史詩，李商隱塑造了一個比較豐滿的隋煬帝形象，諷刺了他荒淫無度、窮奢極欲的愚蠢，但這與李商隱本身的生活與情感可能沒有直接的關聯，他只是就這個歷史事件發表自己的看法，這就叫詠史詩。與宋代說理詩相比，此詩不是直接將大道理灌輸給我們，而是通過使用虛詞、問句的方式，來引導我們自己去發現這個道理。比如杜牧七絕〈赤壁〉的「東風不與周郎便，銅雀春深鎖二喬」一句，就進行了大膽的假設，說如果周瑜打了敗仗，那麼吳國就滅亡了。但他沒有直接說出來，而是說「鎖二喬」，我們自然明白，如果周瑜和孫策的夫人都被鎖起來了，那吳國不就是滅亡了嗎？本是充滿硝煙的戰事，卻被杜牧說得這麼曲折委婉，將想像的空間留給讀者，引人深思。

〈隋宮〉的成功之處，正是在於李商隱對虛詞的巧用。這首詩充分說明，線索在詩內的詠史詩同樣能夠化實為虛，其藝術手法真是別具一格。古代詩論家將李商隱詩〈隋宮〉詠史法比為華貴炫目的流蘇，而將杜甫詩〈詠懷古跡〉懷古寫法比作肉眼難見的草蛇灰線，極為生動貼切，可以更形象地讓我們牢牢記住兩首名詩的形式和審美特徵。

七律之爭誰第一

除了對詩仙、詩聖、詩佛的討論，唐詩研究還有另一大熱點，即哪首詩是唐代七言律詩第一？這是明清時期詩論家們最愛爭辯的話題之一。

在詩論家眼中，初唐沈佺期的〈古意〉、盛唐初期崔顥的〈黃鶴樓〉以及杜甫的〈登高〉是七律奪冠呼聲最高的三首詩。這三首詩代表了三種完全不同的語言風格，展現出了七律強大的開放性。〈古意〉以律詩之體吸收古體詩和樂府詩的成分；〈黃鶴樓〉把七言歌行中以抒情為主的特點融合其中；杜甫〈登高〉通過連用題評句和對偶句來改變句法，甚至打破了自己律詩中「起承轉合」的傳統。題評句的每一句都有其完整的意義，相當於兩個五言句合在一起。在連續使用的情況下，便會形成如古文般的排比結構，使原有滯後效果的對偶句變得連貫而有氣勢，故胡應麟稱此詩「精光萬丈，力量萬鈞」(《詩藪》)。杜甫以句法的變化促進了章法的突破，達到了七律的新高峰。

古人有關哪首是七律第一的爭論，給我們把握律詩豐富而精彩的藝術性提供了寶貴的視角。在這裏，我們先以王維的〈積雨輞川莊作〉作為開篇之例，看看七律詩韻律節奏到底有怎樣的變化，同時也介紹七言題評句的創意和特色。

9 王維〈積雨輞川莊作〉

七言不得減兩字才是真工夫

積雨空林煙火遲，蒸藜炊黍餉東菑。
漠漠水田飛白鷺，陰陰夏木囀黃鸝。
山中習靜觀朝槿，松下清齋折露葵。
野老與人爭席罷，海鷗何事更相疑。

就平仄格律而言，七律是五律的簡單延伸。只要掌握了五律平仄變化規則，七律就迎刃而解了。在五律前面加兩個字，均用與後面兩個字相反的聲調，便得七律的格律。五絕擴展至七絕，格律的延伸也遵循同樣的規則。

但要談詩歌意義，問題就複雜多了。王力先生認為，與平仄格律一樣，七律的詩意也可以看作是五律的延長，很多七言句減掉兩個字，其意義也沒有太大分別。這種說法有點以偏概全。七律減了兩個字而不影響詩意的只是一部分詩作，而且是通常被認為藝術性較差的一類。優秀的七律作品若減了兩個字，意義往往就殘缺不全，甚至不堪卒讀。在這類作品中，所加的兩個字與另外五字融為一體，從而引入新節奏、新句法，大大開拓詩篇的境界，因此可以說加兩個字給詩體帶來了質變。其實，古人早就看到這點，並以此為據，提出了五言和七言律詩有本質區別的論斷。中唐白居易說：「凡為七言詩，須減為五言不得，始是工夫。」（舊題《文苑詩格》）元人楊載說：「七言律難於五言律，七言下字較粗實，五言下字較細嫩。七言若可截作五言，便不成詩，須字字去不得方是。」（《詩法家數》）明人皇甫汸說：「詩須五言不可加，七字不可減為妙。」（《解頤新語》）

古人用不可加減的簡單方法來確定五言、七言體各自的特質，究竟合不合理，結合我們已經讀過的五律和往下要讀的七律，我們應不難找到答案。王維五律是「詩須五言不可加」的最好例子。王維所有帶有禪意的山水詩都是用五言寫的。假設給「江流天地外，山色有無中」、「白雲回望合，青靄入看無」、「行到水窮處，坐觀雲起時」這樣的名句加上兩個字，那效果會怎樣呢？這比畫蛇添足更糟糕，詩的禪境被徹底破壞了。王維喜愛靜觀一兩個景象的瞬息變化，從中體悟宇宙實相。若多加兩個字，羅列一連串景物，或插入議論言語，詩句中還哪能呈現出神入化的般若妙境？正因如此，王維只用五言來寫禪觀山水之作，而把七言留來寫邊塞詩、應制詩、農耕詩之類。

七律並非王維的最強項，在大家熟知的《唐詩三百首》中，王維的七律僅入選四首，但其中〈積雨輞川莊作〉的頷聯「漠漠水田飛白鷺，陰陰夏木囀黃鸝」卻引出了涉及五、七言的辯論。這裏，我們不妨用此詩作為引子探索七律的藝術特徵。這首七律寫於王維晚年隱居輞川時期，很可能是天寶九載（750）到十一載（752）為母守孝期間。王維的輞川別墅從宋之問處購得，本為王維母親持戒所用，詩人吃素靜修不一定只是尋求遠離官場的安寧，也可能與思念母親有關。

我們試着按照白居易「七言詩，須減為五言不得，始是工夫」的標準，逐聯分析此詩。首聯「積雨空林煙火遲，蒸藜炊黍餉東菑」，第一句有三個雙音名詞，各司其職，「積雨」即點明當時的天氣狀況，又暗示了煙火遲遲才升起的原因。「煙火」不直接進入眼簾，而是從「空林」中緩緩升起，詩意盎然。第二句「蒸藜炊黍」四字看似不夠凝練，但與上句「遲」字對讀，我們就可以發現，詩人連續使用「蒸」、「炊」兩個意義相近的動詞，意在展示因雨延誤而趕做午飯的忙碌景象。

頷聯「漠漠水田飛白鷺，陰陰夏木囀黃鸝」是歷代說詩論家都樂於談論的名聯。中晚唐之際的李肇認為王維剽竊了李嘉祐的「水田飛白鷺，夏木囀黃鸝」一句，還諷刺王維「好取人文章嘉句」。姑且不論他二人誰是原創，只看詩句，覺得誰的更好呢？宋代葉夢得評王維句說：「此兩句好處，正在添『漠漠』『陰陰』四字，此乃王摩詰為嘉祐點化。」（《石林詩話》）他認為這兩行如果是五言那就平平無奇，而王維添上的這兩個聯綿詞，正是畫龍點睛之處。但古人憑直覺論詩，知其然而不知其所以然，並沒有能夠揭示其背後的道理。

今天我們一起來解開這個謎團，我認為王維七言句勝於李嘉祐五言句，是題評句法的功勞。李嘉祐「水田飛白鷺，夏木囀黃鸝」是簡單的主謂倒裝句，主語是「白鷺」、「黃鸝」，謂語是「飛」、「囀」，句首的「水田」和「夏木」在句中是狀語，交代白鷺和黃鸝所在之地，這句話翻譯過來就是「白鷺在水田中飛」、「黃鸝在夏日樹叢中唱歌」。而王維加上「漠漠」、「陰陰」四字，就從簡單的主謂句變成了 4+3 模式的題評句。

題評句是漢語中獨有的，在古典詩歌中大量使用。與五律中「江漢｜思歸客」、「乾坤｜一腐儒」這樣的 2+3 結構的題評句不同，七律中的題評句是複合題評句，頭大尾小，前四個字構成一個大景，後三個字則是一個小景。比如，王維這句中的「漠漠水田」、「陰陰夏木」都是大景。「漠漠水田」，一片開闊的風景映入眼簾，用了兩個疊字，就把李嘉祐詩中孤立的物象「水田」變成了一片廣闊的自然風光；「陰陰夏木」因「陰陰」二字，便使「夏木」由孤木變成森林。而其下三個字「飛白鷺」和「囀黃鸝」都是特寫小景。大小景互相襯托，交映生輝，夏日村莊生機盎然的景色便浮現在我們眼前。另外，正如不少詩論家指出，若有剽竊，也應是晚於王維的李嘉祐抄襲詩句，他刪去兩字，改成五言。李嘉祐將呈現大小二景互動的複合題評句改為簡單的主謂句，豈不是「點金成鐵」之舉？

「漠漠」、「陰陰」二詞用得確實極妙。詩題〈積雨輞川莊作〉中有「積雨」二字，「漠漠」正體現出剛剛下過雨的水田映着天空，有一種廣闊空茫之感，而「陰陰」也有雨後樹木的清新、涼爽氣息。如果我們將「漠漠」、「陰陰」刪掉，那麼這句話就失去了這種視覺效果，不能看到物與物之間瞬間的轉換，更加感受不到那種大小對比的空間感、靈動感。因此，好的七律是不能夠隨意刪減的，這不僅會改變語言結構，還會影響到詩歌整體呈現的美感。讀到這裏我們應該已經明白，五言、七言的結構直接影響了詩的風格和美感，古人雖沒有這樣的語法結構意識，但他們卻直覺地把握了七言新句式的本質，並用它來創造出七律獨有的意境。

詩的下半部分從寧靜的外景轉入寫詩人的隱居生活。在頸聯「山中習靜觀朝槿，松下清齋折露葵」中，「山中」和「松下」為詩人佛家居士生活的環境，「山中習靜」是對生活方式的總寫，而「觀朝槿」則是對生活細節的描述；下句相同，「松下清齋」是說居士吃齋的生活，「折露葵」則是對具體動作的描寫，這兩句和上面「漠漠水田飛白鷺」一樣都是 4+3 的結構模式，沒有可以刪去的閒字。在尾聯「野老與人爭席罷，海鷗何事更相疑」中，詩人巧用兩個典故來表明自己所達到的精神境界：

他已能像《莊子・寓言》中所載的陽子那樣徹底忘卻等級名分，不與他人起紛爭，就連怕人的海鷗也可與他為友。

10

沈佺期〈古意〉

樂府入律，何以稱雄

盧家少婦鬱金堂，海燕雙栖玳瑁梁。
九月寒砧催木葉，十年征戍憶遼陽。
白狼河北音書斷，丹鳳城南秋夜長。
誰謂含愁獨不見，更教明月照流黃。

在參與「七律第一」之爭的詩篇中，成詩時間最早的是沈佺期的〈古意（呈補闕喬知之）〉。沈佺期和宋之問的作品普遍被視為律詩平仄音律形成的標誌，〈古意〉就是一個平仄格律成熟的好例子，不過它的主題和藝術形式還是延續着六朝詩的特色，與盛唐中晚期的成熟七律還是有很大分別的。我們現在來細讀〈古意〉，領略沈佺期如何成功地用樂府的手法寫七律的。

沈佺期在詩歌題目中就暗示了此詩對樂府的繼承。〈古意〉又名〈獨不見〉，「獨不見」是樂府的古題。《樂府詩集》說：「獨不見，傷思而不得見也。」是寫不能相見的淒苦。沈佺期給樂府古題穿上律詩的衣服，還能寫得如此圓轉動人，每一聯都博得不同詩論家的讚賞，是十分成功的。

首聯，「盧家少婦」即莫愁，原為梁武帝詩歌中的一個人物，後成為少婦的代名詞。「鬱金堂」、

「玳瑁梁」，這兩個意象十分華麗，我們感受到的並非樂府古意，而是一種對齊梁豔體的繼承。其中，「鬱金堂」有兩解：一是，有學者如沈德潛認為「鬱金堂」就是「鬱金香」，古大秦國的一種香料，在〈河中之水歌〉中就有「中有鬱金蘇合香」一句。二是，按「堂」解，是指「鬱金」的香味在堂屋之中。可想而知，詩中少婦應是有錢人家的，她衣食無憂，看到海燕成雙而黯然神傷，她為甚麼而傷心呢？下文便引出了她的心理活動。

起承轉合通常被用來分析律詩的結構，但這首詩並不符合這個規律。按理說，轉應該在頸聯，但這首詩在頷聯就有一個極大的「轉」。首先是風格的急轉，雍容華貴的齊梁豔體一變為充滿蒼涼古意的樂府體。詩中的景物也隨之大變。前一聯還在寫少婦家中的富麗堂皇，此聯就將視線移到了邊塞，與首聯的景物描寫截然不同，「九月」、「寒」等字眼都讓人感受到秋風蕭瑟、寒氣逼人。巧妙的是，一、二兩聯如此大的轉變卻並不顯突兀，因為一切都是由上一聯「海燕雙栖玳瑁梁」觸發的，燕子成雙成對地棲息在樑上，引發了婦人對夫君的思念，這才有了頷聯對夫君邊關生活的想像，以及往下的抒情。正是如此含蓄的表達，讓許多詩論家認為這首詩拓新了六朝豔體，繼承了《詩經》的傳統。

頸聯，按律詩的規律來說應該「轉」，但這首詩卻將此聯作「承」用，上下兩句分別回應頷聯和首聯。上句，先寫丈夫戍邊所在地「白狼河北」，「音書斷」寫夫君盼望家書，並從他的角度講離別之情，緊扣頷聯「十年征戍」邊塞景象的描寫；下句則回應首聯，妻子獨居在「丹鳳城南」，「秋夜長」寫她難耐漫漫夜長，從少婦的角度寫離別之苦。

尾聯，「誰謂含愁獨不見」，是少婦的口吻，說誰能明白我現在的孤獨處境。少婦將這種思念之苦遷怒於月亮，「更教明月照流黃」，指責明月在她最憂愁的時候照着她的床幃，撩人愁思。此聯被認為是蘇東坡名句「不應有恨，何事長向別時圓」所本。

此詩的結構得到了很多詩論家的讚賞，稱之「意脈貫通」（胡應麟《詩藪》）。實際上，這是巧妙改造樂府的頂針格的碩果。所謂頂針格，就是指每行最後兩個字與下一行行首的兩個字相同，用這種方法將詩歌連為一個整體。這首詩裏面實際上就有一種隱藏的頂針格，如「十年征戍憶遼陽」，下面緊接着「白狼」，「白狼」就是遼陽的一條河；而「秋夜長」後面緊跟着一句「誰謂含愁獨不見」，漫漫長夜下，少婦含愁思夫卻不得見，也是很明顯的詩意上的勾連。吳喬言：「八句如鈎鎖連環，不用起承轉合一定之法者也。」（《圍爐詩話》）顯然很欣賞此詩的勾連結構，認為律詩不一定要遵循起承轉合，如此開合流宕，也自有氣勢。

這首詩的成與敗，皆在於對樂府的繼承。可以說，這些被各代詩論家表揚的地方，也正是被認為不足之處。沈佺期此詩雜用豔體和樂府，並非七律正格。正因如此，很多人不贊同將此詩稱為七律第一，郝敬認為此詩是「冠冕初唐」（《批選唐詩》）的七律，這是比較公允的。為何這首詩難當唐人七律第一呢？這裏可以用古人的方法作一判斷。古人常用是否可以加減兩字來確定五律和七律各自的特質，但很可惜他們沒用這個方法來評選七律第一。沈佺期的〈古意〉刪去兩個字，仍能成立為一首意義完整的五律：

少婦鬱金堂，海燕雙栖梁。

寒砧催木葉，征戍憶遼陽。

河北音書斷，城南秋夜長。

含愁獨不見，明月照流黃。

去掉「十年」、「九月」、「白狼」等表示時間、地點的詞，詩意非但沒太大變化，反而更加緊湊。而在成熟的五律、七律裏面，頷聯和頸聯往往把具體的時間、地點去掉，直接進入抒情。如果按照「詩須五言不可加，七字不可減為妙」的原則，能夠減字成為五律的七言律詩都不算上乘之作，那麼此詩顯然不能作為七律第一。不過，沈佺期加上這些具體的時間、地點詞也並非全無益處，這使此詩保持了樂府的風格。受口頭演唱的影響，樂府中會用具體的時空變化來羅列意象，自然需要一些時、空詞語的提示，加這些詞能讓時間、地點具體化，就像〈陌上桑〉中的「日出東南隅，照我秦氏樓」，詩中不斷地交代具體的時間和地點，讓敘事比較清晰地進行下去。

11

崔顥〈黃鶴樓〉

歌行入律，何以爭勝

昔人已乘黃鶴去，此地空餘黃鶴樓。
黃鶴一去不復返，白雲千載空悠悠。
晴川歷歷漢陽樹，芳草萋萋鸚鵡洲。
日暮鄉關何處是，煙波江上使人愁。

如果說沈佺期的〈古意〉有樂府遺風，那崔顥的〈黃鶴樓〉則顯而易見的有七言歌行的風格，因此兩者的書寫方式有很大的不同。樂府重敘事，大多從第三人稱視角展開描寫，而歌行則常用第一人稱視角，抒情更為直接和濃烈。

談到七言歌行濃烈直接的抒情，很多讀者自然會想起李白名句「君不見，黃河之水天上來，奔流到海不復回；君不見，高堂明鏡悲白髮，朝如青絲暮成雪」(〈將進酒〉)。〈黃鶴樓〉上半闋也是以這種古風形式來寫的，完全不受律詩各種清規戒律的束縛。總的說來，此詩有三點沒有遵守律詩的規則：一是「黃鶴」二字在全詩中重複了三次，這在惜字如金的律詩中是不被允許的；二是平仄的違規，「黃鶴一去不復返」一句連用五個仄聲字，「白雲千載空悠悠」一句用了五個平聲，完全不遵守律詩音律；三是頷聯「不復返」、「空悠悠」沒有對仗，「一去」與「千載」對仗不工，律詩中間兩聯是必須對仗的。

崔顥此詩已經如此不遵守律詩規則了，為甚麼還能成為七律第一的強勁候選？我們逐句來看看這首詩的精彩之處。

除了在風格上的相似，〈黃鶴樓〉和李白七言歌行〈將進酒〉開頭兩句所表達的情感也很像，都是感嘆時間的流逝、人生之短暫。只不過所用手法不同，〈將進酒〉開頭兩句是用想像對時間進行壓縮，「朝如青絲暮成雪」，頭髮早上還是黑色的，晚上就變白了，通過將時間的流逝壓縮到一瞬間來強調人生短暫，給人的感受十分強烈；崔顥用了一種正好相反的手法，他將時空拉得無限漫長，登上黃鶴樓，想到此地曾有仙人，可現在已經仙去樓空，剩下他孤單一人。仙人和普通人、永生和有限的生命、仙境和人間之間，存有無限的空間距離，兩相對照就喚起一種天人永隔、極為壓抑的孤獨感。

首聯從「去」的視角來寫，仙人離開了，詩人感嘆自己無法跟從仙人一起走。頷聯從「來」的視角來寫，期待仙人的到來，但「黃鶴一去不復返」，這種等待似乎是徒勞無望的。更無可奈何的是，不只詩人一個人失望，千百年來，仙人從來沒有像傳說中那樣，重回人間把人帶到天上的仙境去。再抬頭尋找仙人，卻只能看到白雲飄飄，無奈嘆息，千百年來都是如此空等啊。「千載」兩字把令人生悲的時間注入了令人壓抑的空間，折射出詩人的孤獨感。

開頭兩聯視角是往天上看，頸聯則轉到水平線的遠處眺望。從「晴川」到「漢陽樹」，從廣闊的江景到小樹，表現了大景、小景在凝視中的變化。「歷歷」、「萋萋」都是聯綿詞，使景物富有動感。此聯最獨特的是複合式題評句句式，即 4+3 題評句式中含着 2+2 題評句式。

崔顥使用的題評句有些與眾不同。4+3 題評句可以追溯到

《楚辭．招隱士》兩聯的作法：

> 桂樹叢生兮山之幽，偃蹇連蜷兮枝相繚。
> 山氣巃嵷兮石嵯峨，溪谷嶄巖兮水曾波。

如果將句中用於語氣停頓、無實際意義的助詞「兮」去掉，這兩聯就成了典型的 4+3 式句：

> 桂樹叢生｜山之幽，偃蹇連蜷｜枝相繚。
> 山氣巃嵷｜石嵯峨，溪谷嶄巖｜水曾波。

這樣一改，就與崔顥的「晴川歷歷漢陽樹，芳草萋萋鸚鵡洲」的寫法形似神合了。「晴川歷歷」為題語，而「漢陽樹」則是詩人對之所做的評論（關於此句題評關係，參蔡宗齊：《語法與詩境：漢詩藝術之破析》〔北京：中華書局，2021〕，頁 67-68、362-365）。此聯上句中，前四個字是 2+2 式題評句，「晴川」是題語，而「歷歷」則是評語，表達詩人凝視晴川而產生的感受。此聯兩句需對偶，自然就使用了同樣的複合題評結構，但大、小景出現的秩序是相反的。「晴川歷歷｜漢陽樹」是先大景後小景，「山氣巃嵸｜石嵯峨」也是一樣。相反，「芳草萋萋｜鸚鵡洲」是先小景後大景，猶如「桂樹叢生｜山之幽」的翻版。由於題評結構具有內在的斷裂和停頓，加上大小景象的交錯變換，此聯讀來尤有動感、節奏感，讓我們生動地體驗到詩人持續的、共有四次的觀物—情感反應的心理活動。這種心理活動顯然是一種充滿焦慮的生命意識的律動，因為此聯中兩個聯綿詞「歷歷」和「萋萋」無疑是頷聯中聯綿詞「悠悠」所表達無奈之情的進一步發展。另外，「晴川」喚起了人們對眾多臨水嗟嘆人生短暫的名句的聯想，從孔子「逝者如斯夫」到曹操的〈短歌行〉，不計其數。然而，與這些名句不同，此聯不訴諸抽象言語，而是用題評句法組織意象，將人生短暫的生命意識轉化為惆悵心緒產生和漸漸發展的過程，讓讀者慢慢地咀嚼、體會、共情。最後值得一提的是，「晴」一字用得極為高妙，為尾聯的「日暮」做了鋪墊，悄悄地提示讀者，末句詩人「煙波江上使人愁」一句，不是臨江一刻的感嘆，而是詩人在黃鶴樓上久久凝思，胸中所積無盡惆悵的最終宣洩。

尾聯，詩人進一步在想像中眺望，從鸚鵡洲、漢陽樹再擴大向遠處去，「鄉關」是肉眼看不到的地方，而從「晴川」到「日暮」，時間何等之長，表示了詩人悵惘遠眺，苦苦尋找「鄉關」之久。接着，映入眼簾的是浩瀚的「煙波」，猶如詩人無邊無盡的愁緒。崔顥沒有着意煉字，而是直抒胸臆，用粗實的語言將難以捉摸描述的生命意識、滿腔鄉愁表達出來。崔顥在〈黃鶴樓〉中把視覺經驗、時空感受、生命和宇宙意識都融為一體，創造出美輪美奐的意境。

12

李白〈登金陵鳳凰臺〉PK〈黃鶴樓〉為何失敗

鳳凰臺上鳳凰遊，鳳去臺空江自流。
吳宮花草埋幽徑，晉代衣冠成古丘。
三山半落青天外，二水中分白鷺洲。
總為浮雲能蔽日，長安不見使人愁。

過世不久的著名文學批評家哈洛・卜倫（Harold Bloom）有 *The Anxiety of Influence* 一書，中文譯本名為《影響的焦慮》，講後人面對前人偉大之作的焦慮疲憊和想要超越的野心。從我們現代人的角度來說，李白是數一數二的偉大詩人，但當他看到崔顥的題壁詩〈黃鶴樓〉，仍倍感壓力。明代學者楊慎《升庵詩話》中有記述：「李太白過武昌，見崔顥〈黃鶴樓〉詩，嘆服之，遂不復作，去而賦〈金陵鳳凰臺〉也。」是說李白看到這首詩之後，大為佩服，便不敢再以黃鶴樓為題作詩，而是日後轉寫南京的鳳凰臺。姑且不論此傳說是否可靠，單看李白的〈登金陵鳳凰臺〉，從它的用韻、詩歌結構來說，確實是對〈黃鶴樓〉的一種挑戰或說致敬。

〈黃鶴樓〉的成功大部分是由於崔顥用七言歌行的方法寫律詩，七言歌行也正是李白最擅長的詩體。他用歌行體寫五律〈送友人〉，給我們留下了千古傳誦的佳句「浮雲遊子意，落日故園情」。倘若不是為了和崔顥競技，李白一定能夠用他自己擅長的歌行筆法寫出勝過崔顥的詩篇。可惜，或許是被崔顥〈黃鶴樓〉所激，他這首〈登金陵鳳凰臺〉相當老實地遵守律詩的規則，但結果卻是「揚短避長」，將自己無邊的想像力和浪漫戴上了鐐銬，沒能將詩仙詩才發揮出萬一。

除了從逸聞中知道李白此詩受到崔顥〈黃鶴樓〉影響，從詩的實際寫作來看，李白這首〈登金陵鳳凰臺〉確實是與〈黃鶴樓〉針鋒相對的。第一，兩詩用同樣的尾韻，比如「洲」、「愁」等都是押平水韻十一尤；第二，兩詩都有重複的字詞，崔顥「黃鶴」重複了三次，李白「鳳」也重複了三次；第三，兩詩結構相似，首聯崔顥寫「空餘黃鶴樓」，而李白寫「臺空江自流」，十分相似，尾聯「使人愁」則是同樣的字眼；第四，兩詩從整體情感上，都是一種對歷史變遷、時間流逝的感嘆。

前人不乏對這兩首詩優劣的評判，有學者認為兩首詩旗鼓相當，如劉克莊說「今觀二詩，真敵手棋也」(《後村詩話》)；也有學者認為崔詩更勝一籌，如王世懋、王世貞都不喜李白詩，王世貞還稱李白此詩「效顰〈黃鶴樓〉，可厭」(李攀龍《唐詩廣選》所引)，是比較激烈的評價；當然，也不乏喜歡李白詩的詩論家，如瞿佑說李詩「愛君憂國之意，遠過鄉關之念」(《歸田詩話》)，從立意上偏袒李白詩。雖無意妄評詩仙大作，但就我個人的閱讀體驗來說，李白此詩的每一聯都難與〈黃鶴樓〉比肩，現在逐句對比來看。

鳳凰臺上鳳凰遊，	昔人已乘黃鶴去，
鳳去臺空江自流。	此地空餘黃鶴樓。
吳宮花草埋幽徑，	黃鶴一去不復返，

晉代衣冠成古丘。	白雲千載空悠悠。
三山半落青天外，	晴川歷歷漢陽樹，
二水中分白鷺洲。	芳草萋萋鸚鵡洲。
總為浮雲能蔽日，	日暮鄉關何處是，
長安不見使人愁。	煙波江上使人愁。

首聯，李白用了「鳳凰遊」，「鳳凰」是神鳥，「鳳去」鳳凰離去和李白自身以及人類歷史的變遷都關聯不大，故讀來欠缺情感聯繫；崔顥講「已乘黃鶴去」，只有仙人才能乘鶴而去，但他用「昔人」一詞，這些成仙的人，原先是和自己一樣的普通人，拉近了仙人和自己的距離，將自己的情感納入其中，十分巧妙。此外，李白的首句，「鳳凰臺上鳳凰遊」，空間很局限，視角只是盤桓在鳳凰臺上空，下面一句「鳳去臺空江自流」又過於煩瑣，七個字包含三個信息，「鳳去」鳳凰走了，「臺空」鳳凰臺空了，「江自流」，江水還在流。這種寫法過於滿溢，給讀者的想像空間不多，也難以挑起對時間流逝的感嘆；崔顥首句氣勢開闊，「黃鶴去」一下子將鏡頭拉遠，「空餘黃鶴樓」又聚焦到一個遺世獨立的小樓，非常有時間、空間的對比感。

頷聯，李白也寫得十分平淡，「吳宮花草埋幽徑，晉代衣冠成古丘」，這句話是普通的陳述句，僅講了朝代興衰的變化。這裏的動詞「埋」、「成」太實，此句沒有動人的詩眼，沒有想像的空間，更難以見到這種時過境遷與李白情感的聯繫；反觀崔顥進一步寫仙人離去，凡人千載都無法成功地尋仙問道，更增添了人們面對時間流逝的無奈之感，引人共情。

頸聯「三山半落青天外，二水中分白鷺洲」，這句景物描寫很美，三山在外，被雲霧遮擋，輪廓若隱若現。小洲將水分成兩道支流，上有白鷺翻飛。不管從語言結構、景色氣勢塑造來講，這句景物描寫都十分精彩，美中不足是，這一聯在詩意上的「轉」平平無奇，這些景物和上一句懷古有甚麼必然的關係呢？這些景物觸發了甚麼樣的情感呢？我們很難品味到景與情深度的互動；崔詩頸聯所產生「轉」的效果是李詩頸聯望塵莫及的。崔詩頸聯之轉，不僅僅從仰視天上黃鶴、白雲轉為平視江景，而且有情感的開拓，從上聯中尋仙無道的感嘆發展到詩人對自己愁思的書寫。其中也巧妙地運用複合題評句，將詩人惆悵心緒的發展過程呈現出來。

尾聯，「總為浮雲能蔽日，長安不見使人愁」，李白寫因為浮雲蔽日，所以自己看不見長安城，「浮雲」指小人，「日」就是君主、朝廷，他暗指小人當道影響朝廷，使得鳳凰飛走了，他也回不到長安城，顯然此詩落腳的情感和他個人仕途命運有關。這種情感過於具體、狹窄，很難引起大部分人的共鳴；崔顥在詩的尾聯中抒發的思鄉的情感卻是普遍的、永恆的存在，絕大多數人都經歷過，能夠引發情感共振。

總結來說，李白此詩每一聯都稍差火候。七律是李白最不擅長的詩體，他的歌行鬼斧神工，絕句也極為超絕。如果不是為了和崔顥較量，他完全可以用自己擅長的歌行體創作，但如今我們只能嘆息扼腕，這首〈登金陵鳳凰臺〉真是「揚短避長」之作，沒能顯現出詩仙的才華和氣派。

13 杜甫〈登高〉

當七律達到極致時

風急天高猿嘯哀，渚清沙白鳥飛回。
無邊落木蕭蕭下，不盡長江滾滾來。
萬里悲秋常作客，百年多病獨登臺。
艱難苦恨繁霜鬢，潦倒新停濁酒杯。

前面談了「七律第一之爭」的前兩首，初唐沈佺期以樂府手法寫成的〈古意〉和盛唐初期崔顥以歌行體寫成的〈黃鶴樓〉，中間加了李白的〈登金陵鳳凰臺〉與崔詩做比較。李白的〈登金陵鳳凰臺〉完全不能和崔顥的〈黃鶴樓〉相媲美，而沈佺期的〈古意〉也較崔詩略遜一籌。若論七律第一之爭最強勁的候選作品，當數杜甫的〈登高〉，在這首詩中，我們將會領略到七律這種詩體的極致之美。

〈登高〉作於唐代宗大曆二年（767）秋，此時安史之亂結束已有四年，但地方軍閥又乘勢而起，相互爭奪地盤。杜甫於759年定居成都，入嚴武幕府。然永泰元年（765）嚴武病逝，杜甫失卻憑依，只得離開成都草堂，乘舟東下。本欲直達夔門，卻因病魔纏身，於雲安修養數月方抵夔州，此時已是次年（766）晚春。秋後柏茂琳為夔州都督，在其幫助下，杜甫定居此地，一住就是三個年頭。在這三年裏，他的生活困苦，身體飽受摧殘，瘧疾、肺病、風痹不斷地纏繞着他，幾乎成了一個殘廢的老人。詩人來到白帝城外的高臺，登高臨眺，百感交集。望中所見，激起意中所觸：蕭瑟的秋江景色，引發其身世飄零之感慨，滲入他老病孤愁之哀思。於是，這首被譽為「七律之冠」的〈登高〉便誕生了。

明代學者胡應麟對〈登高〉有極高的評價，用生動鏗鏘的語言陳述了此詩為七律第一的原因：

> 杜「風急天高」一章五十六字，如海底珊瑚，瘦勁難名，沉深莫測，而精光萬丈，力量萬鈞。通章章法、句法、字法，前無昔人，後無來學。微有説者，是杜詩，非唐詩耳。然此詩自當為古今七言律第一，不必為唐人七言律第一也。(《詩藪》)

他認為這首詩「精光萬丈，力量萬鈞」，有十分強烈的藝術感召力，但又如海底珊瑚深不可測，只能意會不可言傳。接着，他又試圖將這些抽象的讚美落到實處，把此詩的萬丈精光、萬鈞力量歸於章法、句法、字法的獨創。但很可惜，他的分析戛然而止，沒有進一步說明此詩章法、句法、字法的過人之處。

古人對此詩的評價，多集中在中間兩聯，認為這一部分最絕妙，同時有些學者對此詩的結句頗為不滿，如王世貞評價「結亦微弱」(《藝苑卮言》)、王夫之認為「結句生僵」(《唐詩評選》)，均認為結尾配不上整首詩的氣度。在此詩收穫的批評與讚譽中，有一個至今沒有得以解決的問題。很多詩論家認為〈登高〉全詩都是對仗，但卻一氣貫通到底，如吳農祥說「八句俱對，一氣折旋」(查慎行《初白庵詩評》引)，查慎行說「八句皆切對而不傷氣，所以稱雄」(《初白庵詩評》)。這就有一個明顯的矛盾，若全詩都對仗的話，如何能做到一氣貫通呢？大家都知道，對偶句通常產生一種滯後作用，進一步退半步，將表達情感的速度放慢，令人反覆琢磨、流連忘返，而「高渾一氣」則要求情感的抒發流暢緊湊、噴湧而發。古代詩論家們清晰地感知到了這個矛盾點，但卻一直沒能給出合理的解釋。

我以為，這首詩通篇對仗，其氣勢又能連貫直下，究其原因是杜甫對題評句法和疊加章法的創新妙用。胡應麟稱此詩過人之處在其章法、句法、字法，這三者中頭兩項講得極準，但最後一項字法不應列入其中，因為此詩語言粗實，沒有任何精心煉字的痕跡。徐增評杜甫頓挫云：「夫頓處皆截，挫處皆連，頓多挫少。唐人得意乃在此。」（《而庵說唐詩》）「頓」是一種向前的力量，而「挫」則是一種反作用力，合在一起，就像拉鋸一樣，一前一後，使得詩歌節奏有力。七言中 4+3 句式的韻律和語義節奏，尤其是當它承載具有斷裂感的題評句之時，正是創造頓挫效果的最佳途徑。正因如此，〈登高〉四聯都用了題評句式來打造強烈的頓挫感。我們先談此詩的句法，逐聯分析後，再討論章法。

風急天高｜猿嘯哀，
渚清沙白｜鳥飛回。
無邊落木｜蕭蕭下，
不盡長江｜滾滾來。
萬里悲秋｜常作客，
轉　百年多病｜獨登臺。
艱難｜苦恨繁霜鬢，
潦倒｜新停濁酒杯。

（前六句：4+3 題評句；後二句：2+5 題評句）

首聯，「風急天高猿嘯哀，渚清沙白鳥飛回」，為 4+3 的題評句，前四字是恢宏的大景，後三字則是小景的特寫。此外，從字法上來看，「風｜急」、「天｜高」、「渚｜清」、「沙｜白」都是一個名詞加一個形容詞，讀來每個名詞後有一小頓，接着的形容詞表達詩人感官的反應，而不是描述一個普通的自然現象。兩句的前四個字，視為隱性小題評句亦可。試想，如果換作「白沙」、「急風」，此聯就失去了頓挫感。從敘述視角來看，這一聯上半句是仰視，抬頭向天上看；下半句則是俯視，從天空向下看，這種視角相反的張力，構成了另一種頓挫感。

頷聯「無邊落木蕭蕭下，不盡長江滾滾來」寫秋景，和崔顥的詩句「晴川歷歷漢陽樹，芳草萋萋鸚鵡洲」的題評句式一樣，但境界卻更為高遠。前面四字「無邊落木」、「不盡長江」是景物，後面則用聯綿詞形容景物的狀態，「蕭蕭下」是由上而下的動作，「滾滾來」則是由遠到近的動作，整個畫面富有動感。

頸聯的題評句最耐人尋味。前面兩聯的題評句，話題和評語都有邏輯上的聯繫，例如，首聯中從「渚清沙白」到「鳥飛回」是同一空間中的視角轉換，而頷聯「無邊落木蕭蕭下」，「蕭蕭下」是形容「無邊落木」的，是對落葉狀態的補充描寫。與此情況不同，頸聯兩句的上四與下三分別寫景物和詩人的際遇，前後兩部分沒有時空或邏輯上的必然聯繫。比如，「百年多病」是詩人常年身體的狀態，和「獨登臺」這個動作沒有必然的關係；而「萬里悲秋」是寫詩人的此刻的情感，「常作客」則是自己長年飄泊的一種常態，兩者也沒有必然的關聯。然而，正是時間和空間有此縫隙，才有餘地讓我們展開想像，體會它們之間的情感聯繫。「萬里」，寫空間上的遼闊，而緊接着「常作客」，寫詩人在茫茫世界中卻只能飄泊，有一種何處為家的茫然感；下半句，「百年多病」，詩人年老多病，緊接着說「獨登臺」，一個人登高，孤獨感油然而生。所以，題語和評語在邏輯上的斷裂、時空上的對比，使得詩人孤苦無依的心境更加突出。

到了尾聯，題評句法產生了新變化。第八句很明顯是 2+5 句式，「潦倒」、「新停濁酒杯」，比 4+3 句式的頓挫感更加明顯，抒情力度進而提高。如果與此句對讀，那麼第七句「艱難」、「苦恨繁霜鬢」似乎也可當作 2+5 來讀。「艱難」是生活的狀態，「苦恨繁霜鬢」則是寫艱難生活對詩人身心的摧殘。當然，此句也可以當 4+3 解，「艱難苦恨」是題語，陳述原因，而「繁霜鬢」是評語，指示結果。此句甚至可以當作 2+2+3 來解，「艱難」是詩人的生活狀態，「苦恨」是詩人的心情，「繁霜鬢」則是導致的結果。

綜上所述，全詩八句無不使用題評句。首、頷、頸聯使用 4+3 式顯性題評句，而首聯中還有隱性的小題評句。同時，尾聯又引入 2+5 式隱性題評句。全詩題評句的使用，可以說是層出不窮、變化多端。

〈登高〉的章法也有很多創新。律詩固有的章法有兩個維度，一是意義上的起承轉合，二是形式上非對偶聯與對偶聯的輪換。在這兩個維度上，〈登高〉都有非同尋常的創新。在意義的維度上，此詩的首聯和尾聯之間沒有杜甫律詩中常見那種相互呼應、循環往復的「合」，像〈春望〉、〈登岳陽樓〉諸篇所示。「潦倒新停濁酒杯」與「風急天高猿嘯哀」難以拉扯上甚麼關係。另外，首聯與頷聯的關係與其說是「承」，毋寧說的同等的「重複」。「承」通常是指頷聯從首聯時空的總寫演進為對個別的、具有象徵意義的物象的描寫。但〈登高〉頭兩聯四句都是相似的外景描寫，不同的只是視線方向的變化：第一句仰視長風烈烈的天空，第二句轉向俯視山下清渚、白沙、飛鳥，第三句的視線再沿着水平方向延伸至無邊的落木，而第四句的視線則沿着長江水從遠方返回到眼前。從頷聯到頸聯確實有一「轉」，描寫的對象從秋景轉至詩人自己的生活。有趣的是，此「轉」中又竟然還有「起」的作用，因為第六句「獨登臺」補上了通常由首聯交代的緣由，即登高觸景而生的無限悲情。

形式維度上的創新也令人耳目一新。全詩四聯都用對偶，但讀來很難察覺。拿杜甫的絕句名篇做比較，「兩隻黃鸝鳴翠柳，一行白鷺上青天。窗含西嶺千秋雪，門泊東吳萬里船」。讀此詩，我們沒有任何前進的感覺，而是駐足於一個定點之上，從下、上、西、東四個方面眺望或想像各種景物。〈登高〉卻不給人這種在定點上流連忘返的感覺。究其原因是五言、七言句法的不同。五言句短，如果要與下句對仗，通常需要兩行才能構成一個完整的意義單位，這樣必然造成進一步退半步的滯後效果；五律四聯八句都用對偶，必定是板滯不堪，難以卒讀。與此情況相反，七言句使用題評結構，卻能造就大小景物的對比、景物和情感的對比，從而構成一個完整的意義單位。因此，句與句之間不是進一步退半步的遲緩推展，而是可以形成環環相扣，一往直前的態勢。七律全用題評式對偶句這種奇特的效果，大概是杜甫首先發現的，而且他一用就達到極致，做到通篇對仗而又「一意貫串，一氣呵成」（胡應麟《詩藪》）。此詩八句中疊加使用的題評句，猶如先秦唐宋的古文中的疊加排比句式，創造出律詩中罕見「力量萬鈞」的氣勢。

快詩、慢詩、意識流詩

講起唐代律詩四聯的結構，很多人立即會想起「起承轉合」一語，但是非文學專業的讀者可能不知此語出自宋人，也就是說，唐人寫律詩時心中並沒有「起承轉合」的框架。事實上，在唐代律詩中，採用線性結構的詩篇應遠多於採用「起承轉合」結構的，在初唐時期尤為如此。我們在杜甫律詩中所見的那種由景到情、頓挫強烈的「轉」，雖不能稱為老杜專有，但在他人的詩篇中並不多見。相比層出不窮的句法創新，律詩結構革新變換的空間要小很多。正因如此，我講律詩，重點放在句法分析，從此角度破解盛唐詩氣象產生之所以然。然而，我們也不能把律詩結構撇開不談。上面分析杜甫〈登高〉時，我已提及八句連用題評句而造就了律詩中罕見的排比結構。我再談三首出自杜甫和李商隱之手、結構尤為新穎的詩篇，看看兩人如何顛覆律詩的結構，分別寫出極快的和極慢的詩，又如何借助詩篇節奏來展現突發的狂喜和纏綿不盡、撲朔迷離的心境的。

14

杜甫〈聞官軍收河南河北〉

沉鬱頓挫之外

劍外忽傳收薊北，初聞涕淚滿衣裳。
卻看妻子愁何在，漫卷詩書喜欲狂。
白日放歌須縱酒，青春作伴好還鄉。
即從巴峽穿巫峽，便下襄陽向洛陽。

〈春望〉作於廣德元年（763）的春天，叛軍首領史朝義兵敗自盡，部下也紛紛歸降，長達八年的安史之亂終於結束了。此時的杜甫已經五十多歲，他聽到唐軍獲勝，興奮不已，一來是戰爭之苦要結束了，百姓的日子能稍微好過一點；二來是河南、河北都收復了，他終於可以回家鄉了。無法按捺心中狂喜的他，欣然提筆，寫下了〈聞官軍收河南河北〉。

這是一首與他「沉鬱頓挫」風格迥異的詩篇。全詩從「劍外忽傳收薊北」開始，詩人快樂的情緒便一發不可收拾，猶如尾聯所描述的三峽之水，一瀉千里。如此抒情，詩人就自覺或不自覺地對自己慣用的章法、句法、字法進行徹底的革新。

劍外忽傳｜收薊北，初聞涕淚｜滿衣裳。
卻看妻子｜愁何在，漫卷詩書｜喜欲狂。
白日放歌｜須縱酒，青春作伴｜好還鄉。
即從巴峽｜穿巫峽，便下襄陽｜向洛陽。

虛詞勾連創造出歡而快的節奏

第一，杜甫已經完全拋棄他最愛用的起承轉合結構（尤其在五律中），而改用一種無縫連接的線性結構。大家可以看到，此詩四聯的內容都按時間順序安排，不存在明顯的轉折。「轉」的刪除，令整首詩的結構十分流暢，沒有詩意的大起大落，因此讀起來尤為暢快。

第二，杜甫對句法也進行了重大的創新，對全詩四聯統一進行了「流水化」改造。在傳統詩學中，「流水對」指對偶聯中上下句前後緊接，一往直前，不像一般對偶句那樣，進一步退半步。律詩首聯通常不需對偶，上下兩句呈向前推進的態勢，為了保持一往直前的態勢，杜甫在頷聯有意用了不工整的對仗，「卻看」與「漫卷」、「妻子」與「詩書」、「愁何在」與「喜欲狂」，沒有一組是工對，因此不會產生閱讀的停頓。相反，這兩句呈現了「流水對」態勢，引導我們先睹其妻與子瞬間的情感變化，緊接着看到詩人喜若狂的樣子。頸聯的對仗也是不工整的，在單字的層次上，「白日」和「青春」對仗是工整的，顏色「白」對「青」，時間名詞「日」對「春」。然而，在雙音詞組的層次，「白日」與「青春」對仗，顯然不工整，不僅兩者時間長度懸殊，而且「青春」一詞極少用來指時節。「放歌」與「作伴」、「須縱酒」與「好還鄉」的對仗都是很不工整的。然而，正是通過使用不工整的對仗，在詩行的牽引下，我們無法放慢閱讀速度，而是跟着杜甫一往直前地抒情，從他當下放歌縱酒的打算，一下子進入了他對還鄉旅途的想像。一般來說，詩中對頷聯或頸聯上下句以「流水」式來組織，多旨在呈現因果關係，加強議論說理的力度，如李商隱的名句「玉璽不緣歸日角，錦帆應是到天涯」。而「白日放歌須縱酒，青春作伴好還鄉」卻是從現在一下跳躍到未來，流水對的這種用法是罕見的。律詩中尾聯通常不用對偶句，要用則多是流水對，而「即從巴峽穿巫峽，便下襄陽向洛陽」則是經典流水對，幾乎是解釋流水對時必用的例子。

比較之前所講〈春望〉、〈江漢〉、〈登岳陽樓〉、〈登高〉四首詩，這首詩雖然已將詩人心中的沉鬱之情一掃而空，但某種意義上說，「頓挫」仍存在於詩中。這首詩在章法和句法上都是不停歇地往前推進，既沒有起承轉合之變，也沒用充滿縫隙的題評句，因此沒有顯性的「頓挫」而言。但是，杜甫在字法層次上妙用虛字，在奔瀉而下的描寫中引入了許多曲折，從而創造出一種絕妙的隱性「頓挫」。明代謝杰說：

> 此詩曲盡人情，其妙皆在虛字。傳之曰「忽」，聞之曰「初」，淚之曰「滿」，愁之曰「何在」，卷之曰「漫」，喜之曰「狂」，歌之曰「放」，酒之曰「縱」，伴之曰「好」，從之曰「即」，下之曰「便」，皆極可玩。唯其聞之驟，是以喜之深；唯其喜之深，是以悲之切；唯其悲喜之深切，是以求歸之速也。(《杜律詹言》)

這裏說的虛字與分析李商隱〈隋宮〉時的虛字略有不同。之前是現代漢語語法學所定義的虛字或虛詞，即指自身沒有獨立意義、在句子僅擔任語法功能的字詞。謝杰所說的虛字，則是傳統詩學的術語，定義更為寬泛，不少詩論家把名詞之外的字統統歸為虛字。謝杰講的顯然是這種寬泛的虛字，把動詞和作動詞用的形容詞（滿、狂、縱）和副詞（漫、好）都包括在內。我認為，狹義虛字與廣義虛字在此詩中起着不同的作用。狹義虛字主要用來敘事，即列舉詩人聽聞喜訊之後一連串的動作和心理活動。

首聯，「忽」有一種意外、不確定的感覺。他在蜀地忽然聽聞收復薊北、平復安史之亂的消息，驚喜又不敢相信，「初」表明聽到喜訊的第一反應。

頷聯從自己延伸到家人。「卻」即是「再」，承接首聯「初」，喜悅之情從詩人自己蔓延到妻子和孩子，他們也不再發愁了。此聯下句「漫卷詩書喜欲狂」，又回過頭來描寫自己的歡樂，用「欲」字來揭示自己熾烈情感的發展，幾乎要達到「狂」的地步，也就是說快要樂瘋了，自然詩書也草草收起來不讀了。「漫」字用得極為精彩，用一個無意識的動作把詩人興奮的狀態表現得淋漓盡致。

頸聯上句詩人又似乎轉向自問：如何慶祝這種勝利？「須」字，帶有詩人強烈的主觀意願，認為只有放歌飲酒才能宣洩鬱悶，表達高興。下句，詩人又興奮地想到，可以與青綠的春天為伴，「好」踏上還鄉的旅程。「好」字是虛寫，是順勢展望回鄉的心情。「好」字有承上啟下的作用，呼應了上句的歡暢之情，又為下句急切歸程埋下伏筆。

尾聯，詩人用了「即……便……」兩個相互搭配的連詞，引入了「巴峽」、「巫峽」、「襄陽」、「洛陽」四個地名，勾勒出自己喜悅中制定的一個水路為主的歸家路線。他作此詩的時候在四川三臺，而巴峽是重慶嘉陵江匯入長江一帶，巫峽則是重慶和湖北交界的地方。也就是說，他們要從四川下重慶，然後順着長江一路到湖北荊州，水路直下襄陽，再走陸路到洛陽。

在四聯中，狹義虛字起着搭建結構的關鍵作用，不僅把八句勾連為一氣流貫的敘述，同時還巧妙地引入一道道曲折：敘事對象和視角不斷轉換，而動作的實描又漸漸轉為想像旅程的虛寫。同時，謝杰所說的廣義虛字，即「滿」、「漫」、「喜」、「狂」、「放」、「縱」等動詞，則與狹義虛字緊密配合，極為精煉地把每個敘事細節中的情感內涵傳達出來，喚起我們的無限共情。

清人浦起龍稱此詩為杜甫「生平第一首快詩」（《讀杜心解》），這種「快」既是詩人酣暢痛快的心情，也指此詩最顯著的藝術特點。的確，這首詩形式的方方面面無不體現出「快」的特點。論篇法，無縫連接的線性結構無疑是「快詩」的基礎，假若使用開合頓挫、跌宕不斷的結構，怎麼能快起來呢？論句法，此詩八句全部都是雙動詞句，每句 4+3 結構裏各有一個動詞，呈現明顯的遞進關係。這種句子讀來怎麼不會讓人覺得急促飛快呢？論字法，詩中所用的動詞、形容詞、副詞都是清一色的單音字，它們密集地出現，無疑給詩篇進一步加速。

詩人妙用字詞來創造「神速」的造詣，在尾聯中達到了登峰造極、前無古人後無來者的地步。從巴峽到巫峽、襄陽、洛陽，有數百公里的距離，即使在我們的高鐵時代，也是一個很長的路程。但詩人連接這四個地方，用的卻是通常用於連接短暫動作的字眼：「即……便……」、「從……向」。這類組合的連接詞，我們通常是用來指先後緊接着發生的兩件事。同樣，「穿」也是一個短暫的動作。杜甫使用了這些字，讓我們在想像中經歷飛箭般的速度，從而深深感受到詩人急不可待的歸心。

迄今為止，我們已經讀了杜甫的六首詩，五律和七律各三首，而每一首都有震古爍今的藝術創新。這裏我們做一個小結：

論字法，〈春望〉「感時花濺淚，恨別鳥驚心」、〈登岳陽樓〉「吳楚東南坼，乾坤日夜浮」乃是鬼斧神工之筆。

論句法，〈江漢〉獨創五言題評句式，初試牛刀，就展現了遊刃有餘的神技；〈登高〉無論是沿用 4+3 題評句，還是引入 2+5 題評句以及隱性題評句，都寫下了千古傳誦的名句。

論篇法（律詩中又可稱為章法），〈登高〉中幾種題評句通篇疊加，從而又獨創出一種排比式的篇法；〈詠懷古跡〉其三則以連環交錯的因果關係編織頷頸兩聯，在歷代律詩史上屬於獨一無二的創舉。

相比以上五首，〈聞官軍收河南河北〉抒情更加直率，用詞也更加樸實淺近，而且此詩在篇法、句法、字法三方面都有驚世的突破，但卻又完全不露痕跡。無怪乎清人沈德潛稱之「一氣流注，不見句法字法之跡」（《唐詩別裁集》），還被譽為「七律絕頂之篇」（劉浚《杜詩集評》卷十一引李因篤言）。

15

李商隱〈無題〉

結構不奇，枉稱無題

相見時難別亦難，東風無力百花殘。
春蠶到死絲方盡，蠟炬成灰淚始乾。 轉
曉鏡但愁雲鬢改，夜吟應覺月光寒。 轉
蓬山此去無多路，青鳥殷勤為探看。 轉

和〈隋宮〉一樣，李商隱的〈無題〉也用了很多虛詞，不過，這首詩中的單音虛詞並不像〈隋宮〉那樣用於建構詩篇結構，而是負責構造一種更為複雜的句子。

首聯「相見時難別亦難」十分有新意。一般我們都說聚少離多，曹植說「別易會難」，茫茫時空中有再次相見的機會是很難的。但李商隱更進一步，在首聯用了「亦」字，意思是說相見難，離別也很難。不過，這兩個「難」字並非同一個意思，前面一個是說相見的機會少，後面一個是說離別的心情難過。下句接着借自然景物展現這種痛苦對身心的摧殘。「東風」在古典詩歌中一般代指春天，東風沒有力氣，意思就是春天快要過去了，百花面臨殘敗的命運。

頷聯最妙，此聯之所以能成為名句，「方」和「始」這兩個虛詞立了大功。「方」和「始」都位於每句的第六個字，其意義相當於英文中的 not until 或 only when，強調了春蠶到死的時候才能吐完絲，蠟燭燒完了才能流乾淚。用了「方」和「始」二字，句腰「到死」、「成灰」就變成了兩個條件從句。走到盡頭的條件是甚麼？是春蠶和蠟燭的消殆。短短一聯，詩人用精妙的句式表達出令人動容的忠貞，人們喜歡用此句來形容至死不渝的愛情，足以說明此聯共情力量之大。

頸聯是典型的主謂句，2+5 結構。每一句都省略了主語，直白翻譯過來就是：早上照鏡子，發現只過了一夜頭髮卻白了；晚上睡不着，吟唱詩歌，應該感覺到月下清寒。每一句都是複雜的主謂複句，而且都用了兩個動詞，這兩個動作都是由至關重要的虛詞「但」、「應」所連接的。

比較已讀過的王維、崔顥、杜甫等人的七律，我們不難發現，李商隱七律的句法有兩大顯著的特點：

一是極少使用題評句。此詩八句找不到一例題評句。頸聯「曉鏡｜但愁雲鬢改，夜吟｜應覺月光寒」，乍看起來，似乎與杜甫「畫圖｜省識春風面」的句式相同，但實際是本質完全不同的句子。杜句是典型題評句，「畫圖」不能作主語解，而是一個題語或說話題。相反，李句「曉鏡」、「夜吟」是時間從句「曉鏡之時」、「夜吟之時」的省略，各自與下面五字構成完整的主謂複句。

二是高頻率使用主謂複句是李商隱七律的一個鮮明特點。李商隱律詩句法如此綿密，4+3 或 2+5 字詞組合之間不留縫隙，那還留有「虛」的空間讓我們展開想像嗎？

其實，此詩之「虛」就在其鬆散的結構之中。這首詩幾乎一聯一轉，第一聯傷時，講離別的事情；第二聯沒有繼續講下去，而是轉過來寫愛情的忠貞；第三聯又一轉，雖然還是在寫女子的生活，容顏老去、長夜寂寞，但敘述視角卻改變了：「應覺」，「應」字說明是男子揣測女子夜晚的狀態，並非女子自己的直觀感受；第四聯又是一轉，「蓬山此去無多路」，也似從男子角度說的，因為從傳統來說，只有男子外出尋找女子，女子不被允許這樣做。每一聯變換主題，且全詩上下兩部分存在明顯敘述視角的變化。

這種奇特結構的產生可能有兩個原因：一是源於第一人稱的回憶，人的回憶是複雜的且能自由跳躍、變換時空的，所以詩的結構自然就比較跳脫。第二種可能性是詩人從第三人稱視角描述一對男女的情愛，他作為一個旁觀者記錄下這一段苦澀甜蜜的戀情，前兩聯寫女子的相思心情，後兩聯寫男子猜測女子心情，以及對她的嚮往，乃至奔赴幽會。不管產生的原因為何，此詩的鬆散結構，造就了豐富的想像空間，將相思男女的複雜感受熔於一爐，提煉成一種抽象的愛情心境。光從讀者審美的角度來說，〈無題〉這個題目十分恰當。

就作者而言，詩題用「無題」是為了甚麼呢？對此歷來有各種不同的猜測。這裏，可以從文學傳統的角度提出兩種新的猜測：

一是李商隱似乎有意挑戰當時寫律詩的習慣。唐人寫詩很喜歡把時間、地點、事件、緣由、預定的讀者等交代清楚，不是用長長的一句當作題目，就是用首聯間接地傳達這些信息。那以〈無題〉為題，自然就會產生巨大的衝擊力，取得我們現在常說的「陌生化」的奇妙效果。後人紛紛仿效「無題」之體，最終變成一種定體，可見李商隱在標題上的大膽創新，影響深遠。

第二個猜測是，李商隱有意打破另一個歷史更為悠久且根深蒂固的傳統，即對愛情詩斷章取義的閱讀傳統。漢儒解釋《詩經》、《楚辭》，無不牽強附會，將愛情詩中男女雙方與歷史中人物事件對號入座，棄婦逐臣、香草美人等解讀愛情詩的窠臼也應運而生。這種解讀，隨着時間推移越演越烈，以致文人只要一寫愛情詩就必定會被穿鑿索隱，與當時的政治人物或事件掛鉤。

李商隱以「無題」為題，借助這塊擋板，以及詩中遊移不定的視角，似乎旨在打破這種糟蹋愛情詩之美的閱讀陋習，阻擋人們把當時的政事對號入座，胡亂解讀此詩。李商隱就這樣十分巧妙地讓這首瑰麗的詩篇免受曲解，而且為自己省去不必要的政治麻煩。

當然，李商隱絕非超然於政治之上。他畢生仕途坎坷，一直在牛李黨爭的夾縫中求生存。他早年靠牛黨政要令狐楚的提攜而考上進士，但後來又成了李黨重要成員王茂元的幕僚並娶其女為妻，因此處於十分尷尬的境地。〈無題〉據說寫於唐宣宗大中五年（851），旨在向當時得勢的牛派領袖令狐綯陳情。鑒於李商隱已有背叛牛黨的前嫌，若真是要向令狐綯陳情，自然要十分含蓄委婉，因此，〈無題〉為政治陳情之說也並非完全沒有道理。

16 李商隱〈錦瑟〉

現代意識流的鼻祖

錦瑟無端五十弦，一弦一柱思華年。
莊生曉夢迷蝴蝶，望帝春心託杜鵑。
滄海月明珠有淚，藍田日暖玉生煙。
此情可待成追憶，只是當時已惘然。

這首詩雖題名為〈錦瑟〉，實際上卻是無題。「錦瑟」是這首詩的頭兩個字，好比《詩經》中的無名詩，後人都取詩篇中前幾個字作題目，如〈關雎〉取自開頭句「關關雎鳩」，〈桃夭〉取自開頭句「桃之夭夭」。李商隱這裏故意用「錦瑟」，看似有題實則無題，這個做法很顯然是有意為我們打開詮釋空間。古人不知李商隱狡黠精怪，紛紛跳入圈套為此詩釋讀，每一聯的解讀都眾說紛紜，對此詩主旨的界定更是五花八門。元好問說「獨恨無人作鄭箋」，就是遺憾沒有一個像鄭玄這樣的人為此詩作箋注。

首聯兩句，談錦瑟用弦的數量，「無端」二字有點睛之妙。錦瑟為何無端有五十根弦呢？這數量有甚麼由來？詩人又為何有此疑問？我們似乎可以想像詩中人終日與古瑟相對，看着看着就產生這些疑問，疑問無從解答，只好撥弦，每一弦都傳遞着歲月流逝的悵然。比較音弦不多的琵琶、古琴、箏，多弦的瑟似乎格外能夠傳達出綿密哀婉之情。

頷聯兩句用典故，莊周和蝴蝶、望帝和杜鵑，人與物在虛幻世界中神交，一時間令人虛實難辨。

頸聯兩句又換到景物上面去，滄海明月下鮫人落淚成珠，藍田暖日下玉升起青煙。

頷聯、頸聯四句全用複合句，編織出互為因果、交映生輝的四個場景。頷聯中，莊生曉夢、望帝春心是因，迷蝴蝶、託杜鵑是果，既排比又工對；頸聯中，滄海月明、藍田日暖都是大景，珠有淚、玉生煙均為小景，而月明為晚上，日暖又是白天，所以這聯有大小、日夜的強烈對比。

尾聯兩句，則是對過去與現在情感作的對比和總結。

從每一聯來看，句句的意思都很清晰，沒有甚麼晦澀模糊的字法、句法。那此詩朦朧在哪裏呢？就在聯與聯之間。此詩四聯之間縫隙非常大，無論在主題、意象、詞意、典故的層次上都未找到明顯的關聯，四聯完全可以稱為四個沒有直接聯繫的片段。首聯寫以錦瑟之弦說傷時之情，頷聯用典故，頸聯又去描寫景物，尾聯突然出現「此情」，似乎可作總結，但又沒說甚麼情，且與前文的聯繫不明確。

正由於此，歷代學者總是力圖找出這四聯之間的關係，而他們使用的手法是共通的，即在某一個意象或事件尋找出理解全詩的支點，然後以之為據對四聯內容進行牽強附會的解釋，有點類似漢儒對《詩經》斷章取義的詮釋。單說對於此詩主旨的理解，學者們都莫衷一是，無法做出準確的、一致的解釋。歸納起來，常見的解釋有七類：

其一，認為該詩是詩人緬懷情人之作，「錦瑟」為該情人的名字或昵稱，如馮舒說：「則錦瑟必是婦人。或云令狐楚妾也。」

（《二馮評閱〈瀛奎律髓〉》）其二，認為該詩只是詩人泛泛談論對愛情的所思所感。其三，認為該詩是詩人追悼亡妻之作，如查慎行說：「觀起兩語，其原配亡時年二十五，瑟本二十五弦，斷則成五十弦矣。」（《初白庵詩評》）不過，悼亡一說已經受到學者的反駁，因李商隱與原配的事跡並無記載，這麼說只能算臆測。其四，認為該詩是詩人自憐自嘆之篇。其五，認為該詩是詩人對唐朝衰敗之哀嘆。其六，認為該詩記述的是一場樂器演奏，而「錦瑟」為其隱喻，如蘇東坡認為此詩是對樂聲的文字描寫。其七，認為該詩寫的是創作的過程，如錢鍾書在詩中看到的是對詩歌藝術方方面面的譬喻，包括「作詩之法」、「形象思維」、「風格或境界」等。

在以上列舉的七種解讀中，其中前五種極為傳統，執意將詩歌與李商隱人生經歷、感情生活以及時事政治直接掛鉤，故提出思念情人、悼念亡妻、自憐命運多舛、哀嘆國朝衰敗諸說。如果說首尾兩聯言情的內容還能為這些解讀提供一些支撐，那麼頷、頸兩聯就實在難以與詩人個人生活扯上關係。在天才詩人蘇東坡的眼中，這類寓言式解讀迂腐不堪，簡直就是糟蹋如此瑰麗的詩篇。於是，他獨闢蹊徑，提出頷、頸兩聯是錦瑟彈奏聲音的視覺呈現，猶如白居易〈琵琶行〉對於琵琶演奏的描寫。這種解讀把頭三聯的關係打通了，而與尾聯的關係則難以自圓其說。近一千年後，錢鍾書又將蘇說演繹為詩歌創作象徵說。其實，蘇說和錢說的思路是對的，我們讀此詩不應該從史實中索隱，而應該從音樂表演者或詩人心理活動的角度來尋找四聯的內在關係。可蘇東坡和錢鍾書都低估了李商隱詩歌的前衛性。

實際上，李商隱在〈錦瑟〉中似乎是在做一件類似二十世紀初意識流作家所做的事。意識流作家前衛之處有二：一是將潛意識的、沒有邏輯的連貫心理活動作為文學書寫的重要內容；二是通過描寫這種意識流而構建一種以斷裂、跳躍為特徵的新篇章結構。置之於詩歌史的語境中，〈錦瑟〉做的正是兩個類似的、同樣是驚天動地的創新。

李商隱將一種在先前詩歌中從未見過的迷惘心緒作為詩篇的主題。詩人的迷惘無端而起，而又融合了畢生情感生活的全部。為將這種充滿矛盾、無法言狀的迷惘表達出來，詩人首先用首、尾兩聯建立了一個大的記憶框架。首聯「錦瑟無端五十弦，一弦一柱思華年」挑明了記憶的時間範圍，而尾聯「此情可待成追憶，只是當時已惘然」又緊緊地回扣了記憶之事。中間兩聯之中，李商隱連用四個典故，巧妙地利用每個典故的多邊含義，將情愛、仕途、尋仙、求佛諸方面的感受和記憶慢慢地滲透出來。

以往對此詩的傳統解釋沒有充分意識到這些典故的多邊性，過分熱衷於討論它們情愛的含義，以求與李商隱個人的愛情生活對號入座：解「望帝春心託杜鵑」，多提及古蜀國開國君主杜宇從天而降，與水井中出來的女子利結為夫妻的傳說。解「滄海月明珠有淚」一句，就會講石崇西晉八王之亂中寧死也不獻出綠珠，兩人殉情而亡的故事，認為「滄海月明」，指石崇對綠珠一片真心，而「珠有淚」是指綠珠因石崇為己獻身而感激流涕。同樣，解「藍田日暖玉生煙」一句，詩論家則必提《搜神記》所載楊伯雍得人指點種玉而得美人的傳說，認為日暖和玉生煙，表達男女間靈犀相通的美好愛情。然而，李商隱所用莊周夢蝶的典故卻沒有多少空間讓人在愛情方面做文章，因此執意做男女關係解讀的詩論家對此典故往往是一筆帶過。

其實，莊周夢蝶的典故是全詩關鍵的節點。這個典故一方面將「思年華」記憶活動引入似真似幻的之境，同時又為我們揣摩玩味下面三個典故做了鋪墊。讀「莊周曉夢迷蝴蝶」一句，我們發現李商隱是巧用 4+3 句法來將歷史與神話、實景與幻境編織在一起。

莊生曉夢｜迷蝴蝶，
望帝春心｜託杜鵑。
滄海月明｜珠有淚，
藍田日暖｜玉生煙。

如上所示，每句前四字全是真人、真事、真景；後三字無不是怪誕之事、虛無之言。然而，在李商隱的筆下，前四與後三字相映生輝，創造出奇麗無比的意境。莊周夢蝶的典故說明人和物可以互相轉換，而「望帝春心託杜鵑」又說明人可以託物傳達情感，人與物情感相通，真和幻沒有分界；滄海中的珠淚和藍田的玉煙又進一步為此詩蒙上了撲朔迷離的色彩。現實與虛幻疊加交集，折射出詩人追憶往事，悵觸無端、迷惘恍惚的心境。詩人無端的哀愁原本就充滿矛盾，糾纏不清，再透過模糊不清的記憶，就讓人覺得更加迷離惘然、似真似幻。

將〈錦瑟〉中剪不斷理還亂的情感完全歸於詩人愛情的一邊，顯然與四個典故的多邊意涵相悖。莊子夢蝶，出自〈齊物論〉，其核心意涵是講萬物本質相同，可以相互轉化，因為人與物僅僅是道或永恆的物化過程中所呈現的暫時形態而已。接着引用望帝化為杜鵑的典故也同樣表達了物我相通的信念。如果說頭兩個典故披露了李商隱對道家形上超越的理解，「滄海月明珠有淚」則披露了他晚年嚮往佛教的情懷。李商隱在《樊南乙集》自序說：「三年以來，喪失家道，平居忽忽不樂。始克意事佛，方願打鐘掃地，為清涼山行者。」這段話明確告訴了我們，李商隱喪妻後萬念俱灰，而祈求從佛教得到精神慰藉。在〈送臻師〉二首之一中，他寫道：「昔去靈山非拂席，今來滄海欲求珠。楞伽頂上清涼地，善眼仙人憶我無。」「滄海求珠」是指尋找代表佛法精奧的摩尼寶珠。若將「今來滄海欲求珠」一句與「滄海月明珠有淚」對讀，我們就不難揣摩到，李商隱是在反思自己奉佛之情。

一位文人持儒家入世態度，畢生為仕途而奔波，同時又求仙奉佛，這種情況不少見，但很少人像李商隱既接受這些人生選擇，但又極度懷疑。李商隱對仕途、愛情、求仙的質疑和否定的詩句不少，而他的〈荊門西下〉的尾聯「洞庭湖闊蛟龍惡，卻羨楊朱泣路歧」也告訴了我們，人生道路的迷茫帶給他多麼深切的哀傷。楊朱在岔路上因無法確定所選的路是否正確而哭泣，但這對李商隱而言只是一件值得羨慕的事，因為他舉目四處「蛟龍惡」，是無一路可選。

李商隱把這種生命意識深處生出的無端迷惘進行了不可思議的、極為前衛的藝術創新。他將最嚴密的律詩結構進行碎片化的解構，與二十世紀初作家為了表達現代都市生活中離異和孤獨感而創造的意識流敘事方式，確有異曲同工之妙。更奇妙的是，李商隱為了彌補詩行意義的嚴重斷裂，巧妙地利用典故來建立四聯之間的若隱若現的聯結，而意識流派詩人艾略特在名著《荒原》中似乎也為了同樣的原因而大量用典。

在我看來，李商隱的結構創新比意識流更為成功，因為〈錦瑟〉一詩是雅俗共賞的，而艾略特《荒原》只是文學研究者才會硬着頭皮去讀的名著。李商隱在真實與虛幻、可解與不可解之間達到極佳的平衡。錢鍾書稱：「義山詩〈錦瑟〉一首，實已臻於詩歌藝術至高之境。」（《談藝錄》）非虛言也。

絕句篇

三十二首

白日依山盡，
黃河入海流。

詩歌的美感有賴於在時間、空間兩個軸線上展開想像。談到唐代絕句的審美特色，古今學者都用「以小見大」一言以蔽之，而對於詩人們如何達至這種審美效果卻不予深究，至今尚未有系統的探研，可說是知其然不知所以然。為了追求「知其所以然」，本篇從時空「小」和「大」的兩個向度來評詩。談及詩歌中的時空，劉若愚曾在〈中國詩中的時間、空間與自我〉一文從作者視角出發看待時空書寫，詳細列舉詩歌抒情者（或稱說話人）與時間做對照的幾種移動情況，並試圖描述時空中安放「自我」的基本模式。若從閱讀的角度來看，詩人創作詩歌之時有意地編織時間與空間經驗、擴大時空張力，其目的是為給讀者帶來不同的藝術審美體悟。要將這種美感體驗順利傳遞給我們，詩人則需突破兩個書寫限制：一是形式上的限制，即文本空間的限制，如楊萬里言「五七字絕句最少，而最難工」（《誠齋詩話》），五、七言絕句字數太少，在這有限的字數裏納入無限的時空情思，做到近人陶明濬所說的「涵括一切，籠罩萬有，着墨不多，而蓄意無盡」（《詩說雜記》）很難。二是內容上的限制。不同題材本身就受時空的制約，這是除了五、七言四句短小之外的時空書寫之小。學界很少注意到這一點，故很少探究詩人如何突破各種題材內在時空限制，創造出以小見大的效果。

以小見大之極致

在清楚認識各種題材內在時空預設的基礎上，本篇進行深入的細讀分析，展示唐代絕句名家如何為實現以小見大而各顯神通的：看他們是如何用奇特的時空想像來打破形式和內容固有的制約，創造出嶄新的「大」的時空和抒情空間，來喚起豐富深遠的審美感受的。這種時空寫作的比較分析，還將揭示出五言和七言絕句各自最能發揮其優勢、最為凸顯其局限的題材。這點在絕句藝術研究中也是很少被注意的。

五言山水絕句，我們可以細分成兩大類：一類是以描述景物空間為勝的；另一類則是以描述人物連續活動為勝的。這兩類在時空關係的塑造上各有特色。以描寫景物空間為勝的絕句，主要集中在對於視域、聽域的描寫。它通常以視覺描寫為主，包括平視、俯視等視角和遠近的變化，並輔以聽覺等感官描寫；以描寫人物連續活動為勝的絕句，其描寫的重點並非景物，而是通過一系列心理活動來表達詩人的心情，從而傳達景物帶來的觸覺、聽覺、視覺等感受。

17

王之渙〈登鸛雀樓〉

固定機位，全方位動態視角

白日依山盡，黃河入海流。
欲窮千里目，更上一層樓。

〈登鸛雀樓〉是盛唐詩人王之渙僅存的六首絕句之一，作者早年及第，曾任過冀州衡水縣的主簿，不久因遭人誣陷而罷官。不到三十歲的王之渙從此過上了訪友漫遊的生活。這首詩是作者三十五歲時寫下的。

鸛雀樓位於山西永濟蒲縣，建於北周，於元朝初年毀於戰火。據一些學者的考證，王之渙是山西絳州人，這首詩應當作於他棄官歸家途中。不過，這首詩所寫的景物和表達的情志並不符合這個說法，此詩的心情是積極昂揚的，看不出是剛從官場失意而歸。且鸛雀樓離黃河入海口很遠，因此這首詩是否是王之渙所寫的，又是他何時所寫的，均有待商榷，但這都不影響我們欣賞這首千古名詩。

這首詩採用了定點描寫法，詩人站立的地方是固定的，但使用的是全方位的動態視角，使得空間不斷變化延伸。由於當時鸛雀樓是作軍事瞭望之用，所以建得極高，有七十多米高。因而詩人登臨此樓，首先用了遠眺的視角，「白日依山盡」，太陽在群山處落下，「盡」字不是靜態的，而是具有動感的，是詩人看着太陽慢慢落下消失在群山之後的過程；太陽向西邊落下，而「黃河入海流」，黃河則是向東邊流入海中，詩人的視角由西向東無限延伸，落日向西，河水向東，這樣東西兩邊已經到了視線的盡頭。實寫已經寫到了畫面盡頭，接下來要如何再寫呢？餘下的景物詩人沒有打算再寫，他改用虛寫，繼續擴大場景，「欲窮千里目，更上一層樓」，是告訴我們要想看到更雄偉壯觀的景象，就必須再上一層樓了，這就給了我們無限想像的空間。

清代沈德潛說：「四語皆對，讀去不嫌其排，骨高故也。」（《唐詩別裁集》）正點出了此詩的精妙之處。全詩對偶的絕句名篇少之又少，這首詩為甚麼全用對偶又可以做到不沉悶呢？先看前兩句，其景物對比十分明顯，色彩極鮮豔豐富，落日的紅色、山的綠色、河的黃色與海的藍色讓整個畫面非常生動；再看後兩句，這一聯的對偶很難被識破，因為從詩意上來看，這兩句並非寫景的對偶，而是一個流水對。從句法來看，「欲窮千里目，更上一層樓」是一個有條件的設問句，虛詞「欲窮」、「更上」是極為難得、不露痕跡的對偶，而「站得越高看得越遠」這樣一個人人皆知的常理，經由詩人的一番加工也就變得耐人尋味了起來。

唐代描寫鸛雀樓的詩篇不少，但都無法和這首媲美，比如王之渙的同代人暢當所寫的〈登鸛雀樓〉：

迴臨飛鳥上，高出世塵間。
天勢圍平野，河流入斷山。

這首詩寫得也很好，第一句圍繞着鸛雀樓之高展開描寫，「迴臨飛鳥上」十分有想像力，這個樓有多高呢？高到在飛鳥之上。第二句「高出世塵間」與第一句有些重複，都是在描寫此樓的高，而且「世塵間」十分抽象，不是具體的景物。下面一聯也頗有氣派，「天勢圍平野」講平野與天空的互動，天空將平野包圍起來；「河流入斷山」，奔騰的黃河之水瀉入群山之中。

暢詩與王詩相比，輸在哪裏呢？輸在讀者的代入感。暢當僅描述出了自己的感受，沒能夠將讀者帶入景物裏面去，我們讀他的詩，只覺得這詩寫得挺好，但卻不能產生身臨其境的感受；王之渙則不僅讓讀者親身走入鸛雀樓，盡情享受視覺衝擊，還在第二聯與讀者進行對話，有意無意之間帶出一個人生哲理。「欲窮千里目，更上一層樓」所闡發的思考，又不像宋詩那樣有明顯的說理目的，非要說服別人不可。王之渙的思考蘊藉在他的觀景之中，是自然而然發出的感嘆。在讀王詩的過程中，我們完全置身在鸛雀樓的風光之中，渾然忘卻這是一首詩了。讀完，我們才會猛然發現它的藝術表達是如此高超，短短二十個字就讓我們沉浸在無限伸展的現實世界和虛擬的想像空間之中。

18

祖詠〈終南望餘雪〉

僅憑通感妙句而登第

終南陰嶺秀，積雪浮雲端。
林表明霽色，城中增暮寒。

讀完兩首宏大景物描寫的山水詩，我們再看兩首寫雪景的五絕。首先是祖詠頗具傳奇色彩的〈終南望餘雪〉。這首絕句的來歷相當有趣，《唐詩紀事》中記載詩人祖詠去長安考進士，詩題是「終南山望餘雪」。祖詠提筆寫下四句就交卷了。

按唐代應試要求，考生應寫一首排律，通常六韻十二句。考官收到考卷，感到十分詫異，問為何不按要求寫，祖詠回答「意盡」，意思是四句已經足夠表達詩意。此後祖詠究竟是由於不符合考試要求而名落孫山，還是由於才情高超金榜題名？史書中並沒有記載。但大多學者根據《唐才子傳》和《登科記考》認為祖詠確實中過進士，也許就是因為這首出其不意的小詩。

考題「終南山望餘雪」有一定的含糊性，可以理解為在終南山裏望餘雪，也可以把觀雪的距離拉得更遠，把觀景點定在長安，往南看終南山。祖詠解題顯然選用了後者。第一句「終南陰嶺秀」中「陰嶺」實際上是「嶺陰」的倒裝，「嶺陰」是指山嶺的背面，經過此倒裝，首句就成為「平平平仄仄」的律句。第一聯上句交代了寓目的對象和地點，並用一「秀」字點出終南山秀麗的總貌。下句「積雪浮雲端」，用誇張的手法引入「雪」的主題。從遙遠的長安城眺望，靜態的積雪飄浮在雲端之上，充滿動感。第二聯上句轉寫雪的視覺衝擊力，「林表明霽色」，霽色，指雨雪過後初晴的顏色，林間雪反射陽光，讓整個終南山變得格外清晰。到此，觀雪該寫的似乎都寫了，也都寫活了，遠山襯托了雪景之秀，高聳的浮雲給積雪帶來非凡的氣勢，而透射的陽光又給雪抹上迷人的霽色。

那麼，此詩如何收束為好？這樣的大難題，對於一個大才子卻是一個展露才華的絕妙機會。祖詠奇想突發，竟然把觸覺也調動起來，寫下千古名句「城中增暮寒」。「寒」是一種身體上的感覺，詩題是「終南望餘雪」，顯然是描寫「望」到的景象。詩人用「寒」的觸覺來加強「餘雪」的視覺效果，想像着終南山的積雪，將凜冽的寒意送至百里之外的城中，此通感想像真是絕妙至極！

若沒有如此讓人震撼的名句，坊間又怎麼會有祖詠破壞考試規矩，反而金榜題名的傳說呢？我想，祖詠回答考官的「意盡」也表明，他直覺地把握了絕句「以小見大」的審美特點，並將其發揮得淋漓盡致。絕句能精練盡意，又何須用冗長拖沓的長律呢？這大概是祖詠的心中所想。

19 柳宗元〈江雪〉

虛擬賓語接引盡善境界

千山鳥飛絕，萬徑人蹤滅。
孤舟蓑笠翁，獨釣寒江雪。

我們知道最出名的雪景絕句是柳宗元的〈江雪〉。

這首詩題目是「江雪」，但「雪」字在全詩末尾才出現。首句，詩人先採用平視，「千山鳥飛絕」的「絕」字，和「白日依山盡」中的「盡」字一樣，給靜景注入動勢。為甚麼「鳥飛絕」、「人蹤滅」？詩人沒有點明，而是讓我們猜想，是漫天的大霧，還是瓢潑大雨，或是其他……，第三句，「蓑笠翁」悄然現身，同時出現的還有一葉孤舟。前面兩句的景物描寫，給我們留下的印象就是「空」和「白」，這就反襯得「蓑笠翁」和「孤舟」越發渺小；反之，兩個丁點大的物象又襯托出天地的寂靜寥廓。到了最後一句，「雪」仍遲遲不出現，而是先說「獨釣」和「寒江」。在此惡劣的天氣裏，他有甚麼魚可釣呢？直到全詩最後一個字，詩的主角「雪」才出來。原來，蓑笠翁不是在釣魚，而是在釣滿江的雪。此時，我們才意識到，原來是雪讓天空變得無比寬闊，讓鳥兒飛盡，把路上的腳印全掩蓋了。一片大地白茫茫，漁翁釣雪於天地之間。

此詩寫雪，先把「雪」藏在景物描寫的背後，然後讓我們在末句瞬間獲得審美愉悅。眼前，一片大地白茫茫，漁翁釣雪於天地之間，這是何等蒼茫寂靜的境界。這種意境創造手法對後代影響至深，在張岱小品文名篇〈湖心亭看雪〉可見一斑：「天與雲、與山、與水，上下一白。湖上影子，唯長堤一痕、湖心亭一點、與余舟一芥、舟中人兩三粒而已。」張文雖能像柳詩一樣做到「盡美」，但沒有像柳詩那樣同時做到「盡善」。要理解柳詩「盡善」之處，我們必須好好咀嚼「獨釣寒江雪」一句精妙的句法。

從句法上看，這首詩全詩對偶，第二聯，「蓑笠翁」和「寒江雪」對仗頗為工整，前面「孤舟」、「獨釣」則不是通常意義上的對仗，若將「獨釣」理解成名詞，即「獨釣者」，那麼和「孤舟」就對起來了，這一聯等於說是四個意象的排列，以題評句式連接在一起。不過，更自然、有意境的理解方式，是將「釣」理解成動詞，這裏分為及物動詞和不及物動詞兩種理解方式：釣如果是不及物動詞，那「釣」是「蓑笠翁」的動作，「獨釣」和「寒江雪」是沒有必然聯繫的，可以視為一種題評關係，「寒江雪」補充說明「獨釣」的場景；更好的讀法是將「釣」理解成及物動詞，而「雪」是其虛擬賓語。天太冷了，根本沒有魚，而為了生存，蓑笠翁仍苦苦堅持，但能釣到的終究只是滿江的雪。

讀到這裏，我們自然會體察到這首幽雅雪景詩中的「盡善」，感佩柳宗元身在官府而心繫勞苦百姓的精神境界。很多讀者還會想到柳宗元散文〈捕蛇者說〉對苛政下民不聊生、家破人亡慘狀的描寫。比較這兩篇思想內容相似的作品，我們可以體會到散文和詩歌寫作手法和效果之不同。清吳喬《圍爐詩話》

云：「意喻之米，文則炊而為飯，詩則釀而為酒。飯不變米形，酒則變盡。啖飯則飽，飲酒則醉。」這段話用來解釋柳文和柳詩之不同，再合適不過了。兩者的「意」是相同的，即表達對貧苦百姓的深切同情，但寫作方法和效果卻有「炊」和「釀」的根本區別。「意」之「米」炊而為飯，米形不變，也就是說，清晰的、可以概念化的思想情感，用散文來表達，往往嚴重依賴抽象的、概念化的話語。〈捕蛇者說〉篇末的感嘆「苛政猛於虎也，吾嘗疑乎是，今以蔣氏觀之，猶信」，足以說明吳喬所說散文猶如「飯不變米形」的道理。反之，〈江雪〉印證了詩猶如米釀而成酒，米形盡變的道理。此詩沒有一個概念化的詞語，作者的思想情感完全是通過景物沁透出來的，沒有半點痕跡，但其效果卻遠遠超過「飯不變米形」的散文，不是止於概念理解（所謂「飽」），而是追求如癡如醉的審美體驗（所謂「飲酒則醉」）。詩人憂民愛民情懷以此形式融入，〈江雪〉藝術效果便超越了純粹的審美愉悅，具體景物觀賞與儒家情懷完美結合，達到盡美盡善，這無疑是五絕實現以小見大的一條好途徑。

20

孟浩然〈春曉〉

化平常為神奇的章法

春眠不覺曉，處處聞啼鳥。
夜來風雨聲，花落知多少。

上面我們說過五言山水詩可以細分成兩大類，以上四首都是以描述景物空間為勝的一類，接下來，我們選擇孟浩然的〈春曉〉作為例子，講一講以描述人物活動為勝的絕句。

這首膾炙人口的小詩，簡單到連小孩都能輕鬆地背誦，但「麻雀雖小，五臟俱全」，其所蘊含的藝術性卻鮮為人知。和我們之前談過的四首詩不同，在體式和風格上，〈春曉〉都有其特別之處。就體式而言，〈春曉〉屬於古絕，不用嚴格使用對偶，也沒有平聲韻的限制。〈江雪〉其實也沒有用平聲韻，而是使用仄聲韻，但由於全詩都使用了對仗，所以總體上依然是律絕的體式。

古絕和律絕之所以有這樣的差異，和它們來自不同的源頭有關。學術界對此討論頗多，基本上對它們的源頭達成了共識：齊梁文人詩，例如連句詩、謝朓短詩等，無疑是律絕產生的重要成因；古絕的發展與漢魏樂府、南朝民歌的傳統有着密不可分的關係。就風格而言，民歌的一大特點就是擅用有敘事成分的對話，詩中經常會出現一個作為說話者的「我」進入情景之中。這首〈春曉〉就明顯繼承了這種風格，它把我們引入了「我」的視角，以「我」的心理活動來搭建整首詩的結構。這種以人物活動為勝的絕句，其描寫的重點並非景物，而是通過描寫一系列活動來表達自己的心情。在〈春曉〉中，詩人通過寫自己一連串瞬間的發現和心理活動，將整個春天的狀態描寫了出來。

僅就意象而言，整首詩似乎沒有特別讓人着意的景物，而且每一句的語言也都極為平常。首句「春眠不覺曉」直言春日覺多，不知不覺天就亮了，這是我們比較熟悉的對春天的感受。「處處聞啼鳥」寫的是醒來瞬間聽到的鳥兒歡快的叫聲，也是記錄生活日常之事。第三句跳回到過去，想到昨晚不斷的風雨聲，這是對感覺經驗的回憶。第四句又從回憶跳躍到揣想窗外此時此刻的景色，自問不知道又吹落了多少花瓣，此句只是一個簡單的問句，甚至很口語化。這些拆開來看好像沒有甚麼了不起的句子，可一經詩人的組織，就化平常為神奇了。

如果我們仔細觀察，會發現這四句各含有一個獨立的場景，即在春日睡醒後還賴在床上時，所看到的、聽到的、回憶的以及猜想的場景。這些零散的場景放在詩人心理活動的瞬間，立刻就把我們對春天視覺、聽覺、觸覺最強烈的感受表達了出來。在時間流中，思想活動的瞬間極小，但卻能傳達出我們對春天的「大」的共同感受，喚起我們對春天愉悅的想像。

這首詩在切入點上的選擇如此之精妙，不只是我們喜愛，後來的詩人也受到了很大的啟發。比如李清照的〈如夢令・昨夜雨疏風驟〉就是在這首詩基礎上擴展出來的。「昨夜雨疏風驟」可以和「夜來風雨聲」相關聯，寫得也更加具體細膩。「濃睡不消殘酒」其實就是「春眠不覺曉」的具體化，詩人把自己帶入了場景。接下來就是在想像春天的變化。孟浩然是以「花落知多少」自問，李清照的「卻道海棠依舊」變成了和「捲簾人」的對話，更加生動地把自己的惜春之情表達出來了。可見，李清照這首詞完全是按照孟浩然〈春曉〉的篇法來組織的，但由於李清照寫的是小令，允許字數更多，可以拓開來寫。孟浩然從時間流的軸線上以小見大，打動了千百年來讀者的心，像李清照這樣偉大的詩人，也依然沿用他的模式。正是如此，這首簡單的〈春曉〉才能變成耳熟能詳的名篇。

21 王維輞川絕句三首

小景如何寫出超越時空的禪境

我們已經講了五首精妙絕倫的五言山水絕句，不過，五言山水絕句的巔峰絕不止於此。下面，我們就來欣賞王維三首藝術造詣更高的山水絕句。這些詩不僅能做到以小見大，還能帶給我們超越時空的體悟。清人紀昀早就指出：「五絕分章，模山範水，如畫家之有尺幅小景，其格倡自輞川。」（《批蘇詩》）他這裏講的意思是，王維的詩不像王之渙那種以宏大的景物描寫為主，而都是一些小景，這是王維的獨創。胡應麟則更進一步，提出王維山水詩有超越時空的特點：「右丞〈輞川〉諸作，卻是自出機軸，名言兩忘，色相俱泯。」（《詩藪》）所謂「名言兩忘」，指的是「言語」和「概念」都不使用了，而「色相俱泯」則帶有一種宗教性的超越，客觀世界的物境全部消失了，這是一種更大的境界。

首先來看〈竹里館〉所呈現的人不知、不知人的禪境。

獨坐幽篁裏，彈琴復長嘯。
深林人不知，明月來相照。

詩的一開頭「人」就出現了，「獨坐幽篁裏，彈琴復長嘯」，一個人在靜寂的山林之中彈琴，但次聯又說「人不知」，是說這個彈琴人不知道是否還有別人存在，還是說別人不知道是否有這個彈琴人的存在？有此歧義，人的存在就變得似真似幻，撲朔迷離。然而，末句「明月來相照」中卻又出現了「人」，而且「相」字似乎暗示此人就是詩人自己，而與其交流的就只有明月。

體驗萬物的實相，需要一種絕對的寂靜、寧靜，需要排除對物質現象包括人類存在的妄執，才能感悟到的宇宙實相。此詩不訴諸概念說理，而把此超驗的境界展現出來，無疑屬於禪詩之極品。

〈鹿柴〉一詩展現了與〈竹里館〉極為相似的禪境，把視覺、聲覺幻化為寂靜，在「人」與「無人」之外，還寫了「空」與「不空」的變幻。

空山不見人，但聞人語響。
返景入深林，復照青苔上。

首句先說「不見人」，是一座空山，可是又接着說「人語響」，這究竟是有人還是沒人？是一座空山還是非一座空山？這讓人難以判斷。寫完聲音的感受，詩人又從視覺入手繼續寫：陽光進入森林，縹緲不定，忽現忽滅，陽光還穿透林葉，反射在青苔上，顯得更加虛幻。這種永恆的捉摸不定，讓我們在凝神注視中不知不覺就會進入佛家所說的「定中生慧」的禪境。所謂「定」就是在絕對寂靜中淨化心靈，而「生慧」則指洞見諸法真相，即《般若波羅蜜多心經》所說：「色不異空，空不異色；色即是空，空即是色。」我們不能把宇宙實相概念化成「空」和「色」，而是要消解對空、色的執着，進而直覺地來體悟諸法實相。王維被譽為「詩佛」，正因為他成功地用藝術手法引導我們

「定中生慧」。

此詩寫有人或無人、空或非空、光影或虛幻，利用視覺、聽覺的變化，成功地將對宇宙本質的概念理解轉化成超絕的審美體驗。詩佛五絕入禪最為精湛，不用一字禪語，而是讓我們在觀察自然景物瞬間變化中入禪。所謂入禪，就是直覺地體悟宇宙之實相，即感知超越名相的宇宙本體。

最後，要談一首山水五絕的巔峰之作——王維的〈鳥鳴澗〉。

人閒桂花落，夜靜春山空。
月出驚山鳥，時鳴春澗中。

第一聯，「人閒」、「桂花落」，「夜靜」、「春山空」，都是 2+3 的主謂結構，這種主謂句的排列自然就會產生一種因果遞進的關係。「人閒」、「桂花落」兩者看似沒有甚麼關係，但若從一種詩的眼光去看這一句的話，就會明白兩者的關係。「桂花」是一種很小、很輕盈的花，它掉落下來，人很難察覺。只有十分安靜的狀態下，人才能聽到或者注意到桂花飄落。這裏就突出了「人閒」，並且自然地引出了下半句「夜靜」。

最精彩的是第二聯，「月出驚山鳥，時鳴春澗中」，「月出」不是一瞬間發生的，是慢到人都無法察覺的速度。但即便是這樣，還是能驚起山鳥。這就突出了山中極靜的狀態，在這種絕對的寧靜之下，月光緩慢的光亮變化才能驚到鳥兒。最後一句則用有聲襯托無聲，寫鳥兒在山中鳴叫。全詩中第一次出現了聲音，以動襯靜，更讓人覺得山的幽靜。詩人喚起了我們無法用言語表達的宗教體驗，讓我們體會到了超越時空的禪定。

之前我們談王維山水律詩的時候，提到只有五言才能做到這種境界。如果使用七言，多加兩個字，那麼就落入言筌，禪境全部消失了。論五絕，更是如此。王維的輞川五絕，幾乎首首入禪，而〈鳥鳴澗〉則是這組詩的壓軸之作，達到了五絕山水詩的最高境界。

定點與動態的山水描寫

之前已提及好的五律不能加兩個字，好的七律不能減兩個字。七絕山水詩同樣如此，好的七絕不能減兩個字，否則就代表它沒能發揮出每一個字的潛力。現在，我們就帶着這個評判標準去閱讀以下幾首詩，並且探索在七絕山水詩裏面，詩人能呈現出怎樣的有別於五絕的境界呢？

22

杜甫〈絕句〉

固定機位，周覽天地

兩個黃鸝鳴翠柳，一行白鷺上青天。
窗含西嶺千秋雪，門泊東吳萬里船。

寶應元年（762），徐知道於成都叛亂，杜甫被迫流亡梓州，經過一番波折，終於在廣德二年（764）春返回成都，這首詩寫於初回成都草堂之時，恰值「雜花生樹，群鶯亂飛」的暮春時節，加上對嚴武幕府禦敵安蜀頗有信心，老杜興致頗高，就幽居所見閒吟遣興，寫下這首七絕〈絕句〉。

這首絕句的影響力很大，它雖有精妙之處，也有不足。

首先，這首詩四句都用對偶，是示範對偶的絕佳詩例。七言絕句若四句全用對偶，難免有生硬呆滯的感覺，很難把詩寫好。想要解決這個問題，詩人在處理上往往兩句寫景，兩句抒情，抒情則更多使用流水對。一個很明顯的例子就是王之渙的「欲窮千里目，更上一層樓」。「欲窮」和「更上」是流水對，要把兩句作為一個論述的整體看待才行，否則難以給人工整對仗之感。但杜甫的這首〈絕句〉不僅四句對仗工整，也不顯得呆板，可以算得上是一首好詩。

這首詩妙就妙在第二聯，「窗含西嶺千秋雪，門泊東吳萬里船」，這是一句對草堂外景物的寫實。去過杜甫草堂的讀者就會知道，草堂門口有條比較寬大的水道，據說當年從杜甫草堂可以看到成都的西嶺。由於這一句中的「西嶺」和「東吳」是地理上的對偶，「雪」和「千秋」是時間，「萬里」是空間，「千秋」和「萬里」便成了時空交錯的對偶。以時間對仗空間，讓我們能夠通過小的景物細節找到大的時空感受，這也是一種以小見大。相比之下，開頭第一聯就顯得呆滯了。

我們考慮一下，這首詩是否能減少兩個字呢？

黃鸝鳴翠柳，白鷺上青天。
窗含千秋雪，門泊萬里船。

這樣一試，會發現減掉兩個字也行得通，雖然意境稍遜原詩，但詩歌的意思基本保持不變，這起碼證明此詩沒有將每一個字的潛力發揮出來。若是沒有第二聯的巧妙對仗，這首詩的藝術性就遠遠不夠了。第一聯的黃鸝、白鷺之景只是寫上下的空間，後兩句的西嶺雪和東吳船又拓展了東西的空間，詩人站在一個定點上，從下、上、西、東四個方位投射目光，我們讀起來也能感受到不同方位的變化。

可遺憾的是，這首詩中，詩人僅停留在報道自己視覺的發現，缺少了動感，也沒有情感的流露。所謂動感，例如王之渙「白日依山盡，黃河入海流」，「盡」和「流」的動作在詩句末尾，前面的字則為這兩個動作增加了時空上的細節，這使得整個畫面富有動態之美。而杜甫這首詩的結構則不然，下聯兩句的第二個字就是動詞，後面接了一串很長的賓語，使得重點在後面的「千秋雪」和「萬里船」這種靜態景物中，而不是前面的動詞上。所以這首詩的畫面便顯得過於靜態了。另外，整首詩也看不到詩人情感的痕跡。詩人只是單純對景物進行了描述和組織，除了最簡單的對春天的興致，沒有使用能抒發情感的字詞，也沒有流露出甚麼情感。我們接下來要講張繼的〈楓橋夜泊〉以及杜牧的〈江南春〉，〈絕句〉與之對比就容易發現他們之間的差距——張繼和杜牧的情感可謂深深地扎根於景物之中。

23 張繼〈楓橋夜泊〉

意象濃密寫愁緒

月落烏啼霜滿天，江楓漁火對愁眠。
姑蘇城外寒山寺，夜半鐘聲到客船。

張繼，在唐朝時並非大家，備受忽略，只有不到五十首詩流傳於世。然而他的這首〈楓橋夜泊〉卻力壓群雄，在描寫夜景的絕句中可屬巔峰之作。

這首詩最成功之處有兩個方面：其一，是對雙音詞變化多樣的妙用；其二，是在篇法上巧妙地使用「起承轉合」，這個概念一般在律詩中使用，其實絕句也是能用的。不過絕句的起承轉合，是用「句」來擔任，而不是像律詩一樣用「聯」來擔任。下面就結合以上兩點來分析此詩。

第一句「月落烏啼霜滿天」，開篇不凡。一般寫鄉愁的詩歌，其時間往往是從日暮寫到黑夜。例如孟浩然的〈宿建德江〉，就是由「日暮客愁新」到「江清月近人」；又如杜甫〈秋興八首〉其二，從「夔府孤城落日斜」寫到「請看石上藤蘿月」。然而張繼這首詩，卻跳過了日暮，一落筆就是黑夜。這一句以視覺描寫為主，選用了「月」、「烏」、「霜」三個意象，且全是主謂結構。「月落」、「烏啼」是主謂結構的雙音詞組，「霜滿天」

也是主謂結構。這三者相互獨立，又存在互相加強的關係。「月落」是時間，說明已經是深夜時分，同時也是視覺上的描寫，古代的夜裏連月亮都落下了，可以想見有多麼漆黑。「烏啼」將視覺轉移到了聽覺上，其聲音裏也包含了時間的提示，因為「烏啼」一般在深夜之後。就是在這樣一個又靜又黑的深夜，詩人只寫「烏啼」，不寫人聲，使這個夜晚顯得更加幽靜。而且「烏」也和「月落」下的漆黑景象相互映襯，加強了夜之深。「霜滿天」，「霜」是主語，「滿天」是謂語。嚴格來說，「霜滿地」更加寫實。此處運用了誇張的手法，把霜刻畫得蔓延無邊，如同凝結在天上一樣，從視覺上把詩人在夜裏佇望四周的感受都表達了出來。此外，這一句中的意象是純冷色調的，它們把整首詩放在一個清冷幽暗的環境裏。開篇第一句已經使全詩籠罩在一種黑沉沉、靜悄悄的氛圍裏了。

在第二句中，「江楓漁火對愁眠」也可以拆解成 2+2+3 這三個單位。但與前者不同，「江楓」、「漁火」不是主謂結構，而是單純的名詞。「江楓」表現出一種鮮豔的紅色，是秋天楓樹的顏色，正好和前面的「霜滿天」所給的時間對應上；「漁火」的橙紅之色，是一種暖色，而且還帶有熱度。這就和第一句形成了一個鮮明的對比，第一句是冷色，這一句是暖色。這種色彩的張力給我們很強烈的視覺感受，但這並不能改變整首詩的冷色調，甚至是加重了詩的冷寂之感。因為在這滿天冷霜的黑夜裏，漁火的若明若暗顯得更加楚楚可憐、無助微小。不過，「漁火」和「江楓」的出現的確給整個畫面注入了一絲動感和活力。若將七言變五言，拿掉「月落」、「漁火」二詞，則詩的境界就完全被破壞了，既失去了顏色，也全無動感。

再往下，「對愁眠」有兩個解釋。按照正常的語序，這就是一個普通的主謂結構，即「江楓」和「漁火」對着「愁」而入眠，展現出夜晚萬籟俱寂的景象。這樣的解釋是可以的，但如果將其作為題評句解釋，則更為合理。「江楓漁火」是景物主題，視角一轉，留下「船中人（詩人）對着愁進入睡眠」這段評語。這個「對」字很精彩，在極度孤單的情況下，沒有人作伴，便只有愁作伴了，對着愁就像對着人一樣。按照這個結構，第二句便更好地承接了第一句。同樣是講孤獨之感，第一句從黑和冷來講，第二句就從黑夜和冰冷的秋天中找到了一絲溫暖，但同時「對愁眠」，又更顯孤獨之感。

按照起承轉合，第三句應當是全詩的轉折，是最重要的一句。那些千古流芳的絕句名句，基本上都是第三句或第四句。但在這裏，張繼的「轉」別具一格。他標出了一個地名：姑蘇城外的寒山寺廟。這和律詩的寫法很不一樣，律詩介紹時間、地點一般都在首聯，很少人會到中間一聯才把時間、地點講出來，畢竟這會讓本有轉折意義的第三句在效果上大打折扣。但這裏不只是標明一個地點，這個地點對加強景物的效果也有很大的作用。寒山寺在「城外」，城外的寺廟一定是很幽深的，這裏又多了一層對景物的描寫。另外，「寒山寺」也有它獨特的意義。有些人可能不懂這個典故，以為這只是山中的寺，「寒」是對秋天淒冷的表達，其實這是以詩僧寒山之名命名的一所寺廟。但這種誤讀也點明了這一句在整首詩中的重要功用，即這句本身就能夠進一步加強幽靜孤獨的意境。

最後一句，「夜半鐘聲到客船」，「鐘聲」和前面鋪墊的幽靜形成了強烈的對比。寂靜中突現悠遠的鐘聲，讓人更覺靜謐。歷來學者對這「鐘聲」都有爭論，如歐陽修就認為，張繼為了寫好句子，不顧常理，哪有半夜三更打鐘的呢？其實，這裏的「鐘聲」不是對實際情況的描寫，而是一種意象，若去辯論鐘聲的有無，則如清人張南村所說：「太拘矣。」（《唐風懷》）

「船」也不是指一般的船，是從遠方飄泊而來的「客船」。詩人在對愁眠之時，鐘聲敲響傳來，此刻客船抵達了，這船讓他想起自己過往飄泊的生活和次日又要登上的新旅途，詩人的羈旅之愁表露無遺。第四句作為「合」句，讓「客船」和首句的「月落」產生了回應。全詩前幾句是純粹的寫景，最後一句使詩人的羈旅之愁浸入了之前的每一個景物中。

整首詩就是因為詩人巧妙地使用雙音詞，造成了一個十分之密集的意象群。意象群中的意象互動、加強，才把這種孤獨的心境表達得淋漓盡致。

24

杜牧〈江南春〉

大景與小景，自然與人文

千里鶯啼綠映紅，水村山郭酒旗風。
南朝四百八十寺，多少樓臺煙雨中。

要是給唐代七絕詩人排座次，第一位非杜牧莫屬。他精彩的絕句十分多，而寫景最有名的應是〈江南春〉。

這首詩作於他意氣風發，官任路上經過揚州之時。這首詩上聯先寫大景，再寫近景。視覺和聲覺都很豐富，聽覺上有鶯啼聲、風聲，視覺上不光有山、水，還有很多鮮豔的色彩，包括綠木、紅花、黃鶯。從空間上講，上聯的「千里」已經把視覺拓展到了極限，而下半聯繼續擴展時空書寫：通過虛寫來擴大時間極限，將南朝歷史收入自然風光之中，用大景把對江南的時間、空間感受全部表達出來。這種大景與小景、自然和人文在多維度中的互動，在五言絕句中幾乎是不可能的。

〈江南春〉和〈楓橋夜泊〉形成絕佳的對比。前者寫白天，後者寫黑夜；前者寫春的愉悅，後者寫秋的惆悵。在手法上，兩者也有許多相似之處，杜牧很可能受到了張繼的影響：在雙音詞上花工夫，結構也妙用起承轉合。

第一句「千里鶯啼綠映紅」中，「千里」是一個比較抽象的概念，講空間上的範圍。「鶯啼」，不僅講聲音，也講顏色，因為「鶯」本就是淺黃帶綠的。如果說「千里」讓第一句所呈現的春景變成了一個大的總貌，那麼第二句的「水村山郭酒旗風」就承接到了一個具體的場景，這個場景中有山、有水、有人的活動。這一句也是以景物堆疊而成，和「江楓漁火對愁眠」一樣。第三句的轉也相似，也如〈楓橋夜泊〉一樣在此句中交代了一個地名，「南朝四百八十寺」給江南春的圖景帶來了人文的關切和歷史的維度。不只是現在的美景，也是幾百年前南朝文化傳統的美。結尾也十分精彩，「多少樓臺煙雨中」，並沒有交代一個具體的時間，而是用「煙雨」來照應前面的「晴日」美景，畢竟煙雨和晴日的你來我往也是江南美景的特色。詩人把自己對江南春天的感受用帶有深刻印象的不同場景拼在一塊，這個「合」就和前面的晴日場景形成了良好的循環，變為周而復始的互動。

從張繼和杜牧兩首詩，我們可以發現七絕山水詩寫景的優長，即空間容量的倍增。五絕山水詩需要兩句才能寫出一個完整的畫面。例如，「白日依山盡」若不與「黃河入海流」相配，「眾鳥高飛盡」若不與「孤雲獨去閒」相配，有何意境可言！正因如此，一首五絕山水基本上只能呈現兩個完整的畫面，如王之渙〈登鸛雀樓〉只有首聯登樓俯瞰和次聯想像上一層樓景色的兩個畫面。同樣，柳宗元〈江雪〉也只有首聯無邊雪景和次聯獨釣者特寫兩個鮮明對比的畫面。相反，上面所談的三首七絕山水，無不是一句一景，每首都由四個畫面構成的。杜甫〈絕句〉一句換一個視角，引入一個新畫面。張繼〈楓橋夜泊〉和杜牧〈江南春〉也是一句換一個畫面，不同的是他們畫面切換的手法讓人悄然不覺，不像杜甫那樣用方位詞下、上、西、東來標示視角畫面的切換，筋骨畢露。另外，張繼和杜牧兩詩第三句都有明顯的一轉，列出名寺的地點、時間，以喚起我們對具體地域的歷史想像，然後都用末句將此想像引向化境：夜半到客船的鐘聲、彌漫煙雨中的樓臺。

最後值得一提的是，杜牧〈江南春〉的寫作手法也許還影響了蘇東坡。蘇東坡寫西湖，也是先寫晴的美景，再寫溟濛的雨景，手法、路數和杜牧是一脈相承的。當然，蘇東坡是宋人，喜歡在詩中說理，所以最後用西施的濃妝淡抹來比喻西湖的晴景和雨景。

25

徐凝〈廬山瀑布〉

東坡辣評之惡詩

虛空落泉千仞直，雷奔入江不暫息。
今古長如白練飛，一條界破青山色。

下面接着要談的是李白的〈望廬山瀑布〉，為了給分析李白詩作個鋪墊，讓我們先看看徐凝的〈廬山瀑布〉。

徐凝在李白仙逝幾十年後出生，活躍於中晚唐之際，寫此詩時李白同名的絕句必已橫亘心中。的確，文本中李詩影響的痕跡也清晰可見，整首詩可以說是李詩「遙看瀑布挂前川」一句的擴寫。徐凝面對李白廬山瀑布詩的態度，與李白面對崔顥黃鶴樓詩的態度截然相反，不是知難而退，而是迎難而上。徐凝有此勇氣，我們不得不敬佩，可惜他卻為自己贏得了罵名。蘇東坡稱徐詩為「惡詩」，可謂評詩言論中最極端者。

平心而論，徐凝這首詩寫得也不是那麼糟糕。首句寫動景，從遠處望，「虛空落泉」，講瀑布從天而來，頗有氣勢，下句寫咆哮如雷的流水聲，這當然是想像的，因為詩人沒有前往瀑布近距離觀賞，只是眺望。第三句「今古長如白練飛」顯然套用了謝朓名句「澄江靜如練」的比喻，而第四句則繼續用誇張的比喻來形容瀑布的壯觀。徐凝的詩寫得挺切實的，完全符合我親身觀景的體驗。

五十多年前，大概是1971年歲末，當時我十六歲，借着搭親戚運貨的便車的機會，從廣州回到江西老家撫州市探望外婆，歸途中瞞着家人，獨自一個人坐綠皮火車去江西九江，想去一覽神往已久的廬山風光。當時，天氣寒冷，地上鋪着殘雪，也沒有任何旅遊設施，一切景點都須步行。原計劃最後一個景點是含鄱口。在遠眺鄱陽湖的美景之後，意猶未盡。聽說公路旁一條石路可以下山，到了平地後再走十來里就可到著名的秀峰寺，故當即決定下山探勝。到了秀峰寺，從寺院後院看了廬山瀑布的末端，已是黃昏時分，但我遊興未已，想再步行十多里，前往星子縣城，期望次日乘船去蘇軾所描寫的石鐘山探勝。當時太餓了，只得羞澀地敲了戶人家討點水和吃的，披星戴月走了五六個小時，終於抵達星子縣城。入住旅館後，我就開始發高燒，同時又得知次日石鐘山的船班因大風而取消了。第二天醒來，疲憊沮喪的我推開窗戶，西南方向，一條白色亮眼的瀑布映入眼簾，好像一條白色絲帶似的從山上垂落下來，與徐凝詩所作的比喻完全一樣。

徐凝詩比之李白詩，相形見絀，這是有目共睹的。假若沒有李白〈望廬山瀑布〉一詩的存在，我一定會愛上徐凝的這首詩。寫廬山瀑布的詩能深深地打動我的心，也與我這次廬山探險之行密切相關。

26

李白〈望廬山瀑布〉

不只遠看與近觀

日照香爐生紫煙，遙看瀑布挂前川。
飛流直下三千尺，疑是銀河落九天。

開元十四年（726），年輕的李白正在「仗劍去國，辭親遠遊」的途中。在荊楚之地遊賞許久，他決定往東進發。順着秋風、秋水一路無阻，他抵達了廬山腳下。望着陽光下紫煙繚繞、瀑布由山腰中傾瀉而出的廬山，詩人頓時來了興致，揮筆寫下了這首七絕〈望廬山瀑布〉。

清末宋宗元《網師園唐詩箋》評價廬山勝景時說：「非身歷其境者，不能道。」根據自己的親身經歷，我覺得身歷其境，實際包括山外和山內觀景兩部分，缺一不可。蘇軾言「不識廬山真面目，只緣身在此山中」，徐凝和李白均走出廬山之外，從遠處眺望，狀寫瀑布之壯觀，可印證此道理。然而，要識得廬山真面目，也須身在此山中。李白詩勝於徐凝詩，因為他既在山外遙望，又在山中近觀瀑布，而徐凝始終只作山外之觀。當然，無論是遠眺還是近觀，李白所作的描寫都是徐詩無法比擬的。

首句「日照香爐生紫煙」寫香爐峰的情景，

山嵐的煙霧未必是紫色的，但「紫色」是道教特別喜歡和推崇的顏色，如「紫氣東來」的成語就是源自關令尹喜見東方一團紫氣，便知道家始祖老子即將來臨的故事。因此，首句「紫煙」一詞給雲煙繚繞的遠景增添了幾分神秘的宗教色彩，點明了匡廬為佛、道名山之神聖。第二句「遙看瀑布挂前川」不用誇張比喻，直接寫出遠眺的觀感。

一般，在絕句中，急轉的第三句造就了歷代絕大部分的名聯，李白此詩的第三句即屬於極品。「飛流直下三千尺」讀來似乎平常，但非人眼可及，更非常人想像力可及，只有詩中的仙人方能寫出。山外幾十里的遠視與平視，一下子變成從瀑布底下的仰視，因而發出「飛流直下三千尺」的感嘆，順着瀑布再往上看，看不到水從哪裏來的，這正是我當年從瀑布底部往上看的感覺。不過，詩仙講到此處，想像再現神通，將瀑布的源頭一直追溯到銀河九天，而「落」字又把對九天的視覺想像帶回眼前，同時還喚起對九天落地巨響的聽覺想像，讓我們領略飛流瀑布所釋放那種宇宙級的力量。

為甚麼讀此詩的第二聯，會有如此震撼的審美感受？我認為，功勞在於詩仙獨一無二的視角變換之神技。與其他詩人通常的「移步換景」不同，詩仙觀景距離和視角的變換則是風馳電掣。令我們驚嘆不已的是，為甚麼在現代電影方可看到的風馳電掣的飛換，詩仙一千五百多年前竟能如此嫻熟地在詩歌創作中使用，從而將文字難以捕捉的山水氣勢栩栩如生地呈現出來？除了仙人的想像，還能有甚麼解釋呢！

27

李白〈早發白帝城〉

寫快第一詩

朝辭白帝彩雲間，千里江陵一日還。
兩岸猿聲啼不住，輕舟已過萬重山。

讀〈早發白帝城〉一詩，就會讓我們再次領略詩仙風馳電掣、穿越時空的神技。李白流放夜郎，抵達白帝城後突然獲赦，處境產生了顛覆性的逆轉，他又一次絕處逢生，欣喜若狂。他一刻也不想在這三峽瘴癘之地停留，轉天便在白帝城乘舟順流直下。由於心情暢快，歸返之旅便顯得格外迅速。回想一年前的絕望遭遇，到現在重獲自由與希望，他更覺安穩的來之不易，沒有甚麼比此刻更快活的了。讀這首詩，李白歡快的心情躍然紙上。

這首詩，與其說是寫三峽一路的風景，毋寧說是寫湍急長江中乘輕舟順流而下的速度。

首聯不僅用具體地名標出旅途始點「白帝」和終點「江陵」，還有「千里」直截了當地說明旅途的距離。同時，詩人又用「朝辭」、「一日」來告訴我們旅途的時間長度。

次聯從對時空變化速度的客觀陳述轉入詩人對此速度的主觀感受。對唐人來說，乘舟下三峽，大概猶如我們今天坐過山車那樣刺激和痛快。古人沒有電影這種呈現極快速度的手段，能把這種主觀感受表達出來，但卻無法難倒詩仙。他想出來一個大概只有他才能想出的辦法，那就是用聽覺作度量時間的工具。猿聲在耳際縈繞的時間有多長？那也就是分秒之間。在如此片刻之中，景物就從兩岸萬重山變為一馬平川，這真是無限加速度！

為何李白能創造出這種不可思議的速度？可以在他的句法中找到答案。全詩四句中每句都用了動詞加副詞的詞組：「朝辭」、「一日還」、「啼不住」、「已過」，而這些詞組無不涉及動作完成的時間和狀態，詩人巧妙地把這些詞組串聯在一起，中間放入凸顯空間距離和地域變化、狀寫山水實景的名詞。這樣，四句一口氣讀下來，那種無法用言語形容的風馳電掣就躍然紙上了。

山川異域、古今對比的書寫

在以上所賞析的山水絕句名篇中，大詩人們各顯神通，用自己獨創的手法實現以小見大的審美理想。寫景，他們呈現出無限廣闊的視聽空間，甚至融入宗教體悟的禪境。敘事，他們捕捉極小的生活或心理活動的片段，加以巧妙的組合，讓我們重新領略許多已習以為常的生活感受，如春天帶來的喜悅。毫無疑問，這些時空書寫在我們心中所喚起的豐富而深切的情感，也是優秀絕句中所見之「大」。

在下面要講的邊塞和鄉愁名作中，我們將看到許多別樣的時空書寫，所喚起的情感基調，少有觀賞山水的喜悅，多是身處異國他鄉的傷悲。異國他鄉一詞，是我們探討邊塞和鄉愁兩類絕句時空書寫異同的極好坐標。首先，「異國」主要指中華文化圈以外的地域；而「他鄉」則指同處中華文化圈的異地，這正好凸顯了邊塞和鄉愁兩類詩所定位的不同地域。邊塞和鄉愁兩類詩所表達的情感都是因為時空中現實與願望的錯位而產生的。中華文化起源和長存於農耕文化，因而中國人對養育自己的土地有着一種特殊的、難以磨滅的情感。因此，古代文人為仕途而外出，不管如何成功，對家鄉總有無限的眷戀，為無法還鄉而感到惆悵傷感；將士到了塞外戍邊征戰，鄉愁就變成了嚮往塞內中原大地、眷戀回歸漢文化世界的「國愁」，而無法如願還國、還鄉而產生的就不只是纏綿的傷感，且往往是強烈的悲情和極度的痛苦。生活中現實時空與願望的錯位，產生了這兩類不同的情感，同時這兩種情感又反過來影響詩人的寫景和敘事，造就了一種獨特的時空書寫。

我們先講邊塞絕句。邊塞二字，會喚起大家心中甚麼樣的景象？想必是黃沙漫漫，駝鈴陣陣，北風卷地，瀚海闌干。那麼唐朝的詩人又是如何用絕句描寫邊塞風光的呢？他們有甚麼獨特的時空書寫手法呢？

歷代傳誦的邊塞絕句，具有一個共通的藝術特點，即不是單一的時空書寫，而是以描寫塞外風光為主，同時又涉及和關內風景的對比：關外荒涼、關內繁華，一處馬蹄聲聲、一處歌舞裊裊，兩相對比，時空的張力就顯現出來。要充分呈現兩個不同世界的張力，五言自然是無法做到的，所以邊塞主題的名詩幾乎都是用七言寫成的。

28

王之渙〈涼州詞〉其一

笛聲穿越的兩個時空

黃河遠上白雲間，一片孤城萬仞山。
羌笛何須怨楊柳，春風不度玉門關。

王之渙經典之作〈涼州詞〉，此詩以樂曲命名，疑為王之渙賦閒十五年期間（727-741）遠遊邊塞所作。

李白有詩言「天生我材必有用」，「材」可以分成「大材」和「小材」。如果說，寫了無數好詩的李白、杜甫是大材，那王之渙絕對是天生的小材。雖然《全唐詩》僅存了他六首詩，但已經足夠穩固他邊塞大詩人的地位，這首〈涼州詞〉應在唐人邊塞絕句前三名之列。

在樂府詩歌中，遊俠主題的作品多少也會涉及塞外的生活環境，但它們多是對大環境的泛泛描寫，讓人印象不深。但這首詩，只有簡單的兩聯，卻告訴了我們何為真正的邊塞風光。

這首詩所描繪的是宏大之景，是一種在空間上十分廣袤、不同尋常的景色。首句就讓我們的視線從黃河邊一直延伸到天上的白雲之間，接下來寫在黃河遠上、白雲之間的大景之中，只留有的「一片孤城」，可見塞外的荒蕪；而這個孤城，受到了

「萬仞山」的封鎖和壓迫，更顯孤涼。

後兩句詩人不再寫塞外之景，而是以反問作為轉折。我們之前讀過〈楓橋夜泊〉和〈江南春〉這兩首絕句，作者都在第二聯對景物進行更具體的描寫，而這首詩卻不再把更多的筆墨花在這上面。之所以如此，有文化的原因，也有藝術形式的原因。

在文化上，唐朝詩人多屬於關內的漢文化圈，塞外廣大荒蕪的孤涼風光讓他們感到陌生、難以把握，而關內山清水秀的明媚風光卻令人流連忘返、浮想聯翩。就像杜牧在〈江南春〉裏對春色的喜愛，既有自然的審美又有人文的底蘊，他自然不會費很多筆墨來寫一些不愉快的景物。

在藝術形式上，邊塞詩若要突出它的孤涼荒蕪，就必須以塞內風光作為對照。此詩的第二聯顯然是引入了塞內的風光來做比較，而這種比較，使整首詩巧妙地分割成了兩個時空。前兩句「黃河遠上白雲間，一片孤城萬仞山」，明顯是塞外風光，群山環繞之中，一座遙遠而又荒涼的孤城屹立在大漠裏，給人以視覺上的震撼。在這樣的環境下，突然聽到傷感的「羌笛」聲，羌笛是邊塞詩常用意象，一般都與思鄉有關。而這笛聲又恰好是《楊柳曲》，這就更為巧妙了。《楊柳曲》是樂曲名，但同時「楊柳」作為一個意象自然也就喚起了塞外人對玉門關內景色的懷念。若是按照字面意思，此句應作「羌笛楊柳何須怨」，但倒裝成了「羌笛何須怨楊柳」之後，「楊柳」本身也成了被描述的具體景物：羌笛無須埋怨塞外見不到關內春光無限、楊柳依依之景。照這樣解釋，下一句就更妙了：春風本就是不會渡過玉門關的，自然「怨」也無從談起。詩人用「楊柳」來引起塞內、塞外之景的對比，通過聲音，將士們的思緒就回到了玉門關內的中原地區。這樣一來，時空就很自然地從塞外轉向關內，從而引出荒無人煙的塞外與繁花似錦的關內的對比，並委婉地表達了惆悵的思鄉之情。

29

王昌齡〈出塞〉其一

古今景物、戰事、悲情之疊加

秦時明月漢時關，萬里長征人未還。
但使龍城飛將在，不教胡馬度陰山。

開元十二年（724），王昌齡上書吏部侍郎李元紘求仕無果，便隨即計劃邊塞之行以求通過另一個途徑入仕。大約從這一年春天起，他出塞去往河西、隴右一帶。此行前後大約兩年，最終其未能借此入仕，但根據數千里旅途所見所聞而寫成的〈出塞〉、〈從軍行〉等詩，卻讓王昌齡揚名百世。

〈出塞〉其一曾被明人李攀龍稱為七絕第一。王世貞言：「李于鱗（李攀龍）言唐人絕句當以『秦時明月漢時關』壓卷，余始不信，以少伯集中有極工妙者。既而思之，若落意解，當別有所取；若以有意無意可解不可解間求之，不免此詩第一耳。」（《藝苑卮言》）那麼，究竟這首詩在時空的書寫上有甚麼過人之處呢？

同樣是寫大景，這首詩的成功之處和王之渙的〈涼州詞〉略有不同：它在當下的時空之上，增添了過去的時空維度。

第一句，詩人用兩個意象將過去與現在聯繫在一起——「月」和「關」。他站在塞外，看着月亮，想到秦、漢時期塞外士兵看到的也是同一個月亮，而現在所戍守的邊防關口與秦、漢時期也相差無幾。這時，在同一空間下，時間似乎有一瞬間的重疊，秦漢的明月關塞既是歷史的延續，也是悲傷的延續，讓人唏噓戰爭的無窮無盡。緊接着一句，詩人直接抒情，「萬里長征人未還」，出征前的熱血男兒們，能回來的又有多少呢？不光是現在的士卒「未還」，自秦漢幾百年來的那些出征之人，一經出塞也不曾歸來。可見戰爭無限延續，痛苦也無限延續，一語道明戰爭的無情殘酷，把厭戰情緒上升到極致。

後兩句是虛設，由於有了厭戰的情緒，自然就引出了嗟嘆，說只要龍城的飛將李廣如今還在，一定不會讓敵人的馬蹄踏過陰山。「但使」，表示美好的幻想，現實卻是殘酷的，飛將軍李廣早已不在了，朝廷沒有良將可派過來戍守邊關。這結尾兩句以一個虛設表達希望，讓希望變得虛無空洞，既悲涼又有諷刺意味。

30 王昌齡〈從軍行〉其一

倒裝手法，代實為虛

烽火城西百尺樓，黃昏獨坐海風秋。
更吹羌笛關山月，無那金閨萬里愁。

王昌齡〈從軍行〉其一中首聯的句法很不尋常，它借倒裝手法把散文句拆散重構為七言詩句。這聯用散文句來表達，是說秋日黃昏中，海風輕拂，我獨自坐在城西百尺高的烽火城樓上。王昌齡之所以將這個散文句所表達的時間、地點以及天氣狀況全部拆開，除了使其表達更具有詩意之外，很大一部分原因是使聲韻符合平仄格律。

烽火城西百尺樓，
平̣ 仄 平 平 仄 仄 平

黃昏獨坐海風秋。
平 平 仄 仄 仄 平 平

更吹羌笛關山月，
仄̣ 平 平̣ 仄 平 平 仄

無那金閨萬里愁。
平̣ 仄 平 平 仄 仄 平

樓、秋、愁都是押「十一尤」

・表示為格律允許的聲調變動

其中，「黃昏獨坐海風秋」也可以做多種解釋。一是，「坐」可以理解為不及物動詞，即將此句理解成題評句，「海風秋」是對於「黃昏獨坐」的補充描述，即「黃昏獨坐｜海風秋」。二是，由於詞序關係，富有想像的讀者還可以把「坐」作及物動詞解，而「海風秋」則是其賓語，即是說詩人彷彿坐在虛空的海風之中。

第三句又用聲音加深了這種惆悵的氛圍，「更吹羌笛關山月」，聽着淒淒的羌笛吹奏着思鄉的曲調。最後一句終於將感情全部迸發出來——「無那金閨萬里愁」，這句有兩種理解：一是說自己想念金閨中的人，二是說金閨裏的人思念萬里之外的我。

中國邊塞詩書寫思念的時候，常常和閨怨結合在一起，塞外將士們思念家鄉的時候，也想像千里之外的妻兒對自己的思念。這種設想對方思念自己的手法，在《詩經》的〈魏風・陟岵〉中就已經使用了。

> 陟彼岵兮，瞻望父兮。父曰：嗟！予子行役，夙夜無已。上慎旃哉！猶來無止！
>
> 陟彼屺兮，瞻望母兮。母曰：嗟！予季行役，夙夜無寐。上慎旃哉！猶來無棄！
>
> 陟彼岡兮，瞻望兄兮。兄曰：嗟！予弟行役，夙夜必偕。上慎旃哉！猶來無死！

在外行役的主人公思念家鄉的同時，也想像父母兄長對自己的思念與囑託，更加深了這種與親人分離的難耐之感。

論風格，這首詩寫景，不用粗線條刻畫塞外荒蕪蒼涼的大景，而是對詩人所處具體地點、時刻進行細膩的描寫，並用了化實為虛的倒裝手法。這種手法在律詩中常用，在邊塞絕句中則極為少見。詩人寫情，同樣獨出機杼，不是直抒胸臆、傾吐滿腔的悲愴，而是引入思婦的角色，從「她者」的角度，含蓄地表達自己厭戰思家之情。用陰柔婉轉的筆法來寫陽剛的主題，無疑是邊塞詩體上一個重要創新。

31 王翰〈涼州詞〉其一

頓與挫、起承轉合

葡萄美酒夜光杯，欲飲琵琶馬上催。
醉臥沙場君莫笑，古來征戰幾人回。

王翰，并州晉陽（今山西太原）人。少年豪俊，於景雲元年（710）登進士第，仕途順暢，生活富裕安寧，為人豪爽，愛廣交豪傑。但在開元十四年（726），因「行為狂蕩」被貶為道州司馬，並死於前往道州的路上。此詩的具體創作年份及地點不詳。現存的史料沒有王翰出塞任職或巡訪的記載。〈涼州詞〉其一中出現的葡萄酒、夜光杯、琵琶等意象，西域風情濃厚，可見王翰見多識廣。

對於這首詩的解讀，前人徐增在《而庵說唐詩》中已經說得十分清楚。他說：「此詩妙絕，無人不知，若不細細尋其金針，其妙亦不可得而見，愚竊解之。先論頓、挫。」

所謂「金針」，就是指結構上的聯結，徐增認為雖然原來很多人講過此詩，但沒有從結構的角度來解讀。他論此詩「先論頓、挫」，即要從結構的變化上來講，前三句「凡六頓」，最後一句「古來征戰幾人回」才挫去。他將「葡萄美酒」、「夜光杯」、「琵琶」、「沙場」、「君莫笑」等意象群分得極為細緻，每個意思一頓。「夫頓處皆截，挫處皆連，頓多挫少。唐人得意乃在此」(《而庵說唐詩》)，徐增認為頓是一步步向前的運動，將詩意向前推進，而「挫」則是相反的運動，「古來征戰幾人回」將全詩的悲傷情緒沉穩地落地。

接着，徐增又用起承轉合法來解析。「起，陡然落筆，如打樁，動換不得一字為佳」(《而庵說唐詩》)，他將「起」比喻為打樁，意思是要找準位置（字詞）才能落筆，否則詩意就會改變了。「轉者，推開也，不推開則局隘，不推開則氣促」(《而庵說唐詩》)，他認為「轉」就是換一個角度去講，宕開一筆。「夫古人不云開而云轉者，用力在開將去，而意則欲轉回，故云轉也。轉蓋為合而設也」(《而庵說唐詩》)，徐增認為「轉」的關鍵不在於推開，而在於回來。以芭蕾舞作比喻，舞者在落地之前要輕盈，而不是重重的墜地，這就要求其身體在墜落時有向上的反作用力。「合」，徐增認為不單單起到結尾的作用，還要有貫通全詩的精神，有餘意：

> 人作一詩，其意必在結處見，作者於此處為歸宿；又須通首精神，煥然照面，言外更有餘蘊，方是合也。(《而庵說唐詩》)

詩的結尾處要給人一種言有盡而意無窮之感。徐增將這首詩的主人公解為主將，此詩寫在「出師餞行」之時，「欲飲琵琶馬上催」指的是士兵們想催促主將飲完酒快點出發，但又不敢直接催促，只好以琵琶催之。接着，徐增揣測主將內心獨白：

> 「古來征戰幾人回」，是言君莫笑之故。你等軍士，氣吞敵人，以為功名可唾手而得，殊不知古來好漢，有大謀

畫者，萬萬千千，恆河沙數，貂錦而出，白骨成山，而得歸見妻子者，有幾人也！

士兵們還年輕，不知道沙場無情，只以為這是立功的好機會，而主將早已戰功纍纍，知道每一次出征的險惡，看着眼前年輕的士兵們，他甚至不敢想能有幾個人和自己一同歸來。「醉臥沙場」，不過是對戰場無情的自我麻痹和對戰爭的厭倦，而最後一句「古來征戰幾人回」，則愴然收尾，徐增稱之「可為好邊功者之戒」。

32 陳陶〈隴西行〉其二

蒙太奇結構與天人永隔之傷慟

誓掃匈奴不顧身，五千貂錦喪胡塵。
可憐無定河邊骨，猶是春閨夢裏人。

到了中晚唐，邊塞詩的情感基調為之一變，從帶有幾分豪氣的悲壯變為刻骨銘心的哀怨。安史之亂後，唐王朝日漸式微，但戰爭卻只增不減。戰爭帶來的經濟凋敝、家破人亡，被當時遊歷長安的陳陶看在眼裏。他以樂府舊題寫下〈隴西行〉四首，控訴戰爭無情、對外政策不合理，對飽受戰爭蹂躪的人民深表同情。陳陶〈隴西行〉中的第二首尤為著名，具有很高的藝術性。

這首詩明顯地是將邊塞和閨怨的兩個主題合在一起寫的，用強烈對照、相互撞擊的畫面來呈現征夫和妻子的人生悲劇。

第一聯是寫征夫戍邊的悲劇。上句寫主人公奔赴邊陲，立志建功立業的英雄氣概，下句急轉，特寫貂錦將士殞命沙場。第二聯是寫妻子喪夫的傷慟。上句出現了被遺棄在無定河邊的征夫尸骨的恐怖畫面，下句又是一轉，引入春閨中少婦夢中思夫的場景。戰時信息傳遞遲滯，有很長的時間差，下句是寫夫君喪命而少婦惘然不知，還在做夫妻團聚的美夢。此情此景，對陰陽兩隔的人和鬼，都是無法忍受的悲慟，慘不忍睹。兩句開頭二字「可憐」和「猶是」，分外貼切地表達了詩人的無限同情。兩聯畫面的急轉，創造出猶如電影蒙太奇般的藝術效果，讓我們感受到無休止的邊塞戰爭所帶來的言語無法訴說的痛苦。

顯然，此詩已完全超越了起承轉合的模式，而是引入一種相互平行的雙重轉折結構。這種結構用來展現邊塞戰爭帶來的刻骨悲痛，想必在晚唐已產生很大的影響。例如，晚於陳陶的唐沈彬的名聯「白骨已枯沙上草，家人猶自寄寒衣」（〈弔邊人〉），顯然是陳陶詩尾聯的翻版，也是製造了一個時間差：征夫戰死的時候，家人沒有收到消息，因此還在給他寄冬天的衣服。較之陳詩，沈詩更加誇張渲染時間差，這更讓我們感到刻骨銘心的悲痛。

33

王維〈送元二使安西〉

如何做到言淺情深

渭城朝雨浥輕塵，客舍青青柳色新。
勸君更盡一杯酒，西出陽關無故人。

〈送元二使安西〉是王維千古傳誦、家喻戶曉的送別詩，由於離別的友人前往之地不是他鄉，而是非常遙遠的異域，因此所抒發的情感與詩人對異域的認知密切相關，故視此詩為送別詩和邊塞詩的合體，未嘗不可。此詩大約作於安史之亂前。那時唐朝還未經歷胡兵的肆虐，唐玄宗還擁有邊疆的土地。在一個春日的清晨，王維將為前往西域都護府的友人送行。王維曾到過河西為官，目睹過北方大漠的壯闊，也深知廣闊荒野中的孤獨，所以尤為珍惜與元二相聚話別的時光。

這首詩音韻十分流暢，朗朗上口，被後人譜曲而作陽關三疊，又名渭城曲。它為何會成為人人傳誦的名詩呢？我們得重新回到這首詩本身，從藝術方面加以分析。

我們要讀好一首詩，對地理知識也要有所瞭解。地理位置和文化特點緊密相關，對我們解詩是重要的提示。讀這首送別——邊塞詩，尤其如此。既然要送元二前往安西，那麼這個安西在哪兒呢？安西就是唐代的安西都護府，是國家的軍事機關和行政機關，負責管治龜茲國。所謂龜茲國，放在今天，就是新疆庫車，位於新疆西部。這在新疆也算是很邊緣的地區了，再向西就是吉爾吉斯。接下來，王維提到了渭城。唐朝人的文化中心在關中平原地區，也就是今天陝西的渭河一帶。唐朝首都長安、秦朝首都咸陽，都在那裏。而渭城就是咸陽的一個區，是當時唐朝往西域行軍和經商的必經之道。我們經常說的咸陽古道，就是渭城往西域去的這條路。最後，詩的末尾提到了陽關，它位於古代中國最西端行政中心敦煌的西南方向大約六十公里。如果以敦煌為中心，那麼陽關相平行的北面，就是我們熟悉的玉門關了。王之渙有詩曰「春風不度玉門關」，就是那裏。通過對地理位置的探尋，我們會發現，從渭城到陽關，再到新疆西部的安西，居然有三千多公里的距離，在古代簡直如天涯海角之遠。可見這次的分別真是非同尋常的了。

這樣的地理位置，會帶來怎樣的情感聯想？我們回到詩句當中。

「渭城朝雨浥輕塵，客舍青青柳色新」，早晨的雨，洗刷了空氣中的浮塵，房子邊的柳樹新芽初現，春意盎然，這顯然是很令人愉悅的。開頭的這兩句，並不像一般的送別詩那樣描述傷別。然而，細細尋繹看這兩句詩中的地理信息：第一，地點在「渭城」，是咸陽古道；第二，房子也不是一般的房屋，而是客舍，也就是驛站。一談到這兩個地點，就隱隱地透露要有送行。

再往下，是從視覺到聽覺的轉變。上一句，我們的目光還停留在佈滿春色的客舍上，按理來說接下來要寫王維送行了吧？但我們沒有看到送別人與被送別人的身影。只是聽到了王維的聲音，聽到他說了兩句話：「勸君更盡一杯酒，西出陽關無故人。」瞬間，我們似乎聽到了離別的聲聲嘆息，令人動容。那為甚麼這兩句話和上文的描寫放在一起，會讓我們產生一種難以言表的感動呢？我們可以從多個方面去解釋。

第一，王維運用了以美景寫哀情的手法。《詩經》有：「昔我往矣，楊柳依依。」就是用楊柳的美去寫送別之事。對離行者來講，楊柳依依的美景象徵着他熟悉的、生活過的家園，而現在他要離開這美好的地方，楊柳的翠色也即將隱入回憶之中，多麼讓人悲傷。這悲傷，是空間割裂與精神剝離的雙重之痛。

第二，「柳」這個意象又和「留」同音，有「留下」的含義。如此一來，客人離開時的不捨、詩人送別時的難分，兩者的相互糾纏，就被真摯地表達出來了。

第三，詩人寫情也十分高超，他不是直接陳述自己的傷感，而是用一句勸酒的話：「勸君更盡一杯酒」。他要勸自己即將離別的朋友，再喝一杯酒，珍惜我們愉快的相聚時光。為甚麼要「勸」呢？可能是元二已經無語凝噎，悲不可遏；也可能是相聚的時間短暫，馬上面臨分別……，這些都是朋友間感情深厚的體現。另外，這句詩也表達了對離開當下美好世界的無奈。不忍放棄的東西越珍貴，時間才顯得越短促。「更盡」，更將這種珍貴抒發到了極致。今此一別，可能永別。到底要多少杯酒才能道盡彼此的情誼呢？說不盡啊，可能只有一杯接一杯，更盡一杯，才能彌補這些無奈和遺憾了。

我們知道唐代的邊塞詩歌，其特點就是寫地理環境的荒涼、生活環境的艱苦和戰爭環境的殘酷，這都是習慣性的寫法。比如王之渙的〈涼州詞〉：「黃河遠上白雲間，一片孤城萬仞山。羌笛何須怨楊柳，春風不度玉門關。」這首詩中，春天作為漢文化圈，尤其是京城長安一帶的意象，代表了一個春意盎然的漢文化世界，它和窮山惡水、荒無人煙的非漢文化世界，形成了鮮明的對比。但在王維的這首詩中，他不寫邊塞荒涼之景，也不去刻畫邊塞的惡劣環境。他認為，比環境更荒涼的，是人內心的寂寞，是形單影隻地到了一個陌生文化地域的孤寂感。

從地圖上看，從渭城到陽關的距離，其實佔了渭城到安西路程的一半，有一千七百多公里路。對古人而言，這樣的距離，即便快馬加鞭，也要很久才能到達。不只是安西處於文化異邦，就連出關的旅途也是困難重重，十分艱苦的。所以「西出陽關無故人」，是說從渭城到安西的漫漫長路，遇到故人的機會越來越少，熟悉的事物越來越稀疏。有人會說，王維這樣講難道不是掃興嗎？元二都已經去了那麼艱苦的地方了，還要給他潑冷水，但是只有這樣寫，才能體現出作為朋友的共情。

這首詩並沒有直抒胸臆，而是委婉地把情感隱藏起來。正是如此，這首詩才會韻味無窮，層次豐富。這樣的詩，也最適合被管弦和絲竹演奏成曲，能讓聽眾引起無限的想像。所以，這首詩譜成琴曲後，十分流行。陽關三疊就將這一首短短的絕句吟唱了三遍，可見它內容的豐富、情感的複雜，帶給人的美感是無可挑剔的。

王維〈九月九日憶山東兄弟〉

跨越時空的雙向奔赴

獨在異鄉為異客，每逢佳節倍思親。
遙知兄弟登高處，遍插茱萸少一人。

和邊塞詩一樣，鄉愁詩也是抒發空間和時間的分離而產生的情感書寫。文人寫鄉愁時，可以描寫生活中不同的情景、場合，直接抒發思鄉的情感。這時候他們能夠選用的場景物象就比較多，無論在戶內或戶外，獨處或與客人交往之時，都能引發思鄉的情感。文人寫鄉愁，受時空隔離壓迫而生的「怨」的成分不是很明顯，更多的是抒寫難以描述的愁緒。

過節，人們都和朋友或家人相聚。離家之人，自然鄉愁更濃。王維把過節和孤單在外的遊子聯繫在一起，寫下〈九月九日憶山東兄弟〉，這首詩也是王維家喻戶曉的名詩了。

「獨在異鄉為異客」一句，用詞非常巧妙：「獨」、「異鄉」、「異客」，三次點明孤獨的境況。在「異鄉」為「異客」，又「獨」自一人。異鄉和異客有甚麼不一樣呢？在這裏，「鄉」是一個地理概念，「客」是一種心理距離。身處外地，人本就會有一種寂寞感和疏離感。所以每逢佳節，才要

「倍」思親，這是一層一層強調出來的。接下來，詩人寫自己思親時的想像，想到此時此刻，家裏人應該正在登高，遍插茱萸，卻「少一人」。在這裏，「少一人」成為詩後半段的核心。一家人團聚，他是唯一一個缺席的人，渴望回家的心情就變得更為迫切。再有，這句話也可以講，他的兄弟們登上高處後，卻發現王維不在。遺憾之際，突出了家人對他的掛念。所以這一句，既寫他想念家人，也寫家人想念他。

王維抓住了我們生活經驗中的一個重要特徵：大家在節日裏的思鄉感情，從來都是雙向的。王維的這幾句詩，透徹地表達出了我們日常生活中無法言說的複雜情感。

這首詩沒有鄉愁詩所特有的那種惆悵迷惘，顯然與這首詩的創作背景有關。寫這首詩時，王維才十七歲，正值意氣風發之時，一個人飄泊在洛陽與長安之間。王維能寫出這樣不流於傷感的動人詩篇，是其切身體會之故。

35

賈島〈渡桑乾〉

宦遊離心力 PK 思鄉向心力

客舍并州已十霜，歸心日夜憶咸陽。
無端更渡桑乾水，卻望并州是故鄉。

下面，我們將讀兩首以敘事言情為勝的思鄉絕句，作者分別是賈島和李商隱。我們先來讀賈島的〈渡桑乾〉。

如果我們將家鄉想像為一股極為強大的、引起詩人渴望戰勝時空隔離的向心力，那麼飄泊不定的遊宦生活就像是一股相反的離心力。離開家鄉的空間距離越遠、時間越長，此離心力就更加強大。

賈島此詩所寫的是宦遊的離心力與思鄉向心力之間的較量。一方面是這種宦遊的離心力不可抗拒地持續增強的過程：客居并州十年之久，卻無法返回咸陽。在通常情況下，首聯把羈旅地點緣由交代清楚，尾聯自然接着直接抒發鄉愁。但此詩次聯之轉出乎意料，不是抒情，而點出羈旅的延續。詩人告訴我們，他又被派到更遙遠的地方——桑乾河彼岸。一方面是，返鄉的向心力亦愈加無力，家鄉變得如此遙不可及。十年的日夜思念無濟於事，在百般渺茫和無奈中，只得把還可能返回的并州想像為自己的故鄉。對於并州的思念，貌似忘卻故土、

「移情他戀」，其實是詩人借此無奈之語消解思鄉之愁，引起我們更加深切的共鳴。

這首小詩，空間上不斷位移，從咸陽到并州，再到桑乾，宦遊的離心力因地理距離越來越遠，而越來越強；情感上，在并州想念家鄉咸陽，而今遠在桑乾河彼岸，只能望向并州，把它當作故鄉。空間的位移與情感回溯的錯位，似乎讓人感受到了飄泊永不會停息。賈島所寫的羈旅愁思與人生迷惘，不僅在詩中，也永在時空之中。

36

李商隱〈夜雨寄北〉

交錯時空的奇妙構思

君問歸期未有期，　巴山夜雨漲秋池。
何當共剪西窗燭，　卻話巴山夜雨時。

李商隱這首思鄉七絕〈夜雨寄北〉的時空書寫十分特別。他採用了民歌常用的對話結構，首聯是答，尾聯是問。然而，在此看來極為簡單的對話框架裏，詩人卻對不同時空片段進行了頗為複雜的組合。

君問歸期未有期，	過去＋未來
巴山夜雨漲秋池。	此時＋此地
何當共剪西窗燭，	未來
卻話巴山夜雨時。	將來＋過去（現在）

首句「君問歸期未有期」是對來信人昔日詢問的回答，故可視為同時引入過去和未來（「未有期」）的時空；第二句「巴山夜雨漲秋池」轉向此時、此地，講「我」無法回到故鄉，只能在夜雨時刻給你寫信；第三句「何當共剪西窗燭」用問話的形式引入未來的時空和活動；第四句「卻話巴山夜雨時」則又出乎意料地一轉，談起將來的過去（即

現在），即將來某時，我們又相聚，一起說說當下這個巴山落雨的夜晚吧。

這首詩並沒有刻意描寫的景物，四句各自是一個直截了當的、沒有甚麼文辭修飾的敘述，卻深得歷代讀者的喜愛。這是因為此詩除了對不同時空片段作了奇妙組織，還引入對未來的憧憬，從而減輕了鄉愁的壓抑。在唐代絕句中，像這樣書寫鄉愁是很少見的。

懷古絕句：為何五言無法PK七言

讀《全唐詩》，我們可以發現，整個初唐和盛唐時期，歷史題材的詩歌並不十分突出。《唐詩三百首》一共收了二十三首與歷史題材相關的詩，其中，絕句只有八首，而五言絕句只有一首，就是杜甫的〈八陣圖〉，其他都是七言。我們進一步通讀《千首唐人絕句》中以歷史為主題的絕句，不難發現唐代絕句發展史上有幾個值得注意的現象：一，以歷史為題材的五絕很少。二，歷史題材的絕句是在中晚唐時期達到高峰的，除了杜甫〈八陣圖〉、〈武侯廟〉等個別詩篇，其他寫歷史的絕句全是中晚唐的。其中，中唐只有劉禹錫的〈金陵五題〉，餘下都屬於晚唐。就絕句的總體發展而言，有些學者認為絕句發展到盛唐是巔峰，到晚唐時完備。其實，各類題材的絕句的發展與成熟時間是不一樣的。比如，邊塞、山水絕句確實是在盛唐達到高峰，而有關歷史題材的絕句卻是到了中晚唐才真正走向鼎盛。三，題材的轉變。絕句發展在盛唐與中晚唐之間的分別，不只是名詩數量的多少，更顯著的是題材的轉變。絕句作品常分為「懷古」和「詠史」兩類，雖然古人並沒有對此作明確區分。「懷古」重情，較明顯地抒發詩人對歷史人物和事件的情感反應，以及詩人個人的情懷；「詠史」重理，詩人置身事外，從局外人的角度評價歷史人物或事件，提出自己的獨特看法。盛唐時期重情的懷古作品較多，而到了中晚唐時期，重理的詠史作品大量出現。詩人們在動盪的時局下開始對歷史變遷、朝代更迭等事件進行反思，但很少明顯地抒發自己的情感。

交代了這三大特點，接下來要談的兩首懷古五言絕句〈八陣圖〉和〈武侯廟〉，都是杜甫以詠諸葛亮為題所寫的。從這兩首詩的分析中，我們可以嘗試解釋：為甚麼五言懷古絕句這麼少？

37

杜甫〈八陣圖〉

五絕懷古，詩聖難為

功蓋三分國，名成八陣圖。
江流石不轉，遺恨失吞吳。

大曆元年（766）暮春，杜甫由雲安至夔州（今重慶奉節）居住。〈八陣圖〉一詩為杜甫初到夔州時遊覽所作。八陣圖相傳為諸葛亮所佈設的作戰石壘，在夔州東南魚復浦上，夏天被水淹沒見不到，冬天水枯時則可見到，至今猶存。

〈八陣圖〉前兩句總寫諸葛亮的功績，第一句說諸葛亮將蜀國發展壯大，使蜀和魏、吳形成三足鼎立的局勢。第二句寫諸葛亮創造出著名的八陣圖，「三分國」對「八陣圖」，十分工整。後兩句寫「遺恨」：擺八陣圖的石頭還屹立在這裏，而諸葛亮戰略失誤，與吳國解除聯盟，想吞併吳國卻失敗了，大業就此夭折，只能英雄扼腕嘆「遺恨」。

整首詩非常寫實，沒有給我們留下任何想像的空間，也沒有涉及對自己情感的描寫和歷史事件的新穎反思。這首詩雖然蜚聲文學史，但其藝術性較杜甫其他詩作稍顯遜色。

實際上，不管是懷古還是詠史，詩人首先要對歷史事件或人物做一個交代：要談的是哪位歷史人物，要議論的是甚麼歷史事件。然後，再展開自己豐富的歷史想像。五言絕句只有短短四句、每句五個字，交代完了基本信息之後，已經沒有餘地讓詩人發揮自己的想像與文采了，因此五言詠史絕句十分難寫。〈武侯廟〉同樣面臨這個問題。

杜甫〈武侯廟〉

陳述史事，難有精彩

遺廟丹青落，空山草木長。
猶聞辭後主，不復臥南陽。

〈武侯廟〉一詩亦為杜甫初到夔州時遊覽所作。張震〈武侯祠堂記〉:「唐夔州治白帝，武侯廟在西郊。」杜甫很景仰諸葛亮，廟又在他寄居的西閣附近，一到夔州就去憑弔，有感而發，作此詩。

上聯中，詩人先對面前景物作一描寫，由於年歲太久，武侯廟上的丹青已經脫落，又因人跡罕至，所以野草瘋長。由於五言的字數限制，詩人描寫的景物都是很抽象、籠統的，難以具體化、細節化，這就限制了詩人的發揮。下一聯「猶聞辭後主，不復臥南陽」轉得極好。詩人站在武侯廟這個空間裏，他似乎聽到諸葛亮在〈出師表〉中說的辭別後主的話語：鞠躬盡瘁，盡心盡力輔佐後主，不會再歸隱到南陽。詩人不是真正聽到，而是一種想像。通過想像，與過去建立了聯繫，也使得整首詩由實寫轉向虛寫、由景及情，也是很巧妙的。

五言懷古詩能夠寫到如此，已經是十分精彩、偉大了。就藝術性而言，〈武侯廟〉比〈八陣圖〉寫得精彩，不過它仍是直接陳述史事，而沒有給我們留下豐富的想像空間。

同一個主題，當詩由一行五個字變成七個字，四句變成八句，情況會如何？我們看一下杜甫的七律。

39

杜甫〈蜀相〉

七律懷古，遊刃有餘

丞相祠堂何處尋，錦官城外柏森森。
映階碧草自春色，隔葉黃鸝空好音。
三顧頻煩天下計，兩朝開濟老臣心。
出師未捷身先死，長使英雄淚滿襟。

〈蜀相〉一詩是上元元年（760）的春天，杜甫初到成都遊武侯祠時所作。武侯祠是西晉末年十六國成漢李雄為紀念三國蜀丞相武鄉侯諸葛亮而建。初與蜀先主劉備昭烈廟相鄰。武侯祠現存，在成都市南郊。當時杜甫所見，並在這詩中所詠及的古柏，今猶翳翳森森。

首聯從一個問句開始，詩人將自己帶入詩篇中，交代自己去尋找丞相祠堂，這是屬於「今」，是現在時的描寫。頷聯，繼續寫眼前的景色，若用五個字的話，景物描寫只能是簡單的陳述，而這首詩是七言的，就可以加很多詞。如「碧」草反射出陽光與春色的交相輝映，黃鸝隔着葉子在唱歌，一聯景物描寫既有聲音，又有顏色。「自」和「空」兩個字也極其精彩，突出了一種人去樓空的感覺。「空好音」，可以是詩人自己的感嘆，也可以說是他對黃鸝心情的猜測，黃鸝為無法陪伴諸葛亮而傷心。頸聯一轉，諸葛亮是劉備三顧茅廬才請出來的，他從獨善其身到兼濟天下，服務兩朝，到死都懷有鞠躬盡瘁、死而後已的「老臣」心。最後一句，詩人寫自己對諸葛亮未能完成北伐大業就去世的遺憾，「英雄」指的不僅僅是諸葛亮，還有後世的英雄及詩人自己。這一句寫盡了千古英雄大業未竟、抱負無法施展的遺憾，令人動容。這些複雜的情感，五言絕句很難呈現。

五言的〈八陣圖〉只能列舉諸葛亮的赫赫功績，而〈武侯廟〉也是稍稍通過想像中的聲音表達了詩人自己的一些情感，它們無法像用七言一樣表達得淋漓盡致。通過這個比較，可見出五言絕句很少寫歷史，是因為在字數有限的情況下，它很難將歷史與個人情感聯繫在一起並表達出來。奇怪的是，杜甫沒有七言絕句的懷古詩。一直到中唐，詩壇上出現了一個關鍵人物——劉禹錫，他將會帶領七絕懷古詩走向成熟。

40

劉禹錫〈金陵五題〉

為何此詩讓白居易嘆為觀止

劉禹錫為唐末詩人，其在世時時局動盪，宦官擅權，帝王更迭頻繁。他仕途坎坷，長期被貶謫。永貞元年（805）三十四歲的詩人以極高的政治熱情參加了以王叔文為首的革新集團。迅速使政局為之一新的同時，革新集團遭到宦官為首的保守勢力的反擊，同年革新運動慘遭失敗。劉禹錫被貶朗州（今湖南常德）司馬，十年後又遷官於更遠的連州（今屬廣東）。元和十四年（819），劉禹錫因母親去世北歸，居喪洛陽。長慶元年（821）冬，服喪後出任夔州刺史。長慶四年（824）夏，又調任和州（今安徽和縣）刺史。詩歌作於詩人任和州刺史時，劉禹錫見他人所寫〈金陵五題〉，勾起對江南生活的懷念，亦作〈金陵五題〉，並寫序云：

> 余少為江南客，而未遊秣陵，嘗有遺恨。後為歷陽守，跂而望之。適有客以〈金陵五題〉相示，逌爾生思，欻然有得。他日友人白樂天掉頭苦吟，嘆賞良久，且曰〈石頭〉詩云「潮打空城寂寞回」，吾知後之詩人，不復措詞矣。餘四詠雖不及此，亦不孤樂天之言耳。

劉禹錫的〈金陵五題〉中，最出名的當是〈烏衣巷〉，但其實〈金陵五題〉每一首都有自己的特點和突破。很可惜，今人很少注意到這組詩的價值。可以說，在唐詩史上，尤其是絕句發展史上，劉禹錫並沒有得到他應得的地位。

不同於今人的忽視，古人很早就注意到〈金陵五題〉的藝術性之高超。如〈金陵五題〉序言所述，白居易讀完〈金陵五題〉趕緊「掉頭苦吟」，並言：「吾知後之詩人，不復措詞矣。」讓白居易拜服的詠史七絕到底是甚麼樣的？

〈金陵五題其一・石頭城〉

山圍故國周遭在，潮打空城寂寞回。

淮水東邊舊時月，夜深還過女牆來。

首聯寫山圍繞着「故國」，山仍在，故國卻已不再。浪潮水拍打着空城，只能寂寞地退回。下一聯寫得更妙，「淮水東邊舊時月」與王昌齡名句「秦時明月漢時關」同一機杼，「舊時」二字，猶如王詩「秦時」、「漢時」一樣，把過去的時空引入了畫面，形成強烈的今昔對比。「淮水東邊舊時月」，說秦淮河邊上升起的月亮還是舊時的月亮，那麼下半句「過女牆來」的月亮，是過去的月亮還是現在的月亮呢？這一句模糊的處理，似乎在述說着過去和現在永遠是糾纏在一起的。劉禹錫用景物描寫將過去和現在糅合在一起，表現了滄海桑田的古今變遷，創造出一種無限感傷的情緒。全詩意在言外，雖然沒有直接抒情，但讓人讀完很悵然。

比起之前杜甫的〈八陣圖〉、〈武侯廟〉，這首詩也沒有明顯的抒情，就是純粹地寫石頭城的景象，但卻沒有一句不讓人感受到情愫。句句是景，卻字字含情，這是怎麼做到的呢？那就是每一句都將七個字作了充分的使用、每一句都有古與今的對比。第一句，「故國」二字表明詩人眼前的並非僅僅是景物，還承載着歷史的回憶，古和今糅合在一句裏面。第二句「寂寞」二字同理，為甚麼浪潮寂寞回？因為這座城沒有了以往的繁華，可見每一句巧妙的古今對比。

〈金陵五題其二・烏衣巷〉：
朱雀橋邊野草花，烏衣巷口夕陽斜。
舊時王謝堂前燕，飛入尋常百姓家。

這首詩與從前的詠史詩勾連古今的手法完全不一樣，劉禹錫用了新的紐帶——燕子，來連接一整首詩。從前的詠史詩一般都會着力描寫遺址的一片荒涼，這首詩卻只是淡淡的敘述。首聯寫朱雀橋邊野草滋生，夕陽西下，顯得有些荒涼，但至少還是有人家在這裏居住的，因此沒有頹垣敗壁的景象。尾聯說從前在王、謝世族大家的燕子，現在飛進尋常百姓家了，流露出對世事變遷、盛衰無常的感慨。「堂前燕」是眼前的，但又是來自過去的。整首詩的傷感都是淡淡的，含蓄蘊藉，而又不言而喻的。

〈金陵五題其三・臺城〉：
臺城六代競豪華，結綺臨春事最奢。
萬戶千門成野草，只緣一曲後庭花。

臺城是六代帝王的宮殿，哪位帝王把這裏建設得最繁華，奪冠的自然是陳後主建的結綺閣和臨春閣。首聯這樣書寫，立刻引人回想金陵當年的盛況。下一聯筆鋒一轉，今日「萬戶千門成野草」，從六代延續的繁華轉到無盡的荒涼，這一切都歸咎於

《後庭花》。這個結句十分精妙，不直接寫錯在陳後主，而是將一切景物的變化歸因於一曲《後庭花》，化實為虛，揭示六朝衰敗的原因。

〈金陵五題其四．生公講堂〉：
生公說法鬼神聽，身後空堂夜不扃。
高坐寂寥塵漠漠，一方明月可中庭。

首聯中的生公，指的是晉末宋初高僧竺道生。他講法，鬼神都來聽，間接說明講堂的盛況以及聽眾的虔誠；現在講堂裏卻空無一人，「夜不扃」晚上連門都不需要鎖了。詩人通過對以往說法場景和講堂現狀的對比，雖不明說淒涼，但我們自然能感到時過境遷的荒涼。尾聯，上句進一步寫講堂的荒涼。詩人獨坐在那裏，四周一片死寂，塵土飛揚。最後一句，劉禹錫在這種淒清的基礎上，又寫得十分美麗。雖然荒涼，「一方明月可中庭」，但一方明月剛好灑在了庭院裏，十分幽靜。這一句營造了詩的意境，也深化了主題：人事無常，自然永恆。

〈金陵五題其五．江令宅〉：
南朝詞臣北朝客，歸來唯見秦淮碧。
池臺竹樹三畝餘，至今人道江家宅。

詩題中的江令是指南朝時期的江總，陳後主的宰相，在陳時與陳後主遊宴後宮，製豔體詩，尸位素餐。到了隋朝，繼續為官。因此首句說「南朝詞臣北朝客」，寫江總經歷了改朝換代，感嘆「歸來唯見秦淮碧」，秦淮河只有顏色還是那麼碧綠，而往日繁華不再了。尾聯寫池臺、竹樹依舊，「至今人道江家宅」，詩人也在感嘆江家不再，過去的繁華不再。整首詩有雙重感嘆，歷史人物在感嘆，詩人也在感嘆歷史。

劉禹錫在絕句創作中的貢獻非比尋常，從這五首詩中就能看到他對於懷古詩的重要突破。第一，劉禹錫十分擅長將古、今通過具體景物天衣無縫地編織在一起，如「淮水東邊舊時月，夜深還過女牆來」，用月亮將古今聯繫在一起。第二，劉禹錫的用語十分含蓄。這五篇，篇篇含情，但篇篇都不加議論，都是以景物來託古喻今。第三，〈金陵五題〉是組詩，不是隨便記錄的，一般都是詩人精心設計的。這五篇詩歌的組織是有線索可尋的。從第一首〈石頭城〉總寫金陵城及城外之景，到〈烏衣巷〉寫城內之景，〈臺城〉是寫城中的宮殿，最後〈生公講堂〉和〈江令宅〉則是寫城中人，層層相扣，像進入了歷史的迷宮，讓我們也體會到歷史的輪回之感。在歷史面前，繁榮都將毀滅，善人、惡人最後都是一抔黃土，以荒涼告終。

41

杜牧〈泊秦淮〉

層層相扣寫茫然

煙籠寒水月籠沙，夜泊秦淮近酒家。
商女不知亡國恨，隔江猶唱後庭花。

同樣是在金陵城，同樣的月色與街道，晚唐的杜牧與中唐的劉禹錫卻有着完全不同的感受。劉禹錫在〈金陵五題〉中表達的是對古今變化的感慨，是對昔日繁華不再而產生的唏噓與淡淡的愁緒；杜牧身處唐王朝的暮色之中，他借着〈泊秦淮〉這首詩表達自己對晚唐的政治腐敗、國運衰危的無比擔憂。

如果說〈江南春〉是杜牧寫自然景物第一詩，那麼這首〈泊秦淮〉就是寫都市景色的壓卷之作。在兩詩中，詩人都用了融情入景的絕技，即用朦朧的景色來喚起無限情緒，這種手法讓人聯想起十九世紀印象派大師莫奈的畫風。〈江南春〉中「多少樓臺煙雨中」是末句，旨在勾起我們對煙雨中百里人文景觀的遐想。在〈泊秦淮〉中，杜牧出乎意料，將朦朧景色放在首句，成為挺拔全詩的秀句。此句絕妙之處在兩個「籠」字。它們突出了寒煙、寒水、寒月予人強烈的壓抑感，喚起人們無限的迷惘惆悵。和崔顥〈黃鶴樓〉末句「煙波江上使人愁」

不同，此句不是已抒發的愁思之延伸，而是愁思的肇始，往下全是無限愁緒的演繹、深沉的反思，一句勾起一句，悲情由瀰漫到濃烈。

詩人在淒清的月色中，帶着迷惘惆悵的心緒，乘船進入秦淮。此時此刻，浮現在詩人眼前的是一個酒家林立、舞榭歌臺、紅飛翠舞、紙醉金迷的世界。環境描寫之後，詩人寫泊秦淮時心中所思：「商女不知亡國恨，隔江猶唱後庭花。」這裏，詩人所譴責的何只是商女，矛頭更是指向商女所服務的、在此尋歡作樂的王公權貴。隨風傳來的曲聲，竟然是亡國之音《後庭花》。劉禹錫〈臺城〉說「萬戶千門成野草」，這一切都因這曲《後庭花》，這首歌造成了六朝的毀滅。杜牧此詩用了同一首歌，表達的卻是自己對唐王朝命運的擔憂。國家搖搖欲墜，商女還在唱着《後庭花》，聽曲子的人、唱曲子的人以及掌權者都對危機不自知，無視歷史的前車之鑒。

就結構而言，此詩呈現一個明顯的二元結構，上聯寫景敘事，下聯發表議論。但仔細咀嚼，我們可以發現它實際上隱藏了詩人情感活動線性發展的過程。詩人先將自己的心緒融入了景物的描寫之中，接着又深掘秦淮作為歷史和文化象徵的意涵，讓自己眼前的實景、昔日末代的記憶以及將來亡國的擔憂，交織在讀者的腦海之中，喚起讀者心靈深處的共鳴。此過程的描寫如此感人，是情景完美融合之功。此詩成為壓卷之作的所以然，大概是如此吧。

古詩篇

二十四首

舉杯邀明月，
對影成三人。

比起近體詩，古體詩最大的特點就是沒有篇幅的限制，因此大部分古詩篇幅比較長。正因如此，古詩不像律詩一樣考究煉字、句法、章法，也不像絕句一樣惜字如金，用出乎意料的方法來編織景物、事件，陳述片段。古詩為避免因平鋪直敘造成的煩冗枯燥、索然無味，在篇章的組織變化上下工夫，務求詩篇整體具有流動感、節奏感，從而創造出一種獨特的氣勢。因此，對唐代古詩中的名篇進行深入的結構分析，有助於我們把握唐代古詩藝術之所以然。

較之律詩和絕句，古體詩結構有更大的創新空間。律詩結構的變化，不外是從齊梁短詩繼承過來的線性結構，或是此體中間加一轉折而得的「起承轉合」結構（如上面談過的六首杜甫律詩），要麼是一些特殊的個例，如李商隱〈隋宮〉的斷裂結構。絕句的結構則多用以一句為單位來構建起承轉合四部分。總的來說，近體詩在結構上做文章，真有點「螺螄殼裏做道場」的感覺，難以有大的突破，但對古詩而言，結構創新猶如海闊天空，任由馳騁。

假若我們要對古詩結構進行寬泛的歸類，可以按照它們的審美效果分出陽剛和陰柔兩大類，以及兩者兼有的混合體。清桐城派領袖姚鼐首先提出陽剛陰柔說，寫道：

> 鼐聞天地之道，陰陽剛柔而已。文者，天地之精英，而陰陽剛柔之發也。……自諸子而降，其為文無弗有偏者。其得於陽與剛之美者，則其文如霆，如電，如長風之出谷，如崇山峻崖，如決大川，如奔騏驥。其光也，如杲日，如火，如金鏐鐵。其於人也，如馮高視遠，如君而朝萬眾，如鼓萬勇士而戰之。其得於陰與柔之美者，則其文如升初日，如清風，如雲，如霞，如煙，如幽林曲澗，如淪，如漾，如珠玉之輝，如鴻鵠之鳴而入廖廓。（〈覆魯絜非書〉）

從姚鼐比喻陽剛、陰柔的自然景物和人類活動，我們不難看出，陽剛是一種磅礡雄壯的氣勢，而陰柔是纏綿悠遠的情韻。唐代古詩發展出陽剛、陰柔兩種鮮明風格，與唐代古詩兩種體式（七言歌行和五古、七古）自身特徵有緊密關係。劉勰云：「勢者，乘利而為制也。如機發矢直，澗曲湍回，自然之趣也。圓者規體，其勢也自轉；方者矩形，其勢也自安：文章體勢，如斯而已。」這段話告訴我們，文章體式無不有其自然而然的勢能，有的像「圓者規體，其勢也自轉」；有的則像「方者矩形，其勢也自安」。

在唐代古詩中，七言歌行「其勢也自轉」。此體通常摻雜三言、五言句，在韻律和語義上形成的抑揚頓挫，跌宕起伏，極有利於營造陽剛氣勢。另外，此體第一人稱直接抒情的範式也是陽剛氣勢產生的重要因素。大概由於這些內在的因素，七言歌行的名作幾乎多以陽剛氣勢取勝，下面要談李白的詩作就是最典型的例子。七言歌行用來表達陰柔情韻的情況是較少見的。

相反，五古、七古應屬「方者矩形，其勢也自安」，因為兩者齊言的體式無疑有助於生成蘊藉纏綿的情韻。在以下討論的詩篇中，明顯呈現陰柔風格的作品無不是用五古或七古寫成的，如本篇最後一個單元所選王維、李賀、白居易詩所示。然而，我們必須注意到，不少五古和七古名作也盡顯陽剛之美，如韓愈五古〈調張籍〉和高適七古〈燕歌行〉。在這樣的例子中，陽剛氣勢的產生純屬詩人大膽的結構創新之功。

詩仙層出不窮的結構創新

李白和杜甫誰是最偉大的詩人，這是一千多年來爭論不休的話題，但若論辯兩位詩人在哪一種詩體中的造詣達到了頂峰，則不會有太多的爭議。杜甫的律詩自古公認第一，李白的古詩也是前無古人後無來者，尤其是他的「歌行體」，藝術造詣冠天下。之前我們在律詩篇中分析過杜甫的六首詩，每一首都展現自己獨特的句法和章法，無不帶給我們很大的驚喜。同樣，以下所選李白六首古詩中，每一首都有獨特新穎的結構，變化層出不窮。

42

李白〈月下獨酌〉

倒裝的組詩要怎樣讀

天寶元年（742），飄泊流浪了大半生的李白終於被玄宗賞識，受召入宮，供奉翰林。本以為這趟旅程必將助其攀龍附鳳，登上天階，然而唐玄宗對李白的政治主張並無興趣，只是讓他做一個陪酒作樂的宮廷詩人。在宮中的一年多，李白不僅沒有實現任何實際的政治抱負，反而見證了宮廷中的種種腐敗。由於他才行不羈、放曠坦率的個性，受到讒言、遭到疏遠也成為一種必然。他越來越意識到自己的理想無法實現，甚至連人格都難以保全了。天寶三載（744），真正賞識他的賀知章也於這一年告老還鄉，從此宮中再無朋友。在賜金放還、離開長安的前夕，李白在長安一隅月下獨酌，爛醉之餘，他揮起手中之筆，寫下了千古名篇〈月下獨酌〉。

〈月下獨酌〉可以算是李白家喻戶曉的名篇了，但我們經常只知「其一」，不知其有「四」。實際上〈月下獨酌〉是由四首詩組合而成的組詩，對任何一首詩的忽略都會造成整組詩意義的不完整。將這組詩拆分開來，一首一首的看，才能摸清這組詩的脈絡和各部分的獨特之處。這四首詩最好的讀法不是從第一首讀到第四首，而是反過來讀，從第四首讀到第一首。照這樣的讀法，我們會發現，每一首詩都彰顯出飲酒給李白帶來更高一層的境界。

〈月下獨酌〉其四

窮愁千萬端，美酒三百杯。
愁多酒雖少，酒傾愁不來。
所以知酒聖，酒酣心自開。
辭粟臥首陽，屢空飢顏回。
當代不樂飲，虛名安用哉。
蟹螯即金液，糟丘是蓬萊。
且須飲美酒，乘月醉高臺。

〈月下獨酌〉其四表達的詩人的境界是酒酣心開，鄙視虛名。這一首，從喝酒的快樂開始講。喝酒是為了消愁，即使心中的愁比酒還濃厚，但只要喝了酒，就能把愁趕走。畢竟酒中聖賢都是這樣，喝得酣暢淋漓，吐露真心。李白也在酒後嘲笑一些人。他舉了兩個例子：伯夷、叔齊兄弟和顏回。《史記．伯夷列傳》記載：伯夷、叔齊是商朝的遺民，因為不滿周武王以臣弒君，所以不吃周朝的糧食，他們逃到首陽山採野菜為食，最後餓死在那裏了。司馬遷把他們當作德行的模範，但李白卻嘲笑他們：為一個看似高尚的虛名就把自己活活餓死，這有甚麼用呢？而顏回就更不用說了，他作為孔子最得意的弟子，即使窮困，也不改變快樂的精神，一直被人們當成賢者看待。不論伯夷、叔齊還是顏回，在李白看來，他們這種該享受卻不享受、追求虛名的思想，只不過自欺欺人而已。我李白以蟹佐酒，就是金液仙漿，酒糟堆積成的就是蓬萊仙山。我沒有甚麼虛妄的堅持，而是盡情把握當下的快樂，乘着月色在高臺上大醉一回。

在這首詩中，飲酒可以超越「虛名」，走向最簡單的快樂。雖然這不算是特別的陳述，以前的詩也有類似的觀點，但這首詩的快樂寫得非常真摯。「愁多酒雖少，酒傾愁不來」，憂愁比不上喝酒的速度，那還有甚麼愁呢？

〈月下獨酌〉其三

三月咸陽城，千花晝如錦。
誰能春獨愁，對此徑須飲。
窮通與修短，造化夙所稟。
一樽齊死生，萬事固難審。
醉後失天地，兀然就孤枕。
不知有吾身，此樂最為甚。

〈月下獨酌〉其三表達的詩人的境界是：一樽齊死生，不知有我身。這一首，比〈其四〉的飲酒境界又高了一層。「窮通與修短，造化夙所稟」，人生的窮與達、富貴與貧賤，本就任由天命造化決定。但酒杯之中，生死齊一，萬事萬物沒有差別。富貴就一定好嗎？貧賤就一定差嗎？這些世俗的價值在酒中統統被否定。

醉酒讓人忘卻天和地的分別，與自然同化，以至於「不知有吾身」，連自己都找不到了。在這裏，李白達到了「天地與我並生，而萬物與我為一」的境界，他認為這才是極致的快樂。

〈月下獨酌〉其二

天若不愛酒，酒星不在天。
地若不愛酒，地應無酒泉。
天地既愛酒，愛酒不愧天。
已聞清比聖，復道濁如賢。
賢聖既已飲，何必求神仙。

三杯通大道，一斗合自然。

但得酒中趣，勿為醒者傳。

〈月下獨酌〉其二表達的詩人的境界是：天地聖賢皆愛酒，飲酒得道勝求仙。這首詩，又和前兩首不同了。開頭便出現了多個詞語反覆使用的現象，且較為口語化。表面上看，似乎是論辯，但實際上只是李白的飲酒詭辯。如果天不愛喝酒，天上怎麼會有酒星呢？如果地不愛喝酒，怎麼會有一個地方叫「酒泉」呢？天地既然都愛酒，那我喝酒也就無愧天地了。「已聞清比聖，復道濁如賢」，這裏聖賢借指美酒，酒都喝了，那我們為何還要去求神仙呢？此刻，李白對酒的評價已經超過了對神仙的追求。接下來又一轉，「三杯通大道，一斗合自然」，此句中「大道」是儒家的道，「自然」是道家的核心概念，即自然而然，與天地一體。最後一句，「但得酒中趣，勿為醒者傳」，酒的真妙之處只有醉者知道，休與醒者談論。這裏很明顯與陶淵明〈飲酒〉其五中「此中有真意，欲辯已忘言」的精神境界相似。

此詩把飲酒又提高到了另一層高度：酒是統攝天和地、儒和道的事物，具有一種超驗的、神奇的功能，這就是「酒中趣」了。

讀到這裏，李白似乎已經把該寫的都寫盡了。然而詩仙的想像卻別具一格。在接下來的〈其一〉中，李白用誰都無法料到的內容，將整首組詩推向高潮。

〈月下獨酌〉其一

花間一壺酒，獨酌無相親。

舉杯邀明月，對影成三人。

月既不解飲，影徒隨我身。

暫伴月將影，行樂須及春。
我歌月徘徊，我舞影零亂。
醒時同交歡，醉後各分散。
永結無情遊，相期邈雲漢。

〈月下獨酌〉其一是整組詩中最為出名的，我們很多人都會背誦，覺得它富有想像力。看似簡單的一首詩，事實上別有洞天。如果不按照從後往前的閱讀順序，還真不一定能發現這其中的奧妙。和〈其二〉相比，〈其一〉又到了更高一層的境界。如果說〈其二〉還有些理性的陳述，那麼這首〈其一〉便是書寫他的個人感受了。「月既不解飲，影徒隨我身」，月亮本就不理解飲酒，影子也徒然跟在我左右，那不如「暫伴月將影」，和月亮、影子作伴嬉笑歡樂。接下來，李白暢快地描寫了他與這兩個「玩伴」的嬉戲場面。我唱歌，月亮徘徊起舞；我跳舞，影子凌亂地跟着我的舞步。我還沒醉的時候他們與我同歡悅，醉了之後我們便各奔東西。到最後，李白要永遠在「無情」中漫遊，與月亮、影子在渺渺天河之中相約再聚。他和天地的關係發生了質的突變，他不再是〈其四〉那個在高臺上大醉的李白，也不是〈其三〉中那個在酒中齊死生的李白，更不是〈其二〉中那個在酒中成仙的李白，而是能夠遨遊宇宙的仙人、與月亮嬉鬧的造物主。此詩把飲酒提升至無法再高的境界。

在審美效果上，〈其一〉達到了陽剛和陰柔風格的完美結合。就其內容而言，它展現出一種陽剛的特質。整首詩以浪漫的手法表述詩人飲酒之事，其背後則是詩人藐視世俗價值，對既定的道德和世俗追求發出質問，既帶有反抗的因素，也擁有徹底的堅持。詩人詠歌飲酒帶來了精神超越，已無意討論飲酒的價值，而是盡情享受獲得終極自由的歡樂，這些行為展現出陽剛的一面。但就結構而言，此詩沒有斷裂、沒有急轉、沒有跌宕起伏，甚為平順，具有陰柔的特質。

這組詩的情感呈現一個從「有情」慢慢變到「無情」的昇華過程。剛開始的〈其四〉是「有情」，「有情」才有理性的辯論；到了〈其三〉則物我為一，精神已經慢慢滿足了；〈其二〉則已經帶有了一種勝利者的口吻，好像以酒為友就和與天地為友一樣，是一種揚揚得意的心情；最後的〈其一〉則是徹底的「無情之遊」，沒有甚麼論辯，只有一種愉快。從〈其四〉到〈其一〉，是情感從不滿足到滿足，最後再超越情感，這個過程中的表達是悠揚且平緩的，詩與詩之間的情感變化是循序漸進的。而且每一首詩內部的描述也十分有秩序，沒有強烈的跳躍。詩與詩之間的結構從下到上，雖是精神提升的過程，但並沒有一往直前、力量萬鈞之勢。在抒情表達方面，也顯示出一種比較輕鬆，沒有太多抗爭的特點。

李白最偉大的詩篇，都不是以凡人的口吻書寫的。在這組詩中，他通過飲酒把自己帶入仙境，通過醉酒讓自己逐步高升，脫離凡俗的狀態，尋獲至高的精神。古今學者沒有關注到這四首詩相互之間的關係，不知反着順序來讀，才能體會他對酒的重新書寫：既富於想像，給我們帶來無限的審美，同時又有極為深邃的哲思，把他詩仙的性格表露得淋漓盡致。這樣的寫法，在中國文學史中絕無僅有。是甚麼原因導致了這種奇特的逆向組詩結構？到底是李白自己的思維顛倒了，還是他在結構上創造的神來之筆呢？我認為應該是後者。若從文學史發展的角度看，這種寫法似乎是為後來小說文體「倒敘」的用法開了先河。即使是在詩仙眾多詩中，這一組詩也一枝獨秀，其所以然者就在其反順序的結構方式。

43 李白〈將進酒〉

自說自演的戲劇結構

君不見黃河之水天上來，奔流到海不復回。
君不見高堂明鏡悲白髮，朝如青絲暮成雪。　一轉
人生得意須盡歡，莫使金樽空對月。　二轉
天生我材必有用，千金散盡還復來。
烹羊宰牛且為樂，會須一飲三百杯。
岑夫子，丹丘生，將進酒，杯莫停。　三轉
與君歌一曲，請君為我傾耳聽。
鐘鼓饌玉不足貴，但願長醉不願醒。
古來聖賢皆寂寞，唯有飲者留其名。
陳王昔時宴平樂，斗酒十千恣歡謔。
主人何為言少錢，徑須沽取對君酌。　四轉
五花馬，千金裘，
呼兒將出換美酒，與爾同銷萬古愁。

人生短暫，壯志難酬，幾乎是文學書寫永恆的主題，而飲酒作為應對這種人生最大悲哀的手段之一，也是一個在歷代詩文中被反覆書寫的主題。比如曹操〈短歌行〉中的「何以解憂？唯有杜康」。魏晉的飲酒詩多從人生苦短入手，把酒當成一種排憂的工具，其基調都是比較悲傷的。上面講的李白的飲酒詩〈月下獨酌〉，和前代詩人所作完全不

同，有一種灑脫飄然之感。然而，即使是詩仙，對酒當歌，人生短暫之悲情也會油然而生，這與他豪放不羈的性格產生極大的張力，就催生了詩仙最偉大的飲酒詩〈將進酒〉。

開頭「君不見」兩句，給人一種迸發的感情力量。「君不見」本是一個套語，經常出現在古代樂府詩裏。我們讀其他的詩，「君不見」可能不會給我們一種召喚的感覺。但這首詩中的「君不見」就不一樣，它緊扣後文，讀起來就好像李白在與我們面對面暢言。接下來，詩句以極快的速度，把時光的流逝化為一個瞬間：「君不見黃河之水天上來，奔流到海不復回」，這一句就將聲勢浩大的黃河從迎面而來的奔瀉轉向一去不返的虛無當中。

下一句「君不見高堂明鏡悲白髮，朝如青絲暮成雪」，將「時光」由室外急轉到室內，從自然的變化轉為人的變化，把漫長的人生壓縮成一日，以一種十分誇張的手法把人生短暫的悲情表達了出來。接着，發出議論：「人生得意須盡歡，莫使金樽空對月。」既然人生如此短暫，那便不要浪費了手中的美酒。李白豪爽飄逸，他自視為大材，錢財就算消耗殆盡也能憑其「材」而復還，所以不如放開手中的錢財，「烹羊宰牛且為樂，會須一飲三百杯」。

下一段落又急轉到喝酒的場景，並引入了新的聽眾。這時的聽眾不再是我們，而是其身邊的岑夫子、丹丘生。「岑夫子，丹丘生，將進酒，杯莫停」，李白用連續的三言句式，以急促的速度，催促岑夫子、丹丘生喝酒。接着他又說道：「與君歌一曲，請君為我傾耳聽。」這裏的「君」不單指岑、元兩人，也包括詩篇前的我們。此句用第一人稱，李白把自己作為中心，讓所有人都為之「傾耳聽」：「鐘鼓饌玉不足貴，但願長醉不願醒。古來聖賢皆寂寞，唯有飲者留其名。」這一句很重要，它提到了飲酒與功名的關係，並且和以往的飲酒詩都不相同。比如〈古詩十九首・驅車上東門〉認為聖賢要通過留名才能戰勝生命的短暫，達到儒家所謂的人生不朽。陶淵明〈形影神〉中的「神」又說：「日醉或能忘，將非促齡具。」飲酒是解憂但傷身的，縱酒並不能造福身體，反而是消磨身體。但這裏，李白卻唱起了反調。聖賢其實都是寂寞的，因為他們死後的名和他們生前沒有甚麼關係。反倒是滿足了身體慾求、享受當下快樂的飲酒者，他們在彼此暢飲時留下了名。他舉出了曹植的例子，「陳王昔時宴平樂，斗酒十千恣歡謔」。

一曲唱罷，李白依然覺得不過癮。「主人何為言少錢，徑須沽取對君酌」（這裏的「主人」一說是指酒店主人，一說是招待李白的元丹丘），請不要說錢不夠了這種話，拿出最好的酒，與君放開痛飲：「五花馬，千金裘，呼兒將出換美酒」，詩的場景又切換到了飲酒的櫃枱上，在櫃枱上呼喚主人的孩子（一說是李白自己的孩子）拿出美酒。本以為拿出這美酒的目的是要喝得盡興，但李白筆鋒一轉，點出「與爾同銷萬古愁」的核心主題。整首詩直到最後一句才揭露出「愁」的情緒，而前文始終隻字不提。這裏突然間的情感轉變，讓我們意識到，詩人其實一直在以極樂來排遣極愁，以歡樂來寫悲傷，更加震撼人心。

這首詩最大的特點，就是採用了戲劇的結構。整首詩如同戲劇一般不停地切換場景，在每一幕又插入不同的人物，但始終圍繞這場戲的主角、中心的說話人李白，聽眾卻不斷變化。我們若把全詩分為四大段，則每一段都可以看作是李白與不同的聽眾「說話」。開頭呼喚式的「君不見」，把一個套語變成一種實際上的召喚，召喚我們成為他的聽眾。第二大段，「人生得意須盡歡」一直到「會須一飲三百杯」，是他自述人生當中對酒的體會和對世俗價值的否定，這是對全體聽眾說的。第三段，從「岑夫子，丹丘生」開始，就出現具體的聽眾了。「與君歌一曲」，表明此時李白不只是說，還引吭高歌。以下「古來聖賢皆寂寞」等句子，都可以理解為帶有音樂性質的歌詞。再往下第四段，從「主人何為言少錢」一直到結尾，聽眾又變了，從岑夫子和丹丘生變成了招待喝酒的「主人」和主人的孩子。最後一句，「與爾同銷萬古愁」可以看成是對所有聽眾說的。

更重要的是，每一次變化，都會引出李白新一輪的飲酒感言，或表達豪氣，或訴說現實，或引經據典，或以樂消憂。每一次說話都有不同的內容，好像每一口酒都能帶來新的靈感。而最後一句「與爾同銷萬古愁」，把全詩所有的快樂放在一個「愁」字上，在醉酒歡樂的盡情釋放後又落腳在悲傷，這就讓我們更加震撼了。也正是這種情感上的跌宕起伏，使得整首詩充滿了張力，有着極強的陽剛特質。

此外，李白用很大的篇幅來談飲酒的價值，使這種抽象的價值擁有了很強的藝術感召的力量，這便是戲劇表現方式的效果。李白是舞臺中心的演員，他以變換又有氣勢的語氣，用時而快樂、時而傷悲的感情，用不同的講法，對不同的人講，最後再用一個強音「愁」字做總結。其詩中的豪爽，可謂盡顯陽剛之美了。

這首詩將我們緊緊地拉入詩人的情感世界之中，正如同其開頭的黃河之水滾滾不停，直穿人心。「借酒消愁」這古來極為常見的主題，李白卻寫出了如此痛快淋漓、感人肺腑的詩篇，非詩仙莫能為也。

李白〈古風〉其一

攝入文學史的詠懷

大雅久不作，吾衰竟誰陳。
王風委蔓草，戰國多荊榛。 一轉
龍虎相啖食，兵戈逮狂秦。
正聲何微茫，哀怨起騷人。
揚馬激頹波，開流蕩無垠。
廢興雖萬變，憲章亦已淪。
自從建安來，綺麗不足珍。
聖代復元古，垂衣貴清真。
群才屬休明，乘運共躍鱗。
文質相炳煥，眾星羅秋旻。
我志在刪述，垂輝映千春。 二轉
希聖如有立，絕筆於獲麟。

李白〈古風〉其一，是他五十九首古風中最為精彩的一篇。這五十九首，特別是〈其一〉的創作時間和地點，歷來存在爭論。有說〈其一〉是李白在任待詔翰林三年期間，即天寶元年（742）至天寶三載（744），有感於自己在朝廷任職期間所見所聞而作；又有說此詩作於李白隱居敬亭山之時，即天寶十二載（753）至十四載（755）間，屬於平靜生活中對往昔京城生活的反思。雖然此詩的創作語境難以推敲，但它無疑展現了李白鮮為人知的一面，即他矢志成為儒家希聖，扭轉數百年的衰頽文風，重振《詩經》風雅傳統。這種非凡的抱負和氣度，與我們所熟悉豪放飄逸的詩仙形象形成鮮明的對比，能讓我們更好地認識和欣賞李白性格、思想、情感、詩風的多面性和複雜性。

「大雅久不作，吾衰竟誰陳」，大雅，即《詩經》風、雅、頌的「大雅」，指《詩經》的文學傳統，可以理解為文學的正統。《詩經》傳統已經荒廢很久，要是我老了，誰能振興這種傳統？這裏，李白的用典很巧妙。孔子說：「甚矣，吾衰也。」李白似乎是在自比孔聖。

接下來，開始一轉，引領起歷代文風的發展變化。「王風委蔓草，戰國多荊榛」，《詩經》中的〈王風〉就已經出現變風的衰敗之音，戰國時代的文風更是雜亂荒廢。戰國七雄如同「龍虎相啖食」，互相侵蝕爭鬥，直到秦朝才終結了這一切。「正聲何微茫，哀怨起騷人」，正聲，指《詩經》的風雅傳統。經過百年亂世，「正聲」已經非常微茫了，而這時卻又出現了騷人唱的哀怨之歌。歷史上很多人，如揚雄和班固等，認為〈離騷〉沒遵循溫柔敦厚的傳統，從而給出了較低的評價。

接下來進入漢代，「揚馬激頹波」，揚馬指揚雄和司馬相如，在這裏比喻賦體的產生。西漢的大賦多描繪帝國山河、皇家園林這些很有氣派的大景，所以說是「激頹波」。「開流蕩無垠」，指這種文風影響很大，風靡天下。「廢興雖萬變，憲章亦已淪」，雖然文體發展在後世各有變化，不同文體有興有衰，但總體來講，「憲章」這種正聲的法度已經蕩然無存了。李白接着講六朝文學，「自從建安來，綺麗不足珍」，建安風骨消失之後，六朝文風走向了綺麗的風格，這種風格卻空有浮靡華麗，沒有價值，不足珍貴。

講完六朝，李白直接跳到自己所生活的世界。「聖代復元古，垂衣貴清真」，聖代就是李白當時的盛唐，說當今才恢復了遠古之風，垂手而治，政治清明。其實這裏是不太準確的。唐初並沒有像西漢初年那樣，以黃老思想來作為治國綱領，李白單純是為了頌聖，所以才加上了這句比喻。「群才屬休明，乘運共躍鱗」，各種人才生長在太平盛世之中，乘着這種時代的氣運，使得他們的文采就像鯉魚躍龍門一樣飛躍發展。「文質相炳煥，眾星羅秋旻」，如今的文風文質彬彬，人才如同群星閃爍。上述這些對時局的讚揚，其實都是李白為轉向自己所作的鋪墊。「我志在刪述，垂輝映千春」，日月才能垂輝千載，李白已經不再僅屬於星星的行列。之所以如此，是因為他要「刪述」。「刪述」其實就是孔子刪《詩經》三千首至三百零五首，以及其「述而不作」，只傳經典不自創文獻的典故。「希聖如有立，絕筆於獲麟」，我李白要效仿孔子聖人，不斷地寫，直到麒麟出現才停下。「麒麟」也是來自孔子的典故。昔日孔子聽聞麒麟被抓，便覺天下大亂不遠。「絕筆於獲麟」，其實也是對盛世的一種肯定，以及李白對自己身處盛世必能成大事的自信。

李白〈古風〉五十九首屬於阮籍開創的詠懷傳統。拙著《漢魏晉五言詩的演變》（北京：北京大學出版社，2015）有專章談阮籍的詠懷詩，指出它們通常拆散漢樂府和漢古詩的線性結構，把兩者常用的意象、母題當作自己熾烈情感的象徵，隨着內省過程直接投射到詩篇之中，所以阮籍詩鮮有細緻連貫的景物或事件描寫，而詩篇結構也多呈疊加、循環、斷裂的形態。李白〈古風〉五十九首大致遵循了這個詠懷的範式，但〈其一〉是一個例外，因為它採用了一種頗為奇特的結構。

開頭的「大雅久不作，吾衰竟誰陳」這句發問明顯是詠懷詩的作法；最後的「希聖如有立，絕筆於獲麟」，李白講自己的偉大抱負，也呈現了詠懷詩的抒情特徵。開頭與結尾相呼應，形成了整首詩一個詠懷的框架。刪去開頭兩句與結尾四句，詩的中間的內容，卻呈現了一個高度連貫的線性結構，簡潔地講完了整部文學史：周代的正風雅頌之正，戰國殺伐混亂之變，再到正聲沒落、騷體出現、揚馬的開拓、魏晉的綺麗，最後在盛唐畫上句號，回到自己的思想。在詠懷抒情的框架之中，對每個時期文風的總結不僅是客觀陳述史實，而且還充滿了畫面感，浮現在我們腦海中是一位「指點江山，激揚文字」，矢志實現儒家文統的希聖。當然，此詩的結構，在其他詠懷類型的詩中是不曾看到的，無疑打破了詠懷詩不講究連貫的傳統。

詩中，李白把自己在文學領域的作用比作成孔子在文化領域的作用，以表達自己的雄心。我們常把李白稱為詩仙，的確，李白的大部分詩都體現了仙人一般的視野、胸懷和想像。但這首詩中，他想做的不是「仙」而是「聖」。這首詩以直接的語言，表達出了一個別樣的李白。

45

李白〈行路難〉其一

結構起起落落來取勝

金樽清酒斗十千，玉盤珍羞直萬錢。
停杯投箸不能食，拔劍四顧心茫然。
欲渡黃河冰塞川，將登太行雪滿山。
閒來垂釣碧溪上，忽復乘舟夢日邊。 一轉
行路難，行路難，多歧路，今安在。 二轉
長風破浪會有時，直挂雲帆濟滄海。 三轉

李白記遊詩是以激揚的結構變化取勝的。〈行路難〉一反樂府常見的平鋪直敘，在結構上兩落兩起，在很短的時間內把希望和失望的落差放大至極，充分體現了他性格中的豪爽灑脫。這種極為濃烈的抒情性，在從前樂府體記遊詩中也是絕對看不到的，只有李白能做到。

相比於李白一般的記遊詩，這首〈行路難〉不寫自己真實的出遊經歷，而是將出遊比喻為自己一生坎坷的仕途，抒發追求功名屢屢挫敗的痛苦，內心的矛盾也溢於言表。這首詩，短短六聯，有三次轉折，其中竟有兩次大的反轉，在記遊詩中非常少見。

開篇「停杯投箸不能食」一句一改我們對李白的形象認知，當酒仙對酒都不感興趣，可想而知他心情鬱悶痛苦的程度。「拔劍四顧心茫然」更體現其挫敗感的強烈，「十步殺一人，千里不留行」（李白〈俠客行〉）的豪氣在此刻化為一種沒有目標的空虛。這種空虛從何而來？因為「欲渡黃河冰塞川，將登太行雪滿山」。人生的「出遊」艱難萬分，找不到一條路可走，看不見希望，只能半途折返。「閒來垂釣碧溪上，忽復乘舟夢日邊」，這一句在情感上一轉，變化很大。前文的情調充滿了落魄和苦悶，而此句中的詩人卻又悠閒得很，從極度的悲觀轉變到從容自在。李白自比伊尹、姜尚，路走不通，不如在「閒」時等待時機，可能還有「忽復」得到重用的機會。

接下來，李白再一轉，運用了四個短句。與〈將進酒〉相似，他將七言句改成三言句，使語速更急促，更能表達較為強烈的情感，把「行路難」的痛苦宣洩而出。「行路難！行路難！多歧路，今安在」，四個短句在情感上是一致的，但口氣卻是不一樣的。李白的語氣先由連續的感嘆再到發問，形成因為慨嘆所以詰問的因果邏輯關係。

篇末又一轉，將整個情感顛倒過來，由極度的悲觀轉向極度的樂觀：「長風破浪會有時，直挂雲帆濟滄海。」他相信自己一定能夠長風破浪，終有一天實現抱負，這比前文「垂釣」、「乘舟」的隱喻更為直接。

這首詩在情感上兩次大落，又兩次大起，也真如長風破浪般跌宕起伏。且用詞多以大景為意象，讓人讀得激情澎湃，這更加凸顯了此詩的陽剛氣質。

李白〈廬山謠寄盧侍御虛舟〉

三重奏彰顯陰陽結構

我本楚狂人，鳳歌笑孔丘。
手持綠玉杖，朝別黃鶴樓。
五嶽尋仙不辭遠，一生好入名山遊。 一轉
廬山秀出南斗傍，屏風九疊雲錦張，
影落明湖青黛光。
金闕前開二峰長，銀河倒挂三石梁。
香爐瀑布遙相望，迴崖沓嶂凌蒼蒼。
翠影紅霞映朝日，鳥飛不到吳天長。
登高壯觀天地間，大江茫茫去不還。
黃雲萬里動風色，白波九道流雪山。
好為廬山謠，興因廬山發。 二轉
閒窺石鏡清我心，謝公行處蒼苔沒。
早服還丹無世情，琴心三迭道初成。
遙見仙人彩雲裏，手把芙蓉朝玉京。
先期汗漫九垓上，願接盧敖遊太清。

李白的記遊詩不僅數量多，而且種類也各式各樣，有的記載真實的旅程，如〈下終南山過斛斯山人宿置酒〉；有的描寫虛幻想像之遊，如後面要講的〈夢遊天姥吟留別〉；還有的將真實與想像之遊熔為一爐，〈廬山謠寄盧侍御虛舟〉就是一個鮮明的例子。

在李白的〈廬山謠寄盧侍御虛舟〉中，我們可以看到山水遊玩和遊仙完美的融合，其中有意象方面的融合，也有遊山人的視覺經驗和精神昇華的融合，最終把自然遊覽帶到超凡出世的精神境界。

以第一人稱直接進入詩篇是李白詩歌的典型做法，比如〈將進酒〉的「君不見」，〈梁園吟〉的「我浮黃河去京闕」。這首詩也一樣，「我本楚狂人，鳳歌笑孔丘」，首先是個人形象的投射。「楚狂人」本指春秋時期不滿楚昭王而不仕的狂士陸通。李白不僅是一個狂人，還是一個仙人：「手持綠玉杖，朝別黃鶴樓」，黃鶴樓本身就和仙有密切的關係，因為仙人由此乘黃鶴升天。李白這次遊玩，從湖北黃鶴樓出發，順長江而下，到九江，最後到廬山。在當時看來，距離是十分遙遠的，所以他乾脆把此行想像為遊仙之旅。

接下來一轉，他寫自己遊山尋仙的經歷。「五嶽尋仙不辭遠，一生好入名山遊」，點出尋仙和遊山之間不可分割的關係。他先從遊山視角描述眼前的景物，首先進入眼簾的是廬山山南的九疊屏，然後是映入鄱陽湖的廬山倒影。這些都是自然風光，但又與天宮仙境的景色融合交錯，因為李白把諸如雲錦、金闕、銀河等景物鑲嵌到了對山水的描寫中。接下來是對實景的描寫，「翠影紅霞映朝日，鳥飛不到吳天長」，點明記遊的時間與自己所處的位置。他把這種視覺繼續延伸，要「登高壯觀天地間」，站在天地中心，從高聳入雲的廬山俯視四方，望見滾滾大江蒼茫一片，黃雲萬里隨風湧動，波濤穿出雪山之巔，奔騰而下。這樣，景象就由廬山一隅，拓展到無限的空間之中。這段描寫結合了近景、中景、遠景，形成了一個層次豐富的整體。

「好為廬山謠，興因廬山發」，李白再轉到自己尋仙的主題中，他寫廬山謠，是因為廬山引發了他尋仙之興。「閒窺石鏡清我心，謝公行處蒼苔沒」，他開始清淨自己的內心，追隨謝靈運的足跡，直接講自己所做的道事，用道教的術語來直接刻畫自己的內心境界——「早服還丹無世情，琴心三迭道初成」。

最後，李白遙望彩雲裏的神仙，自己也便遊到了天上，成為神仙中的一分子。「先期汗漫九垓上，願接盧敖遊太清」，這裏用了盧敖遊北海的典故：戰國時有一燕國人盧敖，他在北海遨遊，遇一怪仙乘風而舞，想與之同遊。怪仙說：「吾與汗漫期於九垓之外，吾不可以久駐。」於是跳入雲中不見。但李白就不一樣了，他雖然想先走一步升天，但還是願意接朋友去遨遊太清的。盧敖這個典故用得很妙，不僅能夠作為歷史人物進行關聯，而且李白這首詩的贈予對象盧虛舟也姓盧。最後的邀請不僅是對盧敖的彌補，也是對盧虛舟的邀請。升天後回眸現實世界，是漢樂府遊仙詩用作結尾的母題，遊仙者升天之際得意地俯瞰災難深重的人世。但我們從未見過誰像李白那樣，把真正的自我也寫成一位得道成仙者，並對地上真名實姓的朋友發出遨遊太空的邀請。這無疑是一種原創的、新穎的表達方法，後來韓愈〈調張籍〉顯然模仿了這一方法，以跨越天地的朋友對話作結。

在文學史的語境中，這首詩的結構可以視為由謝靈運山水詩改造而來。謝靈運山水詩基本可以分割為「四重結構」：即開頭記遊，中間寫景，最後是抒情和說理，李白這首詩中則把「四重結構」轉化成「三重結構」。首先是記遊，說自己「好入名山」；中間寫景，把廬山的各種細節都寫了出來；最後再寫自己的尋仙之情。但這首詩也對這種結構進行了發展，加入了兩個因素：一個是引入「遊仙」主題，一個是把「我」帶入進去。和李白的其他詩一樣，這個「我」是指李白自己，是一個具有個性的「我」，而不像漢樂府中那種沒有明顯的個人聲音的「我」。從「楚狂人」開始，詩中的「我」便具有了鮮明的個性，他不僅身着仙人之裝，還能攀登至廬山的各個地點，帶領我們用不同的視角觀景。這種寫法，在謝靈運詩中是沒有的。在純粹的景物描寫中，李白和謝靈運的風格也截然不同。李白寫的都是十分開闊的景色，「廬山秀出南斗傍，屏風九疊雲錦張，影落明湖青黛光」，這不尋常的三句為一組，打破了傳統的兩句為一聯的單位，即使在傳統的歌行體裏面，也很少見到。他先是站在廬山的東部，看到九疊屏倒映在鄱陽湖上。接着，視角變換為從東部往廬山遠眺，先講廬山的風光照射在他所觀望的地點，再講遠看兩峰，想像其飛鳥難越之高。最後講登上廬山之後，看到山北的大江，並且往西一直追溯到萬里之外的雪山。這裏面的景色描寫，盡顯陽剛雄奇魁偉的風格。

但若仔細讀這篇詩，這三重結構之間也有很多細針密線。比如三個部分之間的銜接十分的平緩自然，「一生好入名山遊」，緊接着就描寫廬山；寫了登山的感受之後，緊接着就講「好為廬山謠，興因廬山發」，自然地引入了下面的評述。另外，文人詩歌中互相照應的特點在這首詩中也十分明顯。例如前文講過的雲錦、金闕、銀河等景物，也與天宮仙境緊密相關。最後一段也照應前文，尋仙不光是服丹藥，通過審美觀景也能達到同樣的效果，例如「閒窺石鏡」就是欣賞一個具體的景物，但它也能夠「清我心」。「謝公行處蒼苔沒」則指步謝靈運之後塵，在廬山尋仙求道。最後一段雖然寫上天之事，也緊扣着對廬山的描述。由此可知這首詩在文字和用典上下了很深的工夫，不會是即興創作出來的。在這些間接的聯繫、平緩自然的景物過渡中，也能看到一種陰柔纏綿的風格。

47

李白〈夢遊天姥吟留別〉

動靜、真幻相生的結構

海客談瀛洲，煙濤微茫信難求。
越人語天姥，雲霓明滅或可睹。
天姥連天向天橫，勢拔五嶽掩赤城。
天臺四萬八千丈，對此欲倒東南傾。
我欲因之夢吳越，一夜飛度鏡湖月。 一轉
湖月照我影，送我至剡溪。
謝公宿處今尚在，淥水蕩漾清猿啼。
腳着謝公屐，身登青雲梯。
半壁見海日，空中聞天雞。 二轉
千巖萬轉路不定，迷花倚石忽已暝。
熊咆龍吟殷巖泉，慄深林兮驚層巔。
雲青青兮欲雨，水澹澹兮生煙。
列缺霹靂，丘巒崩摧。
洞天石扉，訇然中開。
青冥浩蕩不見底，日月照耀金銀臺。 三轉
霓為衣兮風為馬，雲之君兮紛紛而來下。
虎鼓瑟兮鸞回車，仙之人兮列如麻。
忽魂悸以魄動，怳驚起而長嗟。 四轉
唯覺時之枕席，失向來之煙霞。
世間行樂亦如此，古來萬事東流水。 五轉
別君去兮何時還，
且放白鹿青崖間，須行即騎訪名山。
安能摧眉折腰事權貴，使我不得開心顏。

傳統的記遊詩很少提到對夢的感受，即使有，也沒有把夢本身作為遊覽的框架。李白〈夢遊天姥吟留別〉則詳細地描繪了夢中的經歷，靜景和動景、自然和神話世界中的種種角色交錯出現在夢中。夢本就是虛無縹緲、難以還原的，李白絕不是記載了一次真實的夢遊，而是以夢遊為主題來描述自己遨遊仙界的想像。

一般而言，「夢境」是十分雜亂無章的，這首詩看起來所呈現的境界不斷變換、飄忽不定，展現出「夢遊」奇幻多變的特點，但此夢遊與我們個人所經歷過的截然不同，它是亂中有「章」的，所有片段的切換，無不為了一個共同的目的，即激起視聽、情感之跌宕起伏，一浪接一浪，營造出排山倒海之勢。

開頭兩句，出乎意料，用的竟是七言歌行中極罕見的駢文扇對的句法，但不是「四六」，而是李白自創的「五七」。「海客談瀛洲」與「越人語天姥」相對，「煙濤微茫信難求」和「雲霞明滅或可睹」相對。通過此扇對，李白馬上就把天姥山改造成了海上瀛洲的形象，天姥超越了現實，成為仙境。

天姥氣派如何？接下來是極盡誇張之能事的描述：「天姥連天向天橫，勢拔五嶽掩赤城。天臺四萬八千丈，對此欲倒東南傾。」這兩句，把靜景寫成了動景，天姥山勢壓五嶽，掩蓋赤城。此氣蓋山河之勢同時還激起一個反向的、同樣震撼的山體運動，即天臺山也被臣服，傾倒在天姥山之下。借此誇張的想像，李白把天姥山這種難以言說的壯觀表達了出來。此時動態的天姥山和逆向而動的其他景物，不再作為一種自然現象，而是自然現象背後的張力的展現。

對天姥山這種超凡想像，把李白帶入夢境。「我欲因之夢吳越，一夜飛度鏡湖月」，開始一轉，從這一句開始，一直到「謝公宿處今尚在，淥水蕩漾清猿啼」，寫的都是夢中的實景。「剡溪」、「淥水」、「清猿啼」，這些都是實際景物的描寫。在「腳着謝公屐，身登青雲梯」兩句之後，又一轉，他便開始描寫虛幻的景物了。

先寫在山中的所見所聞：「半壁見海日，空中聞天雞」，在半山腰上登天，聽着天雞的啼鳴進入神境。通向神境的路奇幻迷離、曲折不定，讓人不知不覺就迷失其中，轉眼間天色已晚。「熊咆龍吟殷巖泉，慄深林兮驚層巔。雲青青兮欲雨，水澹澹兮生煙」，這裏，李白使用了九歌體句式，馬上讓我們想到〈九歌・山鬼〉如何用此句式，營造出一種奇幻、充滿巫術神靈色彩的效果。然而接下來，李白又宕開一筆，用一組四言短句，來描述天門大開瞬間的爆炸聲：「列缺霹靂，丘巒崩摧。洞天石扉，訇然中開。」聲音的氣勢大如雷霆，山崩地裂，彷彿世界都被破壞開來。在極度的震動之後，李白又進入了一個寧靜、祥和的新世界。「青冥浩蕩不見底，日月照耀金銀臺。霓為衣兮風為馬，雲之君兮紛紛而來下。虎鼓瑟兮鸞回車，仙之人兮列如麻」，在日光的照耀之下，各路仙人齊聚，寧靜有序，彷彿等待着李白的到來。李白剛剛看見，尚未下腳一探究竟，便「忽魂悸以魄動，怳驚起而長嗟」，大夢初醒，仙境中的一切煙雲皆消失不見，只留下了一床破舊的枕席，他從天上又回到了人間。想像在一瞬間結束，想像與現實之間的落差達到極點。

這種巨大的落差感，讓他不由得發出「世間行樂亦如此，古來萬事東流水」的感嘆，歡樂就像夢一樣一去不返。帶着這樣的情感，最後一段，詩人從夢遊跳回到自己真實出遊的前一時刻。「別君去兮何時還」，這場出遊到底甚麼時候才能回來呢？緊接的兩句似乎已經說出了自己極為矛盾的心境。他一方面追求功名，故「且放白鹿青崖間」，暫時放下了白鹿，意指求仙並非當下之事。但他為甚麼還要「須行即騎訪名山」呢？因為他對能去建功立業也並沒有太大的信心，隨時會返回山林之間。李白又要自由，又要仕途，又何嘗不會像這場夢遊一樣經歷冰火兩重天呢？

這首詩，可以說是〈行路難〉那種大起大落結構的加強版。由於篇幅比較長，我們可以把全詩分為六個部分。第一個部分是從「海客談瀛洲」到「對此欲倒東南傾」。開頭沒有描寫具體的景物形象，而是說天姥山「雲霓明滅或可睹」，直接把「天姥」作為一種巨大無比的宇宙力量來描寫。而天姥山直衝高天，讓五嶽為之掩蓋、天臺為之傾倒，這是一個動景。第二個部分一轉，呈現了一個夢中的靜景，即月夜、湖面這些秀麗的景色。再往下，第三個部分，又寫動景了，先是寫鳥獸的聲音，再是寫開天闢地的浩蕩。第四個部分，又變為寫靜景。雖然仙境中的世界也有動感，但卻描述了一種十分有秩序的宇宙天庭的場面。第五個部分，寫李白驚醒的瞬間，他明白夢中的綺麗感受不過是如煙霞般的南柯一夢，這也是一連串動作的描寫。最後一個部分，他寫到自己的想法。經過心路歷程的「一波雙折」之後，他最後感嘆道：「安能摧眉折腰事權貴，使我不得開心顏！」可能他也意識到了自己難有開顏，所以用一個感嘆做了結尾。

整首詩中，我們可以看到各種起落，不僅有真與幻的轉變，也有動和靜的變化。在這些轉換中，我們也能看到詩人用了很多不同的句法，有的是九歌體、有的是駢文、有的是長短句，這些句法創造出這種如真似幻的動感變化和氣勢，極顯李白語言駕馭能力的高超。

杜甫古詩、律詩之比較

唐詩中，寫送別的名篇甚多，而寫想念遠方友人的，相對就少很多，但也有精妙絕倫之作。下面選讀杜甫三首著名的懷友詩，都是寄贈給李白的。

李白與杜甫，兩人的友誼之深，無須多講，歷來學者的討論都很多。李白比杜甫大十歲，他大概是 702 年出生，他去世也比杜甫早。杜甫是 712 年出生的，當時唐玄宗即位，是我們所說的開元盛世的第一年。而我們知道，李白一生坎坷，鬱鬱不得志。杜甫對他的掛念、勸慰，也不勝枚舉。最著名的，有五言古詩〈夢李白〉兩首。同時，他也還寫了一首五言律詩〈天末懷李白〉。

我們可以來看，對同一件事，用五律來寫是怎樣的寫法，會受到哪些方面的制約；用五古來寫又可以寫出怎樣的、在五律上無法表達的情感？我們先來看第一首——杜甫〈夢李白〉其一。

48

杜甫〈夢李白〉其一

步步轉化、步步深入

〈夢李白〉其一

死別已吞聲，生別常惻惻。
江南瘴癘地，逐客無消息。
一轉　故人入我夢，明我長相憶。
恐非平生魂，路遠不可測。
魂來楓林青，魂返關塞黑。
二轉　君今在羅網，何以有羽翼。
三轉　落月滿屋梁，猶疑照顏色。
四轉　水深波浪闊，無使蛟龍得。

李白與杜甫於天寶四載（745）秋，在山東兗州石門分手後，再未見面。756 年十二月，永王李璘從江陵東下，要北上抗胡，被苟安江南的官吏李希言、李成式阻攔，認為李璘企圖奪取肅宗皇位，李璘於第二年二月敗死軍中。至德二載（757）李白因在永王李璘的軍幕府中任職，坐繫潯陽（今江西九江）獄，最終於乾元元年（758）定罪，長流夜郎（在今貴州桐縣境）。乾元二年（759）春夏間，李白遇赦放還，自巫山下漢陽，過江夏（二地皆在今湖北武漢）而復遊潯陽等處。是年七月，杜甫度隴客秦州，地方僻遠，消息隔絕，只聽說李白流放夜郎，並不知其至巫山已遇赦，因而思念成夢，醒而作此詩以寄意。

第一聯，這裏面上、下句做了一個不尋常的比較。死的離別，會很讓人傷心，沒有眼淚，也沒有聲音，這就是「已吞聲」;「生別」，就是對活着的分離而言，那是「常惻惻」，是一種持續不斷的痛苦與悲傷。杜甫比較「死」和「生」這兩種極端對立的情況，來說明他對李白的擔憂、懷念，生別的痛苦可能比死別更煎熬。下面一句，是對此的一個解釋。「江南瘴癘地，逐客無消息」，所謂瘴癘地，就是充斥着各種各樣像瘟疫、瘧疾這類疾病的南方地區。對於南方、北方，古代、現代的觀念是不一樣的。現在經濟發達的南方，在古時候是偏遠的荒蠻之地。「逐客無消息」，李白被放逐後，我沒有聽到任何消息，日日夜夜擔憂李白，畢竟李白去的是瘟疫之地，生死未卜。這是他「夢李白」的原因。

下面轉寫他所做的「夢」。「故人入我夢，明我常相憶」，這個就很精彩了，雖然實際上是杜甫自己夢到李白，但他不這麼寫，而是說李白來入他的夢。這個角度是很新穎的，他是反過來說：我思念至深，連李白都能知道我如此掛念他，以致他進入我的夢中。下面他開始思索，李白進入他的夢，是活人的靈魂呢，還是死人的靈魂？「恐非平生魂」，恐怕不是活人的魂了，也許李白已經遭遇不測。這裏也緊扣着他對李白的擔憂——「路遠不可測」，路途遙遠，環境險惡，李白生死未卜。接着他又寫「魂來楓林青，魂返關塞黑」，這兩句都是題評句：「魂來」、「魂返」是題語，總寫夢中李白魂魄探訪詩人的往返之旅，而評語「楓林青」、「關塞黑」從虛幻的陰間跳躍到實際的景物，借此點明魂魄往返的起點，並用「青」、「黑」二字渲染陰間鬼氣森森的氣氛。「楓林青」，假若獨立來用，我們自然會理解為描述楓林青葱，一片綠色，但在此詩的語境中，「楓林青」應該作深藍色解，指憂鬱昏暗的夜色。「青」有黑色的意思，古漢語中，玄、黑都稱青色。李白的魂魄匆匆地從南方楓林飛來，但又得趕在天亮前從秦州關塞飛回去，足見李白的深情厚誼，即使到了陰間，仍舊眷念老友，風塵僕僕，千里迢迢前來探望。

下面杜甫又繼續緊扣着魂魄寫，「君今在羅網，何以有羽翼」。「羽翼」緊扣着剛才的「魂來」、「魂返」，營造了一種「飛行」的意象。李白現在生活的狀況，是在被監視的羅網之中，沒有一種真正的自由。他的靈魂又怎麼可能長着翅膀飛回我的身邊呢？到了最後，他寫「落月滿屋梁，猶疑照顏色」，這裏就是描寫夢裏面，在月亮之下，「我」好像看到了李白的臉孔，這是李白的虛幻形象在夢中的再現。結尾，杜甫祈求上天的保佑，「水深波浪闊，無使蛟龍得」。蛟龍在這裏就是一種危險和邪惡勢力。杜甫但願李白一切平安，不要被險惡的蛟龍吞噬掉。

在這首詩中，我們可以看到，杜甫緊扣友情，步步轉換，步步深入。先是實寫，在實寫裏面比較「死別」和「生別」，生別比死別更痛苦；接下來就寫虛幻的夢，不是寫自己的夢，而是李白入他的夢，李白以一個魂魄的形象出現在他的夢裏。經過對魂魄的猜測，他又從虛幻回到了現實：在這樣的羅網中，李白很難得到自由，展翼高飛。然後又寫憶夢，李白的面容又浮現眼前。最後的祈禱，是在險惡的現實中，懇求平安。

這首詩字數不多，但一共轉了四次。最後一轉，是朋友寄予的希望，依然緊扣他對李白的擔憂。在古詩這一體例裏面，因為沒有字數限制，篇幅一長，就容易拖沓，但杜甫一點也不拖沓，為甚麼？因為對同一個主題，他不斷地從虛和實的角度來互相轉化，每轉化一次，他抒發的情感就更加濃烈感人。這首詩之不同凡響，恐怕也只有詩聖才寫得出吧！

49 杜甫〈夢李白〉其二

角度多樣、聯聯不同

浮雲終日行，遊子久不至。
三夜頻夢君，情親見君意。 一轉
告歸常局促，苦道來不易。 二轉
江湖多風波，舟楫恐失墜。 三轉
出門搔白首，若負平生志。 四轉
冠蓋滿京華，斯人獨憔悴。 五轉
孰云網恢恢，將老身反累。 六轉
千秋萬歲名，寂寞身後事。 七轉

〈夢李白〉組詩的第二首，也同樣精彩。

此詩有八聯，每聯的書寫角度都不同，短短的詩篇中竟有七次轉折。首聯「浮雲終日行，遊子久不至」沒有甚麼特別之處，用浮雲來代表遲遲未歸的遊子，是傳統古詩裏常用的手法。接着一轉，詩人寫自己的夢，「三夜頻夢君」，〈夢李白〉其一中只是講「一夜」的夢，現在卻是連續三個夜晚都夢到李白。「情親見君意」，這句話怎麼解呢？〈其一〉杜甫講過，是李白的魂魄入了他的夢。現在「三夜」李白都入夢來，是講李白的「情親」，如此「情親」，我得以「見君意」，也就是李白對他的依依不捨。足以見證李白對「我」的深情厚誼。二轉，出現了更具體的細節，他用朋友之間告別的情態，來描述李白的魂魄回去的那一瞬間的形象。「告歸常局促」，局促就是不安、不捨的意思。又說，「苦道來不易」，我來得好不容易，卻馬上又要離開你了。三轉，「江湖多風波，舟楫恐失墜」，回去一路上，會有很多風波與危險。舟楫，難保不會出事。這聯，說是李白的自言自語也可以，說是杜甫在中間插的一句議論也行。四轉，又回到描寫李白離開的情景。「出門搔白首」，這是一個在古詩，尤其是樂府詩裏經常出現的動作。它除了表達衰老之意，也用來描寫鬱鬱不得志之意。兩句合起來，就是杜甫描寫李白離開時憔悴的形象，來揭示李白終身不得志的心理狀態。五轉，杜甫有感李白的落魄狀態，控訴李白遭遇巨大的不公：「冠蓋滿京華」，穿着官服進朝的官員在長安到處都是，但「斯人獨憔悴」，偏偏李白這樣的人卻無法實現他的理想。六轉，杜甫開始質問天地：你們不是說天網恢恢都有正義的嗎？那這麼偉大的人，怎麼到老了，卻遭受這麼多的折磨。這是他對李白一生的感慨，實際上也是杜甫對自己坎坷一生的議論。最後的第七轉，杜甫悲傷憐憫的心情躍升到了一個新的境界：你李白雖然有千秋萬歲的名，都是虛名罷了，都是死後的寂寞之事罷了。

這首詩的情調是十分悲傷的。不僅為朋友而悲傷，也是為自己悲傷。杜甫這首詩把古詩結構自由開放的優勢發揮得淋漓盡致，聯聯引入新內容、新角度，但都無不緊扣李白的人生挫折和窘困來寫。杜甫從李白的形態和表現來揣摩他的內心世界，並抒發了自己與李白之間感人至深的友情。

我們之前談過李白的詩風，是那麼的仙風傲骨。杜甫與他相比，更加細膩，在結構變化的處理手法上尤其如此。比如，關於轉折這一點。李白〈將進酒〉中目不暇接的轉折，旨在引入詩人的自我表演，豪放抒情，掀起一道道波瀾，往前推進，直至末句裏的情感總迸發。與此相反，杜甫此詩層層轉折，不求氣勢，而是平緩地引入憶夢的不同細節，從而表達出對友人纏綿不斷的牽掛與眷念。

50

杜甫〈天末懷李白〉

五律懷友的不同寫法

涼風起天末，君子意如何。
鴻雁幾時到，江湖秋水多。
文章憎命達，魑魅喜人過。
應共冤魂語，投詩贈汨羅。

杜甫的五言律詩〈天末懷李白〉，和以上兩篇是同一時期寫的。不同的是，杜甫在寫這首詩的時候，應該得知李白性命無憂。在五律的規定與限制下，杜甫又是怎樣表達他的友情，表達他和李白風雨同舟的落難人之間的情感呢？

這首詩，杜甫主要還是表達對李白生活狀況的同情。首聯中「天末」，就是天邊的意思。天邊涼風四起，不知李白此時此刻在想甚麼呢？頷聯按照了五律通常的起承轉合格式，起到「承」作用。涼風一到，就是鴻雁南飛、秋水滿江湖的時節了。鴻雁是純粹的意象，是書信的代名詞。杜甫當時在北方，李白在南方。若是鴻雁南飛，也只能是捎去他給李白的信，而不是李白給他的信。所以「鴻雁」可以說是杜甫代指自己的信。「江湖秋水」，是用意象來代表人生道路上的險惡。這個就是「承」了。

再說「轉」，「轉」經常是從寫物到寫情。為甚麼李白會遭遇這麼多的苦難？下面就開始解釋：「文章憎命達，魑魅喜人過。」古代文學批評裏，歐陽修講的一句話很有名，叫「詩窮而後工」，窮是指坎坷和不得志。按照歐陽修的講法，一位文人，在遭受到很多生活的挫折、看多了人世間的愛恨情仇後，才能寫出一些真正好的文章。換一個角度來講，文章要寫得好，你就不能樣樣通達。這裏，杜甫對朋友說：李白，你的苦難也許是上天注定的，「命不達」是你寫出好文章的代價。這一個對偶句，表達出了很複雜的情感：一方面是對迫害李白的奸臣的痛恨和對李白遭遇的同情；但另一方面，又有着一點安慰——「不達」，成就了你的好文章。「魑魅喜人過」，魑魅，是鬼怪。「喜人過」，有兩重解釋：一是人遭殃，鬼怪就高興；二是說那些鬼怪，就是喜歡誣告李白。因為永王叛亂，李白當時可能在永王幕下做事，所以也受到牽連。但李白真有謀反之心嗎？在杜甫看來，是那些小人就喜歡誣告李白，樂於看到他遭受各種各樣的迫害，身陷囹圄。所以這個對偶句不但對得好，還把鳴不平與勸慰的雙重情感都表達了出來。

最後，就是勉勵李白了：其實李白，你也不孤單的，像你這樣因文章而不達之人，多得很。最著名的，就是屈原。你流放到南方，經過湘江的時候，應該和屈原的冤魂去共話。怎麼做呢？「投詩贈汨羅」。汨羅江，就是屈原的葬身地。按照邏輯來講，這句話應該是「應投詩汨羅江，與冤魂共語」，詩中用了倒裝句，增強了抒情意味。

這首詩表達的情感和方法，和〈夢李白〉兩首很不一樣。因為律詩句數有限，不能有太多的描述，還要有起承轉合，故極為簡潔，只能靠意象來表達自己的複雜心情。但這樣就不能把那些描寫細節、抒情細節、事件發展的過程都一一呈現。律詩的特點就是通過意象來表達複雜情感，我們通過咀嚼意象的關係來把詩的意思推演出來。

所以同樣的情感，同樣寫給李白，古詩是一種寫法，律詩是一種寫法。

戰爭敘事的結構藝術

在絕句篇中，我們已分析了五首邊塞絕句的名篇。邊塞絕句基本上以兵營生活的片段作為場景，通過聽覺和視覺的刻畫，來凸顯塞外的荒涼和塞內的繁榮，形成對比。能做到如此，已經是達到絕句的極限。絕句沒有說理的空間，難以對戰爭進行反思，也無法從不同的角度展開抒情。古詩則大大地拓展了書寫空間，可以將場景、說理、抒情融為一體。

岑參的邊塞詩〈白雪歌送武判官歸京〉對戍邊軍營中的具體生活的事件進行描述，寫出了絕句無法寫出的細節；高適的〈燕歌行〉則描述了一次戰爭的總過程。詩中涉及了不同時間、地點的人物，寫出了他們在戰爭中的生存形態，以及對戰爭態度的變化。嚴格來講，杜甫的「三吏三別」不是邊塞詩，而是戰爭詩，這組詩中所提的戰事，發生地並不在邊塞，而是在中原地區，因為安祿山的叛軍已經接近京畿地區了。杜甫的「三吏三別」不僅拓寬了戰爭敘事的地理邊界，更重要的是突出了從前邊塞詩忽略的主題，即非參戰人的悲慘生活。他們的悲慘生活，較之參戰者打仗的痛苦，是有過之而無不及的。每首詩中的主人公，像〈石壕吏〉中的老嫗，〈新婚別〉中的妻子，都是杜甫精心挑選的。每個主人公都代表了備受戰爭摧殘的一類特定的庶民。戰爭強大的破壞力摧毀了她們正常的生活，讓無辜的她們遭受無妄之災。邊塞詩講戍邊將士離鄉之愁，而杜甫寫的是他們家鄉發生的一幕幕目不忍睹的慘狀，妻離子散，家破人亡，背井離鄉。一個個悲慘故事，讀來椎心泣血，摧肝裂膽。如此感人的效果不僅源於詩人無限的同情心，也有賴於他對敘述手法一次次的創新。

51

岑參〈白雪歌送武判官歸京〉

邊塞詩少見的陰柔美景

北風卷地白草折，胡天八月即飛雪。
忽如一夜春風來，千樹萬樹梨花開。
散入珠簾濕羅幕，狐裘不暖錦衾薄。
將軍角弓不得控，都護鐵衣冷難着。
瀚海闌干百丈冰，愁雲慘淡萬里凝。
中軍置酒飲歸客，胡琴琵琶與羌笛。
紛紛暮雪下轅門，風掣紅旗凍不翻。
輪臺東門送君去，去時雪滿天山路。
山回路轉不見君，雪上空留馬行處。

岑參幼年喪父，雖祖上為官，但家道中落。他靠自己的刻苦學習，於天寶三載（744）登進士第，成為右內率府兵曹參軍。於天寶八載（749）棄官從戎，赴龜茲（今新疆庫車）。天寶十三載（754）再度出塞，赴庭州（今新疆吉木薩爾），入北庭都護府名將封常清幕中。此詩作於天寶十四載（755）八月，安祿山反叛之前。此時詩人仍在北庭都護府任職，要為回京的武判官送行。看到邊疆蒼涼的景色，有感而發作此詩。

這首詩結構上沒有獨特之處，只是按照先後順序寫了送別詩常見的三類場景，即送別時候的天氣景色、餞行的宴席、離人蹤跡消失的過程。絕句寫送別，通常只寫一類場景，但在取景、抒情上則下大工夫，力求有過人之處。古詩沒有句數的限制，所以岑參接連寫了三個場景，第一個場景寫得最為成功，其中有為此詩贏得千古美名的一聯——「忽如一夜春風來，千樹萬樹梨花開。」梨花綻放的時候，整棵樹都是白的，密密麻麻的，用來比喻雪不僅極為貼切，而且還隱約地表達了詩人對家鄉梨花盛開景色的無限思念和嚮往。陽剛是邊塞和戰爭題材的本色，讀邊塞詩，總是滿目荒蕪蒼涼，風卷黃沙，陰沉沉，灰濛濛，愁雲無邊，勾起人無窮的鄉愁傷悲。在陽剛悲壯的邊塞書寫中，突然出現潔白晶瑩、美勝千樹萬樹梨花的飛雪，讓人在享受這視覺盛宴之時，也領略到一種柔美。第二個場景着墨甚少，僅有的一聯只提及設酒一事和三種西域的樂器，沒有像「琵琶美酒夜光杯」這樣的具體描寫。第三個場景有三聯，都是緊扣雪來寫，先是風雪交加，凍不翻的戰旗，然後是離人消失視野之外，在雪地留下一路腳印。這一意境，與李白名句「孤帆遠影碧空盡，唯見長江天際流」有異曲同工之妙。

整首詩中肆虐的飛雪、梨花、珠簾、錦衾、都護鐵衣、百丈冰與胡琴、琵琶、羌笛，給我們豐富的視覺、觸覺、聽覺感受，讓我們不僅覺得親臨美境，而且還體驗到隱藏在這背後的戍邊將士的離愁別恨和他們的冷暖人生。岑參獨闢蹊徑，用陽剛的題材寫出陰柔萬千的美景，無疑取得了藝術陌生化的巨大成功，不然此詩怎麼會贏得千百年讀者的喜愛呢？

52

高適〈燕歌行〉

盡顯陽剛本色的邊塞詩

漢家煙塵在東北，漢將辭家破殘賊。
男兒本自重橫行，天子非常賜顏色。
摐金伐鼓下榆關，旌旆逶迤碣石間。
校尉羽書飛瀚海，單于獵火照狼山。 一轉
山川蕭條極邊土，胡騎憑陵雜風雨。
戰士軍前半死生，美人帳下猶歌舞。 二轉
大漠窮秋塞草腓，孤城落日鬥兵稀。 三轉
身當恩遇常輕敵，力盡關山未解圍。
鐵衣遠戍辛勤久，玉箸應啼別離後。 四轉
少婦城南欲斷腸，征人薊北空回首。
邊庭飄颻那可度，絕域蒼茫無所有。 五轉
殺氣三時作陣雲，寒聲一夜傳刁斗。
相看白刃血紛紛，死節從來豈顧勳。
君不見沙場征戰苦，至今猶憶李將軍。 六轉

陽剛氣勢，是邊塞詩的本色，而將此本色發揮到極致的非盛唐高適〈燕歌行〉莫屬。高適，天寶八載（749）應舉中第，授封丘尉，後辭官客遊河西，尤為擅長用七言歌行寫邊塞詩。〈燕歌行〉其序寫道：「開元二十六年（738），客有從元戎出塞而還者，作〈燕歌行〉以示適。感征戍之事，因而

和焉。」這告訴我們，高適讀了某人從御史大夫張守珪出塞而歸後所寫的〈燕歌行〉，有感而發，寫下了自己的〈燕歌行〉，詩中所感嘆的應是張守珪在邊疆戰敗之事。

這首詩的結構跌宕起伏，盡顯陽剛之勢，十六聯中竟有六次轉折之多。開篇兩聯讚揚出征打仗，說到男兒要建功立業，所以「天子非常賜顏色」，鼓勵士兵為國捐軀。第三聯上句「摐金伐鼓下榆關」仍寫出征的豪邁氣勢，但下聯急轉，告急的信件飛奔而來，說單于的火光已經燒到了狼山。「山川蕭條極邊土，胡騎憑陵雜風雨」，胡騎肆虐，像風雨一樣橫掃而過，敵人的強勢讓唐軍難以招架。此處，詩人筆鋒第二次急轉，寫道：「戰士軍前半死生，美人帳下猶歌舞。」戰場狀況如此危急，高級將領卻絲毫不慌，仍然在奢侈享受，紙醉金迷，哪怕在帳下還要飲酒作樂。接下來，筆鋒第三次轉折，回頭來寫危急萬分的戰局：前線孤軍奮戰，被曾經瞧不上的胡人軍隊重重包圍，用盡全力也無法突破。接下來是第四次急轉，把鏡頭轉向前線士卒家中的慘況：「鐵衣遠戍辛勤久，玉箸應啼別離後」，丈夫服役多年未歸，妻子不知其是生是死，只能孤獨地在城下斷腸傾思。而同一時間下，丈夫在遙遠的那一邊，面對無盡的戰爭和無法回應的思念，也只能時不時向家鄉的方向回首。此時此刻，家庭的這一頭和戰場那一頭都在直接和間接地參與戰爭，同時承受着戰爭帶來的痛苦。接着，筆鋒第五次急轉，又回到戰場，連用三聯來描述士兵的英雄氣概，展現最後白刃決戰的場面。雖然他們沒有希望解圍，但還是選擇血戰到底。他們的死節不是為了功名，不是為了獎賞，而是他們本身的血性和不屈的精神。此時的描寫又提高了一個境界。如果說將士開始參軍時還懷着建功立業的夢想，真正上了戰場，面對你死我亡，已經不是簡單的立功報國了，而是絕不投降的勇敢的心。全詩尾聯最後一次的急轉：「君不見沙場征戰苦，至今猶憶李將軍」。這個「君不見」是對讀者講的，也有對將帥的質問。你們這些將帥官員都不知道沙場征戰之苦，所以我們才懷念飛將軍李廣，因為李廣不僅戰功顯赫，也因體恤士兵而聞名。這何嘗不是高適的一種感嘆，點出了漢家天地的今不如昔。

作為邊塞詩人，岑參和高適的地位和聲譽，的確是伯仲難分。作為兩人邊塞古詩的代表作，〈白雪歌送武判官歸京〉和〈燕歌行〉兩詩的藝術造詣也是同樣難辨高下。岑詩跳出陽剛題材的束縛，展現了塞外風光柔麗的一面，並含蓄地披露了戍邊將士的情感世界。高詩則把邊塞古詩陽剛氣勢發揮得淋漓盡致，一口氣六次轉折，展現出戰爭殘酷現實的方方面面，栩栩如生地呈現了戰爭直接或間接參與者的形態和精神世界。從思想深度和情感表達而言，高詩顯然遠遠勝過岑詩。為此，最佳邊塞古詩的選票，我毫不猶豫地投給〈燕歌行〉。

53

杜甫〈兵車行〉

樂府結構融入自我抒情

車轔轔，馬蕭蕭，行人弓箭各在腰。
耶娘妻子走相送，塵埃不見咸陽橋。
牽衣頓足攔道哭，哭聲直上干雲霄。
道旁過者問行人，行人但云點行頻。
或從十五北防河，便至四十西營田。
去時里正與裹頭，歸來頭白還戍邊。
邊庭流血成海水，武皇開邊意未已。
君不聞漢家山東二百州，千村萬落生荊杞。
縱有健婦把鋤犁，禾生隴畝無東西。
況復秦兵耐苦戰，被驅不異犬與雞。
長者雖有問，役夫敢申恨。
且如今年冬，未休關西卒。
縣官急索租，租稅從何出。
信知生男惡，反是生女好。
生女猶得嫁比鄰，生男埋沒隨百草。
君不見，青海頭，古來白骨無人收。
新鬼煩冤舊鬼哭，天陰雨濕聲啾啾。

〈兵車行〉是杜甫非常有名的詩篇。「行」在樂府中是一個標準的題目，比如〈長歌行〉就是比較出名的樂府舊題。然而〈兵車行〉不是一個古樂府題，是杜甫自己創造的一個新題。這種新題樂府對中唐以後的新樂府運動顯然有很大的影響。就主題而言，這首詩和詩人所寫「三吏三別」還是很相似的，但兩者的體式風格有很大的不同，「三吏三別」是五言，這首詩用的是雜言，更有一種樂府的風格特色。

和「三吏三別」一樣，這首〈兵車行〉也被認為是有現實基礎的。天寶末期，由於唐玄宗日益昏庸，先後委政於李林甫、楊國忠等佞臣，導致將臣們好大喜功，窮兵黷武，致使邊境戰爭的性質，已由天寶前的制止侵擾、安定邊疆，轉化為殘酷的征伐。天寶十載（751），劍南節度使鮮于仲通發兵征討雲南地區的南詔（少數民族政權，建都今雲南大理），結果於瀘水南面戰敗，死喪士兵六萬多人。唐玄宗聽信楊國忠讒言，於關中地區繼續徵兵。人們聽聞雲南多瘴癘，士卒未戰便死了十之八九，都不敢應徵。楊國忠便遣派御史分道捕人，連枷送至軍所。壯丁的父母、妻子奔走相送，生人作死別，哭聲震野，悲慘情景使人目不忍睹。杜甫故作此〈兵車行〉。

全詩開頭的聯綿詞「車轔轔，馬蕭蕭」用得很好。後一句「行人弓箭各在腰」和下一句的「塵埃不見咸陽橋」中，「腰」和「橋」都是雙音，雙音的韻是比較長的，便於表達纏綿的情感。如果用入聲字，會使情感表達快而短促，能更好表達憤慨或是極度的悲傷，但無法給人長久的回味。「耶娘妻子走相送」：耶，就是父親；娘，就是母親；妻，就是妻子；子，是兒女。從這些送行的至親足以得知，從軍的人中有老年的，有中年的，還有年少的，哪個年齡段都逃不掉。「塵埃不見咸陽橋」，咸陽橋，也就是長安往西邊走必須經過的渭橋了。可見，送行的隊伍一直延伸到了長安的盡頭。「牽衣頓足攔道哭，哭聲直上干雲霄」，「干」就是衝擊的意思，比如杜甫名句「彩筆昔曾干氣象」。「道旁過者問行人，行人但云點行頻。」點行頻，就是頻繁地徵兵。

接下來的詩句，可以看作被「點行」的人在說話，這是很典型的樂府篇章的結構。開頭是敘事者的總述，接着轉入當事人自述：我的一生顯得如此漫長，因為一直在各種地方打仗。「或從十五北防河，便至四十西營田。去時里正與裹頭，歸來頭白還戍邊」，剛到軍隊時很小，還要讓里正來幫我整理頭髮；回來之時，已是白髮如雪，步入年邁，但即使這樣也要繼續戍守邊疆。

從「邊庭流血成海水，武皇開邊意未已」一聯開始，用語變得更像是文雅的書面語，批判時政也用了誇張手法，與其視為出自當事人之口，毋寧解作詩人杜甫的轉述。往下，批判戰爭的矛頭從「人亡」轉向了「家破」。「漢家山東二百州，千村萬落生荊杞」，此處「漢家」實際上就是「唐家」，是借古之名喻今事。「縱有健婦把鋤犁，禾生隴畝無東西」，「無東西」不是說東西長不出來，而是說禾苗長得東倒西歪。雖然有健壯的婦女去耕田，但是她們還是沒有男子那麼有力氣，種的禾苗都是東倒西歪的。「況復秦兵耐苦戰，被驅不異犬與雞」，雖然這些唐代的兵是能夠耐苦戰的，但戰時也不過是像雞犬一樣被來回驅趕。

「長者雖有問，役夫敢申恨」，雖然你（杜甫）來問我這些事，但是我們這些服兵役的人哪敢表達甚麼不滿？接下來，行人開始詳細介紹自己家庭的遭遇：「縣官急索租，租稅從何出」，被逼着要交稅，但哪兒來交稅的錢呢？「信知生男惡，反是生女好」，生下來的男兒都得去戰場送死，還是生個女兒更好，至少能活下來。

接下來，杜甫似乎再次擔任轉述的角色，用自己動情的言語，描述青海邊的白骨，刻畫那些沒能回來的可憐士卒。他不是講人的痛苦，而是講鬼的痛苦。戰爭帶來的災難，連鬼都要為之痛哭。新的士卒身死化鬼，哭訴這被戰爭剝奪的一生，卻發現那些早已戰死的舊鬼依然沒有止住眼淚，他們的哭聲持續了一年又一年，將整個陰陰沉沉的天地，全部浸泡在烏雲與濕雨之中。

杜甫這首詩，跟從前的漢樂府相比，不再是簡單地敘述故事，而是讓自我融入樂府詩的說話人之中，用文人的抒情言語為其代言，將敘事和抒情一步步推向高潮：從人講到鬼，從鬼講到天地，連大自然都為戰爭嗚咽。〈兵車行〉為我們展示了用古詩形式寫戰爭的核心優勢：它可以展現整個事件的具體過程，包括個體生命在事件中的變化無常，以及變化的每一步中所經歷的各種痛苦。這首古詩在樂府敘事加對話的結構框架中，出現了詩人自我的聲音，因而讓情感的表達更加強烈，對戰爭的反思更加深刻。這是邊塞絕句不可能做到的。哪怕你把幾個絕句拼在一塊，都很難做得到。因為每個絕句都有其獨特的內在結構，是難以在內容上完全連貫起來的。

54

杜甫〈新婚別〉

樂府結構抒情化又一式

兔絲附蓬麻，引蔓故不長。
嫁女與征夫，不如棄路旁。
結髮為妻子，席不暖君床。
暮婚晨告別，無乃太匆忙。
君行雖不遠，守邊赴河陽。
妾身未分明，何以拜姑嫜。
父母養我時，日夜令我藏。
生女有所歸，雞狗亦得將。
君今往死地，沉痛迫中腸。
誓欲隨君去，形勢反蒼黃。
勿為新婚念，努力事戎行。
婦人在軍中，兵氣恐不揚。
自嗟貧家女，久致羅襦裳。
羅襦不復施，對君洗紅妝。
仰視百鳥飛，大小必雙翔。
人事多錯迕，與君永相望。

乾元元年（758）九月，郭子儀、李光弼、王思禮等節度使率兵二十萬討伐安祿山之子安慶緒，十一月圍攻相州。至乾元二年（759）三月，史思明反叛，自魏州率軍來解救安慶緒，兩軍內外呼應，唐軍大敗。郭子儀帶領其朔方軍退至河陽，保衛東都洛陽。唐王朝為了扭轉危機，加強戰備，到處徵兵抓丁，補充兵源。而戰場附近的新安、陝縣一帶，徵兵更是不分男女老幼，生拉硬抓，給人民帶來極大的災難。杜甫在這時離開洛陽回華州，路途中，他親眼看到這一帶的百姓在過去兩年先後慘遭叛軍的蹂躪和官軍徵兵的痛苦。於是寫下了〈新安吏〉、〈石壕吏〉、〈潼關吏〉、〈新婚別〉、〈垂老別〉、〈無家別〉這一組傳誦千載、反映人民苦難的史詩。這裏，我們選讀〈新婚別〉和〈石壕吏〉兩首。

在〈新婚別〉中，杜甫同樣對樂府結構進行了抒情化的改造，那就是裁去開篇的敘事板塊，通篇改為詩中主人公的自述。

第一聯仍保留了一些傳統樂府開篇敘事的痕跡，為詩中女主人公的自述：女孩嫁出去，是「兔絲附蓬麻」，蓬和麻都是長得短的枝條，暗示自己也不會長久。「嫁女與征夫，不如棄路旁」，我嫁給了征夫，還不如被丟棄在路邊，這是對自己個人命運的總結。下面接着寫自己的遭遇。晚上結婚，床還沒睡暖，丈夫第二天就告別了。「無乃太匆忙」，真是匆忙得過分啊。雖然丈夫行役不遠，只是在河陽附近，這句話看上去是她在安慰自己，而更苦的是她作為妻子，連名分也沒法正了。那時候，結婚三天後要上墳告廟，才算完婚，這樣才能夠有作為妻子的正式名分。她既沒有名分，身邊也沒有丈夫，怎麼來拜姑嫜呢？「父母養我時，日夜令我藏」，父母是很講究禮法的，她還沒出嫁的時候，就把她關起來，樣樣都調理得好，也不讓她和別人來往。這樣教育了那麼多年，就是為了她能嫁個好丈夫。父母這麼多年的付出，都在此付之一炬。我出嫁了，只能「嫁雞隨雞，嫁狗隨狗」。今天你要去那生死之地，我肝腸寸斷。我想和你一塊去戰場，但形勢緊急，軍情多變，這種情況如何允許我去呢？你也不用想我，努力殺敵吧。婦女跟着軍隊，也許只會影響士氣吧！接下來轉入了另一個情節，她說自己一個窮人家的女孩，花費了很長時間才置辦成的絲綢嫁衣也不再穿了，紅妝也洗掉了。只得感嘆，看着白鳥飛翔成雙，我卻「與君永相望」。

這首詩，一句話以蔽之，「沒有最苦，只有更苦」，一層苦又滲出一層苦，無窮無盡。幸福的期望還未開始，瞬間就變得如此沉重，這注定是一個以悲劇結束的愛情故事。這種一步步強化的抒情自述，無疑造就了一種嶄新的、疊加遞進式的線性結構。

杜甫〈石壕吏〉

全知型的觀察敘述

暮投石壕村，有吏夜捉人。
老翁踰牆走，老婦出門看。
吏呼一何怒，婦啼一何苦。
聽婦前致詞，三男鄴城戍。
一男附書至，二男新戰死。
存者且偷生，死者長已矣。
室中更無人，唯有乳下孫。
有孫母未去，出入無完裙。
老嫗力雖衰，請從吏夜歸。
急應河陽役，猶得備晨炊。
夜久語聲絕，如聞泣幽咽。
天明登前途，獨與老翁別。

〈石壕吏〉是杜甫根據經過石壕村（河南陝縣東）時的見聞有感而作。

這首詩敘述了一個很簡單的故事，語言十分簡樸，但是其藝術性是非常高的。以前一些對這首詩的評論，只是抓住了一個「何怒」、「何苦」，說這是痛斥剝削階級，官吏欺壓百姓，把整首詩都說成憤怒的抗爭。這個石壕吏，又是吆喝又是惡言惡語，杜甫當然不讚許，但此詩絕非是為鞭撻這個官吏而寫的。因為此吏也有無奈，必須執行官府的命令。

詩一開篇就交代詩人在石壕村遇到抓人服兵役之事。「老翁踰牆走，老婦出門看」，「走」不是說慢慢走，在中古漢語裏面，走就是跑。「雞飛狗走」一語就保留了這個意思。一聽到捉人，老翁就逃跑了。因為壯丁、中男都抓完了，所以老漢也要被拉去當兵，可見戰事的發展是何等的糟糕。下面又說，官吏在吆喝，家人在苦苦哀求，這已經是十分令人同情的場景了。然而再往下，老婦哭哭啼啼地訴說：家裏有三個男兒，全都上了戰場，其中有一個已經死掉了，活着的苟且偷生，也不知道甚麼時候也會戰死。接着又把戰爭帶來的恐懼和痛苦切換到室內：家中更無人了，只有一個還在吃奶的孫子，而給他餵奶的母親甚至連一件能出去穿的衣服都沒有。老婦只好獻出自己來替他的家人服兵役了，向官吏苦苦哀求從軍，出人意料，卻也在情理之中。「急應河陽役，猶得備晨炊」，馬上有戰役要開打了，我可以去服務，為軍隊做早飯。「夜久語聲絕」，漫漫長夜十分煎熬，說話的聲音也都慢慢消失，似乎只剩下了幽咽和哭泣的聲音。就這樣，老嫗的家庭淪落到家破人亡的悲慘地步。

詩的結尾與開頭形成了強烈的對比。開始本該抓的是老翁，最後卻是老翁來給杜甫送別。一般來講，抓壯丁很少抓女子的，但這裏不僅是女子，還是一個老婦人。所以兵役給家庭帶來的苦，已經到了何等可怕的地步。這首詩真是催人淚下。本來寫一個苦，筆鋒一轉，又是另一種的苦，一層層地述說。

〈石壕吏〉雖然採用與〈新婚別〉相似的疊加遞進的結構，但抒情切入的方法是截然相反的。在〈新婚別〉中一層層的苦難，是當事人自己以第一人稱來述說的，所以呈現了勇於抗議不公的陽剛之氣。〈石壕吏〉所用的抒情方法恰恰相反，杜甫選擇自己擔任全知型敘事者，向我們報道老嫗與吏員之間的對話。現實中，杜甫不可能坐在旁邊的房間裏，聽到了事情的前因後果。全知型敘事是一種藝術的表現手法，用之可以塑造各種細節，從而最大化地加強藝術效果。在〈石壕吏〉中，杜甫用這種間接的抒情方法，把戰爭給家庭帶來的毀滅性打擊，簡潔而翔實地呈現出來，極為具體和深刻。在整首詩中，杜甫本人從頭到尾也沒有站出來發表議論，這樣，反而「無聲勝有聲」，他通過對細節的安排和敘述，以柔婉的筆法取得了一個比直抒胸臆更好的效果。這就是杜甫寫古詩的筆法，前無古人，後無來者，真是登峰造極。

文藝表演之描寫：剛與柔的完美呈現

六朝以來，文藝表演，尤其是音樂演奏，一直是詩人喜歡書寫的主題。到了唐代，此主題成為詩人們競相創作、盡情發揮想像力的舞臺。下面，我們可以看到杜甫、白居易、韓愈三位大詩人各顯神通，對藝術表演進行的獨特的、具有非凡想像的書寫。他們每首詩描寫的對象都不同，分別為舞蹈表演、音樂演奏、詩歌創作過程。比較先唐同類詩篇，他們作品有一共同的創新，即用誇張的想像來呈現文藝表演所釋放巨大的陽剛氣勢。他們都以一種近乎超驗的視角來觀察和反映藝術活動，將藝術活動描寫成一種石破天驚的「創世」活動，宇宙萬物乃至神話世界無不深受它的影響。杜甫對公孫大娘劍舞的描述，盡顯藝術誇張之能事，可以說開了唐人用宇宙天象來比喻藝術感召力的先河。稍後，白居易和韓愈用各種各樣的視覺形象以及自然和人類世界的聲音來模擬音樂。除了音樂表演之外，韓愈還用驚人的藝術想像進行詩歌創作。開天闢地、宇宙天宮、大禹治水這樣的空間場景，都不是生活的現實，卻真切感人地展現出文學藝術「驚天地，泣鬼神」的影響力。與此同時，三位詩人又引入與陽剛相濟共生的陰柔情韻，如杜甫對昔日盛世的眷念、白居易對琵琶表演者的同情以及韓愈對張籍的友情。

56

杜甫〈觀公孫大娘弟子舞劍器行〉

熔多重為一爐

昔有佳人公孫氏，一舞劍氣動四方。
觀者如山色沮喪，天地為之久低昂。
㸌如羿射九日落，矯如群帝驂龍翔。
來如雷霆收震怒，罷如江海凝清光。
大轉 絳唇珠袖兩寂寞，晚有弟子傳芬芳。
臨潁美人在白帝，妙舞此曲神揚揚。
與余問答既有以，感時撫事增惋傷。
大轉 先帝侍女八千人，公孫劍器初第一。
小轉 五十年間似反掌，風塵傾動昏王室。
小轉 梨園弟子散如煙，女樂餘姿映寒日。
小轉 金粟堆南木已拱，瞿唐石城草蕭瑟。
小轉 玳筵急管曲復終，樂極哀來月東出。
小轉 老夫不知其所往，足繭荒山轉愁疾。

大曆二年（767）十月十九日，杜甫在夔州長史元持的家裏看到臨潁李十二娘的劍器舞。她的舞蹈技藝與眾不同，一問之下，才知道李十二娘是當年公孫大娘的學生。在問答間，杜甫想起他孩提時在郾城觀公孫大娘舞劍器的情景。公孫大娘是玄宗開元年間享有盛名的舞蹈家，她的舞《劍器》，是一種戎裝持劍的「劍舞」（即武舞），舞起來淋漓頓挫，冠絕一時。杜甫兩次觀看劍器舞，時隔五十年，昔日賞舞的小孩現已白髮蒼蒼。詩人撫今追昔，無限傷懷，作下此詩。

此詩開篇極有氣勢。劍舞開場，「觀者如山色沮喪，天地為之久低昂」，給觀者帶來無比震撼，連天地也變了臉色，低昂起伏，情緒忽漲忽落。接下來，四句的句法非同尋常，連用「㸌」、「矯」、「來」、「罷」四個動詞，形成氣勢磅礴的排比，詩句第一個字用動詞的句法可以追溯到《楚辭》，但在七言詩中是極少見到的。而緊接着的後面的六個字的用法也讓人嘆為觀止。第二個字一律用「如」，而緊跟着的是清一色的主謂句，主語是「羿」、「群帝」、「雷霆」、「江海」，無不可稱天地之主，而謂語則描述它們巨力陶鈞天地之狀。這四句的 1+6 句式，無疑是杜甫的獨創，產生出動人的陌生化效果。詩人借助羿射九日之力度，群帝驂龍之翱翔，雷霆之不震，江海凝光之狀，逼真地展現出公孫大娘一來一去，忽動忽靜，感天動地的舞姿。

接下來，杜甫從舞蹈急轉到寫人。「絳唇珠袖」指的便是公孫大娘了。當年容貌美麗、服飾華麗的公孫大娘今已不在，但仍然有弟子在傳授她的「芬芳」。「芬芳」既可以是舞蹈技術，也可以是大娘的美麗形象。下一句講地點，「白帝」就是在夔州的白帝城。前一段是杜甫回憶中公孫大娘的表演，此段從遙遠的過去講到五十年後的現在，時間跨度非常大。接着，杜甫就問李十二娘的劍舞是誰教的，知道是曾經的公孫大娘所授，杜甫心中感慨萬千。

「五十年間似反掌，風塵傾動昏王室」，這五十年，杜甫見證了唐朝從巔峰盛世一步步走向衰敗，皇室從鼎盛邁入昏庸。「梨園弟子散如煙，女樂餘姿映寒日」，當初的歌聲舞影煙消雲散，李十二娘的身姿不再活躍於朝廷的喧鬧之中，而是孤身獨影於一輪寒日之下。「金粟堆南木已拱，瞿唐石城草蕭瑟」，埋葬唐玄宗的墳頭樹已經粗得要兩個人才能抱得下，瞿唐的白帝城也變得雜草叢生。最後，詩人講到了自己，「老夫不知其所往，足繭荒山轉愁疾」，時代如此，我現在也不知所措，荒山難走，真是越來越擔憂。

這首詩的佈局謀篇，轉化頻繁而井然有序。全詩有三部分，第一部分運用五個排比句，展現出公孫大娘劍舞驚天動地的氣勢。第二部分轉寫公孫大娘弟子李十二娘的舞姿以及與詩人的對話，而詩的基調也隨之從陽剛轉為陰柔。第三部分轉寫詩人觀舞而發的思古幽情。這部分共有六聯，每聯一個轉折，從公孫大娘、王室衰敗、梨園弟子現狀、玄宗墓地、樂終場景直到詩人自己的迷茫惆悵。小轉一個接一個，形象地呈現了那剪不斷理還亂的愁緒。

我們應當如何定位此詩呢？是寫音樂表演的詩，還是懷古的詩呢？如果是「懷古」，懷念他年輕的時候也能叫「古」嗎？但詩最後感嘆人生短暫，物是人非，對自己的前途深感迷茫惆悵，又像是詠懷。其實是杜甫大膽地把藝術、憶舊、詠懷不同的主題都結合在一起，這也是一種結構的創新。

57

白居易〈琵琶行〉（選段）

聲音的視覺想像

元和十年（815），藩鎮勢力派刺客在長安街頭刺死了宰相武元衡。白居易上疏請求抓捕刺殺宰相的賊人，但因此得罪了朝中權貴，遂被貶為江州司馬。〈琵琶行〉這首詩是在作者仕途失意的背景下創作的。詩人對琵琶女美好形象的塑造以及悲慘經歷的描寫，既是對她不幸命運的同情，也是對自己人生遭遇的感慨。

同時，我們也應該關注到本詩文學方面的背景。白居易〈琵琶行〉的創作手法是在元稹〈琵琶歌〉的基礎上改進而來的。元稹的〈琵琶歌〉創作於元和五年（810），這一年元稹被貶江陵，有着和白居易創作〈琵琶行〉時相似的處境。此外，白居易〈琵琶行〉亦受到劉夢得〈泰娘歌〉的影響，但此說法仍有待考證。〈泰娘歌〉亦是劉夢得被貶時所作，且與〈琵琶行〉類似，都是「以遺妾比逐臣」。

〈琵琶行〉的一個重要藝術特徵是將歌詠者與被歌詠者的思想感情合而為一，你中有我、我中有你，正如詩中所言：「同是天涯淪落人，相逢何必曾相識。」琵琶女的遭遇實際上是作者遭遇的影射，作者在表露對琵琶女的同情之時，也抒發了自己被貶謫的憤懣之情，並從側面揭露了官僚腐敗、人才被埋沒等社會問題。

講起〈琵琶行〉的藝術成就，幾乎大家都會想到白居易用視覺形象描寫琴聲與情感而帶來的無限美感。現在就來探究此美感產生的所以然。

轉軸撥弦三兩聲，未成曲調先有情。
弦弦掩抑聲聲思，似訴平生不得志。
低眉信手續續彈，說盡心中無限事。
輕攏慢撚抹復挑，初為霓裳後六么。

此刻，琵琶女正在調琴，撥弦試音，還沒有正式開始彈，但光是那調琴之聲都可以感染聽眾。調琴的聲音和樂譜是半點關係都沒有的，可當琵琶女操作琵琶的手法展示出來時，白居易就已經聽到其中的情感了。有了這一句，我們再往下看到描述演奏過程的片段，就會很容易地融入詩人的情感之中。沒開始彈尚且如此，要是她正式彈起來，那將有多麼動人呢？接下來，詩人描寫了幾個彈琴的動作，「弦弦掩抑聲聲思」，「低眉信手續續彈」，它不是單純的聲音，而是通過這些聲音，以「訴平生不得志」，「說盡心中無限事」。這樣，聽眾就從單純的「情」邁入了帶着「情」的「故事」之中。

大弦嘈嘈如急雨，小弦切切如私語。
嘈嘈切切錯雜彈，大珠小珠落玉盤。
間關鶯語花底滑，幽咽泉流冰下灘。
冰泉冷澀弦凝絕，凝絕不通聲暫歇。
別有幽愁暗恨生，此時無聲勝有聲。
銀瓶乍破水漿迸，鐵騎突出刀槍鳴。

曲終收撥當心畫，四弦一聲如裂帛。

東船西舫悄無言，唯見江心秋月白。

「大弦嘈嘈如急雨，小弦切切如私語。嘈嘈切切錯雜彈，大珠小珠落玉盤」，大弦就是琵琶的主弦，小弦就是次弦。大弦的嘈嘈之聲如同暴雨落地，小弦的切切之音好似耳語。大弦、小弦的聲音變換交錯，就好像人把手上捧滿的大大小小的珠子撒到玉盤中一樣。此處的比喻十分生動，將本來難以言喻的抽象的聲音，通過這種具有畫面感的動態物象模仿出來，讓人讚不絕口。

「間關」是一個象聲詞，用來模仿「鶯語」的鳥鳴聲。詩人描述「間關」，彷彿花叢裏黃鶯的鳴叫聲慢慢滑走、慢慢消失一樣。大家可以想像聲音由近及遠，頗具空間感。「幽咽」則是指不通的狀態。曲聲似斷非斷，斷斷續續的，就像在冰下的泉水一樣不流暢。樂曲就在這樣的狀態下慢慢結束，緊接下句的「泉流冰下灘」，灘，一作難，聲音方才還是冰下的流水，現在就已經完全結冰了。「冰泉冷澀弦凝絕」，詩人將聲音的結束想像為水結冰的過程，曲子就這麼慢慢地、斷斷續續地轉向不通，徹底沒了聲音。然而，「此時無聲勝有聲」，雖曰無聲，但詩人卻聽到了另一種聲音，「無聲」的背後是彈琴者無限愁緒的凝結，正好比欲說還休、一言難盡的背後總是有一大堆說不清的委屈，而這種無處發洩的「心聲」，卻在「無聲」之中被詩人捕捉到了。

正當大家以為曲子結束了，突然之間，這「心聲」一下子爆發開來，好像銀瓶撞破，水漿迸出；好像鐵騎衝陣，持戈而哮，把樂曲的張力完美地展現出來。這一陣震撼的喧嘩之後，她對着琴心一收弦，像絹帛被撕裂開一樣，萬般聲響合而為一。一瞬間，萬籟俱寂，不僅是琵琶的靜，也是周圍聽眾的靜。所有人都沉浸在這曲子的餘音裏，感動得無法用語言來表達，只能在沉吟之中，看着江水中那皎白的月影。

這一部分，詩人不僅刻畫各種具體意象的運動來表達不同聲音的變化，還運用各類比喻渲染音樂的表現，可謂是出其不意，驚喜連連。

韓愈〈聽穎師彈琴〉

琴聲掀起情感冰火兩重天

昵昵兒女語，恩怨相爾汝。
劃然變軒昂，勇士赴敵場。
浮雲柳絮無根蒂，天地闊遠隨飛揚。
喧啾百鳥群，忽見孤鳳凰。
躋攀分寸不可上，失勢一落千丈強。
嗟余有兩耳，未省聽絲篁。
自聞穎師彈，起坐在一旁。
推手遽止之，濕衣淚滂滂。
穎乎爾誠能，無以冰炭置我腸。

元和十二年（817），韓愈出任宰相裴度的行軍司馬，參與討平「淮西之亂」，升刑部侍郎。兩年後因諫迎佛骨一事被貶為潮州刺史。唐穆宗即位後被召入朝，官至吏部侍郎，人稱「韓吏部」。病逝後追贈禮部尚書，謚號為「文」，故稱「韓文公」。

蘇軾〈潮州韓文公廟碑〉留下了歷代讚頌韓愈必引的名言：「文起八代之衰，道濟天下之溺」，意指韓愈一生最偉大的成就有二：一是他的古文振興了八代以來日漸衰頹的文風，二是他排斥佛老、弘揚儒家道統，從而拯救了沉淪已久的人心。我認為，韓愈的豐功偉績如此定位，雖然極為精準，但也有欠缺之處，那就是忽略了韓愈詩歌堪可稱雄的成就。這忽視韓詩成就的傾向，自宋代延續到清初，直到葉燮率先將韓愈與杜甫、蘇軾相提並論，言「杜甫之詩，獨冠今古。此外上下千餘年，作者代有，唯韓愈、蘇軾，其才力能與甫抗衡，鼎立為三」(《原詩》)，並極為精闢地給出理由:「韓愈為唐詩之一大變；其力大，其思雄，崛起特為鼻祖。」(《原詩》) 我認為，韓愈的五古最突出地展現了其詩力大思雄的特點，而他五古之中最力大思雄者，莫過於〈聽穎師彈琴〉和〈調張籍〉二詩。

元和年間，長安來了個善琴的印度僧人穎師，其琴技高絕，傾動一時，不少詩人贈詩給他。韓愈也慕名前來欣賞穎師彈琴，作五古〈聽穎師彈琴〉。

詩的開篇就對琴聲進行象徵性的描寫。「昵昵兒女語，恩怨相爾汝」，指琴聲像小兒女的竊竊私語，又像他們相互埋怨的情話。他只講一個聲音，詩句中沒有出現樂器，只有標題提了聽彈琴，讀者才會把詩的內容和聲音相聯繫。要是把這個標題去掉，那讀者可能會覺得不知所云。接下來，「劃然變軒昂，勇士赴敵場」，指琴聲從緩慢細膩驟然轉為急促激昂，彷彿從綿綿細語化作壯士奔赴戰場的慷慨之聲，形成了很強烈的對比。下一聯「浮雲柳絮無根蒂，天地闊遠隨飛揚」，則描寫了一種能引人遐想的聲調，給人感覺輕飄飄的，彷彿無根的柳絮在天上到處飛揚一般。「喧啾百鳥群，忽見孤鳳凰」，指不同的聲音的相互交錯，就如同山丘上的百鳥朝鳳，但突然間聲音變得單一而獨特。這裏的比喻很有畫面感，鳳凰發聲的時候，其他鳥應該是不敢出聲的。

下面一聯就寫得很精彩了，「躋攀分寸不可上，失勢一落千丈強」，此處是一個靜態描寫還是一個動態描寫呢？詩中明說「一落千丈」，它有沒有真的掉下來？我們可以想像一下，你抓着懸崖峭壁的一塊巖石，上是千層長坡，下是萬丈深淵，爬不上去又不敢放手，危在眉睫。這「一落千丈」不見得是真的掉下來，而是講這扣人心弦的音樂表演，能夠讓人有十分緊張的心理體驗。這種解釋從下面的詩句中可以得到證明：「嗟余有兩耳，未省聽絲篁」，雖然我有兩個耳朵，但是我太外行，不會聽音樂，不懂欣賞絲篁音樂的動人。但自從穎師開始彈琴，我在他旁邊坐立不安，一下站起來，一下坐下去。人在甚麼時候會坐立不安？當然是緊張的時候，這也正好就呼應了剛才講的「失勢一落千丈強」。

聽到最後，詩人受不了了，他巧妙地用自己的情感反應來表達音樂的效果：「推手遽止之，濕衣淚滂滂」，你不要再彈了，我已經情不自禁聽得眼淚汪汪。「穎乎爾誠能，無以冰炭置我腸」，他對穎師說：你把冰、炭這兩種一冷一熱的情感放在我心腸裏，一下讓我激昂高發，一下讓我低沉悲傷，這樣來折騰我，我怎麼受得了呢？

韓愈用自己激烈的情感反應來間接呈現出琴聲的藝術感染力，如此描寫音樂表演，可以說是別出心裁，另闢蹊徑了，這和白居易在〈琵琶行〉中用模擬聲音的方式描寫表演的方法是完全不一樣的。

在結構上，這首詩跌宕不斷，大起大落。先講男女之間的溫存，再講戰場上的激昂，再轉到自然景物，再回到他自己的感受，最後是和穎師的對話，各個部分之間的跳躍很大。

59

韓愈〈調張籍〉

五言句組配成跳躍片段

李杜文章在，光焰萬丈長。
不知群兒愚，那用故謗傷。
蚍蜉撼大樹，可笑不自量。
伊我生其後，舉頸遙相望。
夜夢多見之，晝思反微茫。
一轉　徒觀斧鑿痕，不矚治水航。
想當施手時，巨刃磨天揚。
垠崖劃崩豁，乾坤擺雷硠。
二轉　唯此兩夫子，家居率荒涼。
帝欲長吟哦，故遣起且僵。
剪翎送籠中，使看百鳥翔。
平生千萬篇，金薤垂琳琅。
仙官敕六丁，雷電下取將。
流落人間者，太山一毫芒。
三轉　我願生兩翅，捕逐出八荒。
精誠忽交通，百怪入我腸。
刺手拔鯨牙，舉瓢酌天漿。
騰身跨汗漫，不着織女襄。
四轉　顧語地上友，經營無太忙。
乞君飛霞佩，與我高頡頏。

韓愈的〈調張籍〉當作於唐憲宗元和十年（815）後。當時，李白、杜甫尚未受到人們普遍的尊重。在韓愈以前，李白名高於杜甫；到韓愈那時，又有人尊杜抑李。例如，元和八年（813），元稹〈唐故檢校工部員外郎杜君墓志銘〉提出尊杜抑李的觀點：「則李尚不能歷其藩翰，況堂奧乎！」兩年後，白居易在〈與元九書〉中評李白說：「索其風雅比興，十無一焉。」評杜甫說：「然撮其〈新安〉、〈石壕〉、〈潼關吏〉、〈蘆子關〉、〈花門〉之章，『朱門酒肉臭，路有凍死骨』之句，亦不過三四十首。」因元稹、白居易的詩歌風格與李白、杜甫大異，其持論亦相左如此，而張籍樂府諸體亦近元、白，因此韓愈寫此詩，竭盡全力弘揚李白、杜甫，以啟發張籍。

「李杜」大家都知道，是李白和杜甫。他們「光焰萬丈長」，成就無比之高，名垂青史，這是比較中肯的評價了。「不知群兒愚，那用故謗傷」，此處的「群兒」似乎是在批評白居易和元稹。韓愈說批李杜者是「蚍蜉撼大樹，可笑不自量」。此開頭一改韓愈詩句的深奧，簡單易懂又有趣。「伊我生其後，舉頸遙相望」，我生在李杜之後五十年，無法目睹他們的風采，只能伸着脖子遠遠地眺望他們。「夜夢多見之，晝思反微茫」，我夢裏總是看到他們，但醒來之後又忘得差不多了，現實中我肯定達不到他們的水準。

下面急轉，忽然又講到大禹治水，突然來了一個巨大的跳躍。「徒觀斧鑿痕，不矚治水航」，大禹治水開天闢地的工程，而現在只留下「斧鑿痕」，要看他們當時「治水航」的詳細情況，我們只能透過這些「斧鑿痕」來想像。李杜早已逝去，但文章尚在，這不是一個道理嗎？此處的比喻非常巧妙，不僅指出了批李杜者的局限性，還間接把李杜比作大禹，稱讚他們藝術創造上的鬼斧神工。

接下來於是又是一個轉折，從李杜開天闢地的藝術創造轉到了他們的人生境遇上。韓愈不直寫他們的人生境遇，而是創造了一個「帝」，彷彿在無形之中主宰着李杜的命運，讓他們忽而「起」，忽而「僵」。為甚麼呢？後來歐陽修說的「詩窮而後工」總結很到位。詩人要歷盡磨難才能寫出好作品，天帝想要看他們寫的好詩，所以才如此捉弄他們。韓愈還把捉弄的過程寫得十分具體逼真，「剪翎送籠中，使看百鳥翔」，把美麗的鳥兒剪下羽毛放在籠子中，還讓他們看籠子外的鳥自由飛翔。這彷彿就是在講李杜一生寂寞，看着別人飛黃騰達。

接下來韓愈又寫了另一種想像，「平生千萬篇，金薤垂琳琅」，「薤」就是藠頭，一種和大蒜很像的植物，它有一個很尖的頂。所以「金薤」後來被用來描述篆書，也成為文章的代名詞，用來形容文章的琳琅多彩和貴重。「仙官敕六丁，雷電下取將」，天帝想要他們的作品，所以就派神將下凡，把他們的好作品統統拿走。「流落人間者，太山一毫芒」，他們在人間的作品不過是泰山一毫、冰山一角和一些殘羹冷炙而已。

最後，韓愈不只講李杜的詩歌造詣，他還要學習李杜。「我願生兩翅，捕逐出八荒」，我願意追隨他們到八荒之外。「精誠忽交通，百怪入我腸」，通過感通李杜，把各種各樣的奇想納入自己的精神中，獲得一種超凡的能力。「刺手拔鯨牙，舉瓢酌天漿」，可以手把鯨牙，舉瓢暢飲天漿，上天遁地，並且「騰身跨汗漫，不着織女襄」在浩瀚的宇宙中自由飛舞，連織女給我的衣服也看不上。這一段描述，可以說比李白還要浪漫、瑰奇了。韓愈用了一個遊仙的母題，來表達李杜詩歌的藝術感召力。

最後四句也是典型的遊仙詩句式，都是寫從天上看地面、看人間疾苦，這是一種常用套路。但韓愈對這個母題也進行了創新。他把自己想像成了仙，又遊回人間，對他的好朋友張籍講：「經營無太忙。乞君飛霞佩，與我高頡頏」，不要一天到晚學詩學得這麼辛苦，還不如和我一起步李杜的後塵，到真正的詩歌天地中遨遊頡頏。

這首五言古詩獨具一格。一般來講，五古長詩是很容易拖沓的，因為五個字能給出的信息量並不充足，使得一個情節、故事往往需要很多句詩來組成才能完整。重複講一件事情，就會過於囉唆，但是這首卻大不一樣，每幾句就形成一個片段，不同的片段之間轉變的跳躍甚大，讀來讓人驚心動魄。他把五言短而急促的長處發揮出來了，一口氣交錯呈現了三種鬼匠神工，即大禹開山闢地、李杜詩歌想像以及韓愈本人感通李杜而「刺手拔鯨牙，舉瓢酌天漿」之壯舉。韓愈把短促的五言句組配得爐火純青，創造了一種特殊的氣質和力量。此詩排山倒海的氣勢，是沒有哪一首五古能比得上的。

陰柔之美的名篇是如何生成的

古詩的名作，尤其是長篇，以陽剛取勝的為多。古詩篇幅長，容易板滯，為了克服古詩體這一制約，很多詩人採用了縱橫捭闔、大起大落的結構，並加以第一人稱的強烈抒情。這樣，寫出來的詩篇自然就有一種陽剛的特徵。論陽剛之強度，李白的七言歌行〈將進酒〉無疑高居榜首，抒情有勢不可擋的萬鈞之力。韓愈的五古〈調張籍〉次之，且五古體古詩中沒有出其右者。陽剛為主、陰柔為輔的作品的數量應是更多，剛讀過杜甫、白居易、韓愈描寫文藝表演的詩作就是這類古詩的典範。在我們讀過的古詩中，以陰柔取勝的大概只有杜甫的〈夢李白〉和〈石壕吏〉。現在就讓我們再來讀三首盡顯陰柔之美的名篇。

王維〈藍田山石門精舍〉

線性結構為何引人入勝

落日山水好，漾舟信歸風。　觀
探奇不覺遠，因以緣源窮。
遙愛雲木秀，初疑路不同。
安知清流轉，偶與前山通。
舍舟理輕策，果然愜所適。　見
老僧四五人，逍遙蔭松柏。
朝梵林未曙，夜禪山更寂。　聽
道心及牧童，世事問樵客。　說
暝宿長林下，焚香臥瑤席。　見、聞
澗芳襲人衣，山月映石壁。
再尋畏迷誤，明發更登歷。　想
笑謝桃源人，花紅復來覿。　說

講起詩佛王維的名作，我們馬上想到的都是絕句和律詩，古體詩恐怕難舉例出來。王維寫的古體詩，以樂府體為主，比起李白和杜甫的古體詩遜色不少。然而，在他所寫的古體詩中，有一首記遊詩〈藍田山石門精舍〉，超群拔類，在結構創新方面甚至可與李白的記遊名篇比肩。可惜的是，此詩精湛的造詣沒有引起人們的注意，寂寞了千百年。此詩描述了詩人隱居輞川時出遊藍田山佛寺之行，可能寫於天寶十二載（753）前。

六朝謝靈運山水詩幾乎全是記遊之作，他的記遊詩幾乎全用對偶句，通常分成總敘、寫景、抒情、說理四大板塊，層層轉折，頗有氣勢，因此博得王夫之的盛讚（參蔡宗齊：《語法與詩境：漢詩藝術之破析》，頁 262-266）。這種結構對唐代記遊詩影響很大，上面已提到，李白〈廬山謠寄盧侍御虛舟〉把謝靈運的四重結構精簡為轉折有力的三重結構，而他的〈夢遊天姥吟留別〉結構更變化多端，飄然而來，忽然而去，那種上天入地、出其不意的轉折跳躍，豪氣逼人。但王維〈藍田山石門精舍〉出乎意料，採用了線性結構。其實，一首比律詩篇幅更長的詩，記遊也好，描寫也好，若用長線結構很容易造成拖沓，流於平鋪直敘，像流水帳一樣。王維此長詩全用散句，結構似乎也平淡無奇，然而讀來卻沒有單調感，這是為甚麼呢？

「落日山水好，漾舟信歸風」，王維在落日時分，去尋找藍田山石門精舍。風光很好，風吹着他的輕舟，任由它蕩漾飄泊。「探奇不覺遠，因以緣源窮」，輕舟浮動，跟隨奇景深入，不覺得自己已所行甚遠，一直到了盡頭。這些詩句採用線性的結構，也沒有用對偶句，顯得直接又自然。「遙愛雲木秀，初疑路不同」，一看到那邊是蒼翠的樹林，雲霧繚繞，當時就懷疑了，這個水路好像通不到藍田山石門精舍。「安知清流轉，偶與前山通」，哪知這江道突轉，沒想到這彎彎曲曲的水道竟然和前面的山是連通的。

「舍舟理輕策，果然愜所適」，下了船之後，詩人感到很高興。這一句似乎和謝靈運「舍舟眺迴渚，停策倚茂松」一句十分相似，大概是受到了它的影響。但接下來，他不像謝靈運那樣直接寫景，而是寫景也寫人。王維沒有直接講寺院裏的曲徑通幽、禪房草木，而是講樹林下有幾位逍遙自在的老僧，他們「朝梵林未曙，夜禪山更寂」。梵，即早期佛經所用梵語，這裏「梵」作動詞用，指唸佛經。「朝梵」和「夜禪」是正對，一個白天，一個晚上。天還沒亮，僧人們就開始唸經了；到了晚上，僧人們又開始參禪，空山更顯得萬籟俱寂。在這裏，王維用兩聯，就把精舍裏的僧人們寧靜又有規律的生活總結出來了。從開始的寫景到發現精舍，再到記載僧人生活，王維將這種轉折寫得很自然而平和，絲毫不見強迫之意。

接下來這句，就更妙了。「道心及牧童」，禪僧的覺悟境界是如此的高，連附近的牧童在他們的潛移默化下，也進入了和僧人一樣的境界。王維不直接寫僧人生活上的超越，而是間接講其對牧童心靈的感染。那牧童超越的心境是怎麼表現出來的呢？他就舉了一個例子：「世事問樵客」。這一句用了〈桃花源記〉的典故。在〈桃花源記〉中，漁夫進入了桃花村，村民就問他：現在是甚麼朝代，世事如何。桃花源中，村民與世隔絕，世俗之事只好向漁夫打聽。在藍田山，牧童淡泊寧靜也不聞世事。人世間的事人們只能向「我」這個「樵夫」打聽了。禪意的影響力之深由此可見。

寫完僧侶、牧童之後，王維接下來轉向寫自己：「暝宿長林下，焚香臥瑤席」，入夜後在高林下留宿，焚香鋪席而臥下。此時，「澗芳襲人衣，山月映石壁」，澗水之聲彷彿清香襲來附着在衣襟上，久久不去；石壁又清澈如水，將月亮映在其中。這是多麼讓人寧靜的景色！

然而，「再尋畏迷誤，明發更登歷」，像桃花源一樣，如果再尋回來，恐怕也會「不復得路」，找不到了吧？所以等到天一亮，我就啟程再走一次，這樣便不會忘了。最後結尾，自然而然，「笑謝桃源人，花紅復來覿」，謝別了僧侶、牧童，等到明年花開之時，再來此桃源之境。

此詩的線性結構，再明顯不過了。王維很平淡地講述了出遊的整個經過，從傍晚蕩舟出發到次日早晨返回，每一個細節都按時序書寫。為何這首採用線性結構的詩能如此引人入勝，讓我們也流連忘返？有三大原因。第一，詩的線性結構中其實藏有許多轉換：觀、見、聽、說、聞（氣味），這喚起了種種不同的感知體驗，無不輕鬆愉悅。第二，每一轉無不是蕩滌心靈的一步，景越來越靜謐幽遠，心靈越加清淨而充實，彷彿桃花源又勝似桃花源之遊，帶我們進入超驗的精神世界。第三，王維此詩呈現了與他的律詩和絕句不同的禪意。如果說他在五律〈終南山〉將禪語融入景中，而在輞川絕句中靜觀景物瞬間變幻而得頓悟，那麼此詩更像是記錄了詩佛修行漸悟的過程，讀者追隨着作者的腳步觀景，其中的精神體驗亦然。這兩類不同禪詩的寫作方式，和王維與漸悟北禪、頓悟南禪宗派密切來往的生活經驗可能不無關係。在古詩裏寫記遊的不少，很難寫得像謝靈運山水詩一樣精彩，但王維這首〈藍田山石門精舍〉精彩更勝一籌，可謂是登峰造極。

61

李賀〈金銅仙人辭漢歌〉

鬼仙出沒的懷古之作

茂陵劉郎秋風客，夜聞馬嘶曉無跡。
畫欄桂樹懸秋香，三十六宮土花碧。 一轉
魏官牽車指千里，東關酸風射眸子。 二轉
空將漢月出宮門，憶君清淚如鉛水。
衰蘭送客咸陽道，天若有情天亦老。 三轉
攜盤獨出月荒涼，渭城已遠波聲小。

李賀的〈金銅仙人辭漢歌〉嚴格上講屬於懷古詩，它寫的是對歷史滄海桑田的悲傷、對人間世道產生的反思，但是古今沒有甚麼人把它當作懷古詩。原因在哪裏呢？傳統的懷古詩是按照常用的「感物寫情」的模式來寫的。懷古詩中之「物」，不是一般感物詩所描寫季節變化之物色，而是歷史的古跡，或是古戰場，或是偉人舊居，或是都城遺址。感物主體一概是詩人本人，所以「寫情」則多沿着這一進路：目睹歷史殘跡，回想昔日恢宏盛景和氣吞山河的英雄，面對世道和命運之巨變，感慨萬千，寫下盡顯陽剛的詩篇。這些懷古詩的顯著特點，在李賀〈金銅仙人辭漢歌〉中統統都找不到，那為甚麼我們還可以認為它是一首懷古詩呢？

開頭一句，「茂陵劉郎秋風客」，對全詩的定調非常到位。「茂陵劉郎」就是漢武帝，不可一世的帝王，然而他也只是秋風中的一個過客而已。詩人稱漢武帝為「劉郎」，「郎」是平輩人講的，沒有任何的尊敬之意。對歷史的感嘆，這一句話就表達了出來。「夜聞馬嘶曉無跡」即夜裏會聽到幻覺聲，好像有馬車經過，但天亮之後，就消失不見了。威震天下的漢武帝，不過也只是個夜間才會駕馬車出現的鬼魂而已。李賀，後世也稱之為詩鬼，他的詩中有很多對生、死、鬼、神的描寫。「子不語怪力亂神」，他卻是以寫怪力亂神為己任，展現中國詩史上獨一無二的鬼神的想像和書寫。此詩中的「鬼」用得十分高超，李賀完全摒棄第一人稱抒情，而是讓漢武帝的鬼魂來充當懷古主體，趁着夜色悄悄地回到自己昔日的宮殿。

緊接着一轉到漢宮當下的實景。「畫欄桂樹懸秋香，三十六宮土花碧」，從前的宮殿裏依舊散發着桂花的秋香，碧綠的青苔長滿宮殿的臺階，無人清理。由於前面剛講了鬼魂的暗訪，我們完全可以把鬼魂看作這裏的觀物者，是它目睹漢宮淒涼美麗、衰敗不堪的慘狀。這樣來讀，此聯之轉就不那麼突兀了，從情感方面婉轉地承接了首聯。

正當我們期待鬼魂開始抒情，下聯卻又轉到了漢武帝之後的另一段歷史：「魏官牽車指千里，東關酸風射眸子。」此聯用曹操的孫子魏明帝曹叡的典故。時人認為天上的露水吃了之後可以長生不老，所以曹叡就把武帝所建的承露盤拆了要運回自己的宮殿裏。據說拆了之後還是太重，運不到洛陽。「東關酸風」講的是衰敗景象，酸風攙着酸雨，直射到銅像的眼睛裏，銅像流下了眼淚。這眼淚僅僅是酸雨刺激所致嗎？下一聯「空將漢月出宮門，憶君清淚如鉛水」，創造了歷史傳說中沒有的情感因素。「憶君」二字是第二人稱的角度，明白地告訴我們，這是銅人禀告武帝：我的眼淚並非酸風所致，而是我思念你才流下的如淚鉛水。此處，李賀「移情」的手法再進一步，把懷古之幽情從武帝鬼魂又轉移至銅人身上。李賀不以自己為抒情主體想像過去，而是一而再地創造神話故事，讓它們代自己懷古。

正當我們期待銅人展開抒情，筆鋒又一次急轉，「衰蘭送客咸陽道」，送的客不再是漢武帝，而是漢武帝曾經擁有的金銅仙人，於是有此感嘆：「天若有情天亦老」——上天要是有感情，也會因悲傷而變得蒼老吧！再偉大的事物，最後都會變成一抔黃土。這不只是人的悲傷，就連無情之物金銅仙人也會流淚。聽到這一句，我們隱隱約約地覺得，大概是李賀要站出來抒情了，但緊接的卻是淒涼的景物描寫：「攜盤獨出月荒涼，渭城已遠波聲小」，金銅仙人帶着盤子獨自出行，走在荒川月下，長安越來越遠，渭水聲也越來越小，似乎要把「憶君」的無限淒苦帶到天涯海角。

〈金銅仙人辭漢歌〉這首詩可以說是完全顛覆了數百年陽剛為主的懷古傳統。從前的懷古詩都是看着一個古跡，然後詩人想像古跡過去如何，思索自我、國家、人類的命運。這裏，李賀卻借鬼神故事、奇幻的傳說來懷古，通過敘事寫物的細節，抽出一絲絲傷感和無法言傳的情感移入神秘詭譎、鬼魅出沒的意象世界之中。如此奇想，絕妙至極。用懷古題材寫出陰氣逼人的淒婉詩篇，無疑是李賀在文學史上一個極為重要的貢獻。

62

白居易〈長恨歌〉

顛覆性的創新傑作

中唐白居易倡導新樂府運動，為唐詩的發展增添了濃墨重彩的一筆。白居易雖出生於安史之亂平定之後，但其幼年時期的唐朝社會依然存在種種危機。貞元（785-805）以來，腐敗的唐朝統治者「尤欲以文治粉飾苟安之政局」（陳寅恪《元白詩箋證稿》），在此時代背景下成長的白居易針砭時弊，通過文學創作表達自己的政治主張。白居易的〈長恨歌〉是寫唐玄宗與楊貴妃生前身後的愛情故事，而大家對詩人寫作目的則有完全不同的解釋。一般的解讀是，詩人希望把這種重色誤國的事件作為歷史教訓流傳後世，以求起到警戒統治者的作用。然而，有鑒於此詩無與倫比的藝術成就，若僅作如此淺薄的理解，是一種褻瀆。若一定要與當時政治掛鉤，不如像有的學者所說，是白居易對當時昏庸腐敗的統治者失望，故同情起早年勵精圖治、功業勳高，到晚年才變得昏庸的唐玄宗，借謳歌他與楊貴妃的愛情故事來表達對當今君王的不滿。

〈長恨歌〉千百年間傳誦天下，雅俗共賞，贏得讀者無限的喜愛，完全因為其感人至深的藝術造詣，與好事者的政治解讀毫無關係。此詩使用接地氣的語言，講述接地氣的故事，照亮人人都藏有的愛情之心，從而讓文人詩歌走向萬千大眾，取得了無與倫比的成功。然而，此詩的成功絕非僅僅是贏得大眾的共鳴，更重要的是，它在詩歌藝術上實現了全面的、顛覆性的創新，包括主題、結構、文體諸多方面。

在敘述唐詩發展史時，很少人注意到〈長恨歌〉方方面面的顛覆性創新，我們只有把這首詩放在文學史的語境中才能清晰地觀察到所有這些顛覆性的創新。

讓我們先看主題的顛覆性的創新。在中國詩史中，用一首長詩來描寫帝王，而且是本朝帝王的愛情史，是史無前例的。就題材處理而言，同樣是前無古人的。唐玄宗一生，符合西方對悲劇的基本定義：一個偉人因判斷錯誤而身敗名裂，不得善終。唐玄宗建立開元天寶盛世，何等豐功偉績，但因愛美人而丟江山，最終絕食而死，何等悲慘！然而，這等慘烈的悲劇題材，在白居易筆下卻成了柔情纏綿的愛情史詩。如此完全徹底的主題顛覆，在從前的文學史上是沒有的。

怎樣才能用陽剛的悲劇材料，寫出陰柔纏綿的愛情史詩？白居易在古詩結構方面下大工夫，找到了解決此難題的辦法。下面我們慢慢來分析。

漢皇重色思傾國，御宇多年求不得。
楊家有女初長成，養在深閨人未識。
天生麗質難自棄，一朝選在君王側。
回眸一笑百媚生，六宮粉黛無顏色。

首先，為甚麼講唐玄宗是「漢皇」，而不是「唐王」呢？此處是一個典故，「漢皇」即漢武帝。漢武帝有幾個王后。第一個王后陳阿嬌是他青梅竹馬的情人，「金屋藏嬌」便是漢武帝承諾如果娶了阿嬌就建一所金屋送給她。雖然漢武帝兌現了諾言，但阿嬌最後被打入了冷宮，沒有善終。漢武帝的第二個王后衛夫人自殺身亡。最後一任皇后李夫人對他的感情最深，但正是他們愛情之火最熾烈的時候，李夫人病逝了。據說她死後，漢武帝特別傷心，所以請別人把她生前的畫掛在那兒，每天都要看到這個畫，傷心不已。開疆拓土，一統中國，奠定儒家獨尊的地位的漢武帝，尚且愛江山也愛美人，那唐明王又為何不可呢？所以「漢皇」這個典故，用在開頭是很妙的。此典故還間接地做了一個對比。漢武帝痛恨自己愛妻的先逝，是一種長恨，相比之下，唐玄宗的長恨可謂是「更長更痛」的離別之恨了。

開頭別有深意地寫唐明王，接下來寫此段的主角「楊貴妃」，「天生麗質難自棄，一朝選在君王側」，敘述她入宮之事。「回眸一笑百媚生，六宮粉黛無顏色」，介紹她的容貌。美貌是一個無形的東西，我們可以感覺，但很難用文字表達。所以這裏通過寫人們對楊貴妃「笑」的反應來激起審美感受，再以六宮妃嬪的容顏與之相比，襯托楊貴妃的美，並為其蒙上一層神秘的面紗。這一段的描寫是沿着一種隱蔽的因果關係展開的：唐玄宗「重色思傾國」為因，絕代美人楊貴妃入選進宮為果。

春寒賜浴華清池，溫泉水滑洗凝脂。
侍兒扶起嬌無力，始是新承恩澤時。
雲鬢花顏金步搖，芙蓉帳暖度春宵。
春宵苦短日高起，從此君王不早朝。
承歡侍宴無閒暇，春從春遊夜專夜。
後宮佳麗三千人，三千寵愛在一身。
金屋妝成嬌侍夜，玉樓宴罷醉和春。
姊妹弟兄皆列土，可憐光彩生門戶。
遂令天下父母心，不重生男重生女。

這段細節的組織也是沿着因果關係來組織的，不過此處的因果關係更為複雜，是兩重交疊、互為因果的關係。上半段中，楊貴妃迷人姿色為因，唐玄宗晏朝為果。首先寫華清池中楊貴妃嬌滴滴的樣子，點出她剛得寵時的狀態。「雲鬢花顏金步搖，芙蓉帳暖度春宵」寫楊貴妃走路的姿勢、和君王纏綿的景象。但春宵一刻還不夠，所以就有「從此君王不早朝」之果。下半段中，因果關係顛倒了，唐玄宗的寵愛為因，而楊貴妃家族得勢為果。「春從春遊夜專夜」一行中含有兩個題評句。「春」，被寵愛的她和皇帝同遊；「夜」，皇帝只臨幸她，將後宮三千佳麗都排斥在外；下一聯「後宮佳麗三千人，三千寵愛在一身」，實際是對上一聯的評論。接着，詩人又換一個角度來強調唐玄宗寵愛之果：「姊妹弟兄皆列土，可憐光彩生門戶。」「可憐」古代漢語是可愛、令人羨慕妒忌之意，即別人向她家投來萬分羨慕的眼光。此句又引入了一個新的主題：天下父母開始變得重女輕男。此聯栩栩如生地展現出，楊貴妃一家在玄宗寵愛之下「雞犬升天」的得意形態。

驪宮高處入青雲，仙樂風飄處處聞。
緩歌慢舞凝絲竹，盡日君王看不足。
漁陽鼙鼓動地來，驚破霓裳羽衣曲。
九重城闕煙塵生，千乘萬騎西南行。
翠華搖搖行復止，西出都門百餘里。
六軍不發無奈何，宛轉蛾眉馬前死。
花鈿委地無人收，翠翹金雀玉搔頭。
君王掩面救不得，回看血淚相和流。

如果說上兩個段落所寫楊貴妃美色權勢和唐玄宗寵愛之間互為

因果的關係，這一段則寫這種關係在皇室和國家命運層次上產生的嚴重後果，即痛失美人、險丟江山。在描述此後果時，詩人極為明顯地表現出捨陽剛、取陰柔的傾向。安史之亂，叛軍攻入長安，皇室亡走蜀道，楊貴妃馬嵬坡人頭落地，這一連串重大歷史事件，若常人執筆，必定是一幕幕陽剛慘烈、充滿血腥的場景。然而，從歌舞昇平到刀光劍影，這樣翻天覆地的巨變，詩人只輕輕地一筆，「漁陽鼙鼓動地來，驚破霓裳羽衣曲」，鞭撻和諷刺的意圖溢於言表。同樣，京城陷落，倉皇出逃的場面也統統刪去，只用「九重城闕煙塵生，千乘萬騎西南行」來提示。「西出都門百餘里」，走出長安城百餘里後，唐玄宗的御駕就停下來了。「六軍不發無奈何，宛轉蛾眉馬前死」，連禁衛軍都停駐不動，不殺楊國忠、楊貴妃就不走，唐玄宗也奈何不了。詩人寫楊貴妃被處死情節的筆法，同樣讓人嘆為觀止。他避開血腥的場面，「宛轉蛾眉」，輕輕一筆描寫楊貴妃死去的妝容，讓她的死亡變得十分淒美。「花鈿委地無人收，翠翹金雀玉搔頭」，楊貴妃死後，滿地的貴重頭飾竟無人收拾，讓人不勝唏噓。結尾一聯寫唐玄宗涕淚縱橫，為他進入詩篇成為主角做好鋪墊。

黃埃散漫風蕭索，雲棧縈紆登劍閣。
峨嵋山下少人行，旌旗無光日色薄。
蜀江水碧蜀山青，聖主朝朝暮暮情。
行宮見月傷心色，夜雨聞鈴腸斷聲。
天旋地轉迴龍馭，到此躊躇不能去。
馬嵬坡下泥土中，不見玉顏空死處。
君臣相顧盡沾衣，東望都門信馬歸。

從現在開始，唐玄宗和楊貴妃相互交換角色。唐玄宗成為前臺的主人公，而死去的楊貴妃則變為文本之後的一股神秘力量，影響控制了唐玄宗的一舉一動，以及他全部精神生活。這短短的一段有很大的時間跨度，從唐玄宗在楊貴妃被殺後逃往四川，直至最後回長安的旅途，其間所描寫景物無不用於展現他哀傷的心境。「黃埃散漫風蕭索，雲棧縈紆登劍閣」，一路險道，經過了劍門關。「峨嵋山下少人行，旌旗無光日色薄」，峨眉山並不在此時唐玄宗的經行處，而是在更西的地區。這裏是用峨眉山來代替說明川蜀大山的崎嶇難行。「蜀江水碧蜀山青，聖主朝朝暮暮情」，皇帝朝朝暮暮對着蜀地山水之美，卻情寄他處，欣賞不來。「行宮見月傷心色，夜雨聞鈴腸斷聲」，不僅白天傷心，晚上也是。月亮和夜雨都是其思念斷腸的信號。接下來一轉，「天旋地轉迴龍馭，到此躊躇不能去」，講回去的路上，時運變化，安祿山被鎮壓下去了，所以唐玄宗才能「迴龍馭」。但是走到「此處」便突然躊躇不前，從上下文就知道，這是走到了馬嵬坡，楊貴妃賜死的地方。再也見不到佳人容顏，只有一抔黃土，君臣相顧，淚濕衣衫。

歸來池苑皆依舊，太液芙蓉未央柳。
芙蓉如面柳如眉，對此如何不淚垂。
春風桃李花開日，秋雨梧桐葉落時。
西宮南內多秋草，落葉滿階紅不掃。
梨園弟子白髮新，椒房阿監青娥老。
夕殿螢飛思悄然，孤燈挑盡未成眠。

如果說前面的部分是現實世界中的「長恨」，那麼這一段是寫唐玄宗面對宮中景物變化時的複雜情感。江山都收回來了，唐玄宗卻高興不起來。物是人非，他所看到的一切都喚起了對楊貴妃的懷念。這裏寫得很妙，「芙蓉如面柳如眉」，看着芙蓉，他就想到楊貴妃的臉龐；看到柳，就想到楊貴妃的蛾眉。怎麼會不淚垂呢？春秋已過，花開花落，宮中也變得蕭條。「梨園弟子白髮新，椒房阿監青娥老」，所謂梨園，就是在皇宮裏面表演樂曲、學習樂器的地方。梨園的子弟都長了白髮，後宮的女官也垂垂老矣。時間消逝，曾經宮中的繁榮不復存在，但唐玄宗仍然在孤獨之中。孤燈挑盡，無法入眠。接下來，又寫去尋找楊貴妃。

遲遲鐘鼓初長夜，耿耿星河欲曙天。
鴛鴦瓦冷霜華重，翡翠衾寒誰與共。
悠悠生死別經年，魂魄不曾來入夢。
臨邛道士鴻都客，能以精誠致魂魄。
為感君王輾轉思，遂教方士殷勤覓。

這裏從前文的「未成眠」自然過渡到「講夢」。唐玄宗疑惑：為甚麼貴妃都不進入我的夢呢？這一部分最後一聯，又引出了下一段：臨邛的一個道士很有名，被唐玄宗的愛情所感動。他「為感君王輾轉思」，開始到處去尋找楊貴妃的魂魄。就全詩結構而言，臨邛道士的出現屬於橫插一筆，但確實是神來之筆，來得自然，也去得自然。來，為治唐玄宗夢中不見楊貴妃魂魄之症而來；去，把唐玄宗的癡情從現實世界帶到神秘的超驗之域。同時又實現了唐玄宗和楊貴妃角色的第二次轉換，讓後者再次成為詩中主角。

排空馭氣奔如電，升天入地求之遍。
上窮碧落下黃泉，兩處茫茫皆不見。
忽聞海上有仙山，山在虛無縹緲間。
樓閣玲瓏五雲起，其中綽約多仙子。
中有一人字太真，雪膚花貌參差是。

這段講尋找的過程。上天找不到，下黃泉也找不到，最後在海裏的仙山中找到了。山裏面有一個仙子，這個仙子字叫「太真」。為甚麼叫「太真」呢？因為楊貴妃入宮之前，他先是唐玄宗兒子的一個妃子。唐玄宗由於喜歡，但又不好明着搶，所以先把她送到道觀裏，她在道觀裏的稱號就是「太真」。所以這裏也就明示是楊貴妃了。

金闕西廂叩玉扃，轉教小玉報雙成。
聞道漢家天子使，九華帳裏夢魂驚。
攬衣推枕起徘徊，珠箔銀屏迤邐開。
雲鬢半偏新睡覺，花冠不整下堂來。
風吹仙袂飄颻舉，猶似霓裳羽衣舞。
玉容寂寞淚闌干，梨花一枝春帶雨。
含情凝睇謝君王，一別音容兩渺茫。
昭陽殿裏恩愛絕，蓬萊宮中日月長。
回頭下望人寰處，不見長安見塵霧。
唯將舊物表深情，鈿合金釵寄將去。
釵留一股合一扇，釵擘黃金合分鈿。
但教心似金鈿堅，天上人間會相見。

這一段，講的是「貴妃」在天宮中的情況。「金闕西廂叩玉扃，轉教小玉報雙成」，道士在金闕之前敲門，門口的仙女又將此事轉告給了宮中的侍從。聽說漢家天子派使者到來，驚醒了仙帳裏正在睡夢中的「太真」。她攬衣推枕，一路上推開各種各樣的珠門銀屏，頭髮都沒整理，就急忙下堂而來。接下來講她的形態，「風吹仙袂飄颻舉」就像她曾經跳「霓裳羽衣舞」的時候。「太真」含着淚請道士向君王轉稟，生死一別後音容早已不再。「昭陽殿」是人間的宮殿，「蓬萊宮」是天上的宮殿。「昭陽殿」中斷絕了愛情，在「蓬萊宮」中更是日月難挨。「回頭下望人寰處」，從天上看到人間，找不到長安的方向。所以只能送上金鈿來表達自己的深情。「釵」和「鈿」都是女子的頭飾，但是在這裏，她把「釵」掰開兩半作為信物，自己留一股，又給唐玄宗一股。「合一扇」，不是合起來，而是一扇分成兩扇。「但教心似金鈿堅，天上人間會相見」，希望唐玄宗的心能像金鈿一樣堅固，堅信天上人間終會有相見的一天。

臨別殷勤重寄詞，詞中有誓兩心知。
七月七日長生殿，夜半無人私語時。
在天願作比翼鳥，在地願為連理枝。
天長地久有時盡，此恨綿綿無絕期。

較之道士入場，他退場細節的描寫更是神來之筆。首先，開頭「寄詞」的設計合情合理，極為自然。從故事上來講，道士很需要這份「寄詞」。歷史上有很多道士因為說謊，沒找到仙境而被殺的故事，所以道士要楊貴妃給一句與唐玄宗的私話，道士把這句話講給玄宗聽，玄宗就會相信自己了。「臨別殷勤重寄詞，詞中有誓兩心知」，楊貴妃讓道士帶的寄詞，是只有楊貴妃和玄宗兩個人才知道的誓言內容和發誓的時間、地點。七夕佳節，長生殿夜深無人之時，他們兩個默默訂下了誓詞：「在天願作比翼鳥，在地願為連理枝。」然而天地長久都有其終時，二人的長恨卻綿綿不絕，永無止期。

寄詞這一細節的引入是此詩最後一次大轉折，又把我們帶回到有具體時間、地點的現實世界，而語言也變得尤為淺近。通過這個轉折，詩人顯然要告訴我們，玄宗與貴妃的愛情具有史詩般的意義，不僅因為它超越了現實世界，展現了史詩必有的超現實的維度，更因為這種超現實的愛是建立在今世生活之中的。因此，這個轉折能讓我們每一位讀者產生無限的共情，由衷地感悟到，精誠所至的愛情是超越時空的、是永恆不滅的。

此詩的結尾，可謂餘音繞樑，讓人不勝感慨，這就是藝術的力量，一種讓唐玄宗和楊貴妃藉以獲得救贖的藝術力量。當然，唐玄宗本來就是一個偉大的帝王，在開元、天寶年間帶領唐王朝走上鼎盛。只是天寶之後，因為迷戀楊貴妃，拜其堂兄楊國忠為相，任由外戚專斷朝政，險些葬送了唐王朝。然而，唐王朝急劇衰落，這也不完全歸咎於他和楊貴妃，其中也有當時國家政治暗流湧動、藩鎮割據等內部原因。不管怎樣，這兩位污點重重、遭人唾棄的歷史人物，有幸能夠經過文學巨匠的重塑拔高，贏得了千百年讀者的寬恕和同情，乃至成為忠誠和永恆愛情的楷模。

〈長恨歌〉記錄的是一個備受爭議的帝王與宮妃的私生活，卻能夠打動平民百姓的心，絕對是一個前所未有的文學和文化現象。此現象的產生，無疑要歸功於白居易顛覆性的結構創新。這首長詩的佈局謀篇，精妙絕倫，遵循了陰陽交替的原則，讓玄宗和楊貴妃輪流擔任主角和配角，此顯彼隱，相濟互推，來回穿越於現實和想像世界之間。在此結構框架中，一切剛烈血腥的場面，能刪就刪，不能刪就盡可能縮減。同時，一切能呈現萬般柔情的細節能用就用，疊加變換，不厭其煩。在主要的場景轉換之處，白居易細針密線，工夫尤深，以確保各處銜接天衣無縫，而又富有蘊藉的詩意，如從舞曲到戰鼓的過渡、道士出場和退場的安排。經過這些軟處理，原本陽剛為主的題材和情節，卻成了一首委婉纏綿、感人至深的愛情史詩。

放在更寬闊的文學史的視域中，〈長恨歌〉對文體的藝術創新甚至具有更大的顛覆性。首先我們注意到，貞元年間元稹、李紳分別創作傳奇〈鶯鶯傳〉、〈鶯鶯歌〉，與元和年間白居易〈長恨歌〉、陳鴻〈長恨傳〉，都是在古文運動影響下出現的「歌」與「傳」緊密結合的新興文體，有備具眾體的優點，其中白居易〈長恨歌〉尤為突出。它就是一首「跨詩體」，甚至可說「超詩體」的作品。它具有很多不同詩體的特點，但又不完全歸於哪一種詩體。

這首詩用這麼長的篇幅，講一個人物的一生，我們自然會想到「敘事詩」。在這以前，長篇敘事詩是不多的。著名的就兩篇，一個〈孔雀東南飛〉，一個〈木蘭辭〉。他們都屬於民間的口頭文學作品。其人物特點都比較單一，都是一種美德模範。在甚麼情景之下，做出怎樣的決斷，美德範式其實都是比較固定的。所以從人物刻畫的方面來講，傳統敘事詩並不是那麼豐富，沒有揭示人物性格的方方面面，也不怎麼描述人物心理。所以，如果稱〈長恨歌〉是一首敘事詩，那會出現兩個問題。第一，它和我們傳統上所期望的敘事模式是完全不同的。第二，前面提到，白居易寫這個作品的時候，他的三個朋友覺得這個故事也很值得一寫，所以有所分工，有很自覺的文體區別之意。敘事詩一般以事件為中心，但〈長恨歌〉中唐玄宗和楊貴妃的愛情生活事件本身卻被一筆帶過，敘述的重點成了對心理活動的描寫。我們也可以說，它只有一個敘事的框架，但沒有傳統敘事詩的特點。

說到「愛情詩」，〈長恨歌〉也是非常特殊的一首。首先，在中國傳統的愛情詩中，對愛情本身的描述並不是重點。雖然《詩經》也寫女子對待愛情的迫切的心情、焦急的等待，等等。但後來的愛情詩，往往有一種所謂的隔離感，比如「遊子」和「怨婦」之類。漸漸地，愛情詩就演變為講君臣、主僕關係的一種模式。所以傳統愛情詩的寫作，總是會掉進這個窠臼。有的愛情詩雖然寫得很好，但沒有把愛情的心理本身作為敘述的主體，〈長恨歌〉則把愛情的心理作為其重要的敘述部分。而且〈長恨歌〉中對人物的描寫有一半以上都是寫男方對愛情的心理狀態，這個在傳統愛情詩歌中是極少的。傳統愛情詩歌中，能夠比較深入地挖掘愛情中女子心理活動的都不多，男子的那就更少了。另外，這首作品中的男女方是同時出現的。當一方成為主要人物，另一方就會成為其敘述的背景，哪怕那個人不見於詩句表面，我們也可以感覺到他或她的影子。

要是從「歷史」的角度來看，〈長恨歌〉跟「懷古詩」也有關係，也有懷古的成分。但是它和後來晚唐詠史詩的諷刺風格，比如李商隱、杜牧的詠史詩是沒有甚麼共性的。相比之下，這首詩更為複雜。既有諷刺，又有批評，同時也有很多同情和歌頌，褒和貶在此詩中是同時存在，是難以區分的。這又是白居易在這首詩中超越、創新傳統詩體的一個特點。很多人認為白居易偏向對唐玄宗的同情，是因為安史之亂後的時政日繼衰敗，相比之下人們反倒懷念唐玄宗的時代。但詩人的懷古是比較含蓄的，並沒有在詩中以自己的口吻直接表達出來，而是借助詩中的人物形象，通過對唐玄宗和楊貴妃的愛情生活進行正面為主的描寫，來流露自己思古之幽情。正是有了這種超越簡單道德評判的共情，唐玄宗和楊貴妃的愛情故事才能深深地打動人心。詩人不再是懷古的抒情主體，他成為一個描寫人物情感世界、具有同情心的第三者。這種懷古的書寫，在絕句和律詩中是無法實現的。

〈長恨歌〉還具有「唐傳奇」的色彩，類似於短篇小說。它講愛情，不光講現實中的愛情，還講來世的愛情。雖然雙方陰陽兩隔，但是兩者的愛情仍然在持續，這是一種富有想像性的描述，是傳統愛情詩裏沒有的。雖然〈離騷〉中也有很多對愛情想像的描寫，但那是純粹的想像，而且〈離騷〉裏面的人物性別也很複雜，有的段落讓人覺得敘述者是一個女子，有的時候「女子」又是一個男性理想君主的形象；〈長恨歌〉就很連貫，它構造的生與死兩個世界之中，男女方始終是主角，可以進出陰間和陽間，並且能在兩個世界進行溝通。這種寫法甚至影響了後來的戲劇，元白樸《梧桐雨》、清洪昇《長生殿》等劇的藝術想像空間，均源於這首唐玄宗和楊貴妃的愛情詩篇。〈長恨歌〉大大豐富了中國文學的詩歌傳統，不讀〈長恨歌〉，還真不知道白居易的貢獻有多大。中國詩歌假若沒有白居易〈長恨歌〉這一篇，將會大大失色。

結語：與唐人三境說的對話

上面，我已與大家一起細讀了七十二首唐詩名篇，涵蓋了唐詩的三大部分——律詩、絕句、古體詩，而這三大部分又各自包括五言和七言兩個類別。在每首詩的講解中，一方面，我繼承了歷代詩話的傳統，注重詩歌篇法、章法、句法的分析；另一方面，我又運用現代語言學，將古人無法言明的時空結構、意象互動、語言特色清楚地闡釋出來。實際上，所有這些細讀分析旨在幫助大家充分感受和欣賞每首詩所產生的意境美，並掌握其所以然。

談起「意境」，想必這個詞大家已經很熟悉了。但是要說清楚甚麼是「意境」，以及這個詞是從何而來的，我想很多人會覺得模糊不清。用比較通俗的話來說，我認為，所謂「意境」就是一首詩歌通過語言和音韻喚起我們腦海中視覺和聲覺的景象，而這種內在視聽感受越精妙愉悅、越能喚起超經驗的感悟，其意境就越好，對我們的影響就越深遠，即所謂餘音繞樑，耐人尋味。

現在，我們從「境界」這個概念或審美原則說起，藉以總結這部書的詩歌解讀。

「境」之一字，在中國典籍中有很長的歷史。在佛教引入中國之前，「境」字主要講的是地域、邊界，有時也用來描述純粹精神活動的區域，但沒有涉及哲學內容。或說，在傳統的儒、道兩家文獻中，「境」不屬於一個概念範疇，也沒有深刻的哲學含義。佛教引入中土後，「境」的含義隨之發生改變，原先中土對「境」的理解就是一個客觀外界或純粹的心理活動範圍。佛教的「境」則是從因緣這方面入手討論的，「境」包括主、客觀兩方面，既非純粹的外界，也非純粹的內心，而是兩者互為因緣的一種事相。六境（色、聲、香、味、觸、法）與六根（眼、耳、鼻、舌、身、意）是緣起而生的。由於「境」不能離開根而存在，所以不是一種純粹的客觀，而是與主觀互為因緣的一種存在。一切世界的現象都是六境和六根的緣合，是主客觀相互緣合而產生的。用這樣的概念來描述我們對詩歌作品的審美感受，是十分精妙的。因為作品喚起我們腦海中的形象，既不是純粹的客觀現象，也不是純粹的主觀活動，而是靠語言符號呈現出來的主、客觀互動結合的結果。因此用「境」來表達詩歌藝術，可以說是中國美學史發展的新突破。

「境」在唐代詩學中已經大量出現，唐人已經開始用「境界」論詩。王昌齡的《詩格》提出了「三境說」，不僅對「境」作了分類，還對每一類作了很精妙的闡述。王昌齡已經是我們閱讀的熟客了，作為唐代如此成功的詩人，他當然對詩歌創作以及欣賞十分有心得和發言權了。我們一起來看他的「三境說」：

詩有三境。一曰物境。二曰情境。三曰意境。

物境一。欲為山水詩，則張泉石雲峰之境，極麗絕秀者，神之於心。處身於境，視境於心、瑩然掌中，然後用思，了然境象，故得形似。

情境二。娛樂愁怨，皆張於意而處於身，然後馳思，深得其情。

意境三。亦張之於意，而思之於心，則得其真矣。

首先，他將「境」分成三大類，在他的分類中，「意境」只佔一種，如此說來，我們講唐詩之意境，豈不是只涉及一種「境」——意境？其實不是這樣的。我們今天所說的「意境」是一個寬泛的概念，它可以囊括王昌齡說的「物境」、「情境」和「意境」，可以說，到明清之後，意境、境界這些詞已經變成了一個寬泛的概念。在審美理論的層次上，王昌齡這裏所說的「三境」實際上都同屬現在普遍使用的廣義之「意境」。三境之別僅在於構成的「原材料」和創作方法的不同。如果按照王昌齡「三境」來理解詩歌，那麼當我們將一首詩歸到「物境」、「情境」、「意境」其中一類時，就已經知道這首詩主要是景物描寫、情感描寫，還是純粹的心理想像的描寫，是十分直觀的。

分完了三境，王昌齡先講第一類——物境，「欲為山水詩，則張泉石雲峰之境，極麗絕秀者，神之於心。處身於境，視境於心、瑩然掌中，然後用思，了然境象，故得形似」。首先，「神之於心」是指詩人一種超經驗的直覺觀照，而「瑩然掌中」則表明，「張泉石雲峰之境」經過觀照就變為一種幽遠的、玲瓏透徹的、掌中明珠般的境界。換言之，王昌齡使用「瑩然掌中」的比喻，是從視覺經驗來說明詩人心中「物境」與外境不同之處。「掌中」說明，靜中的直觀是從幽遠的距離觀物，故能納入萬境，呈現出世界的全相。用遠景彰顯直觀所呈現的萬物之境，是王昌齡所習慣使用的手法，其《文鏡秘府論．論文意》有更加細緻的闡述：

> 夫置意作詩，即須凝心，目擊其物，便以心擊之，深穿其境。如登高山絕頂，下臨萬象，如在掌中。以此見象，心中了見，當此即用。

看到「物」便要「以心擊之」，用「心」來與外物互動，方能做到萬象「瑩然掌中」，把所有景物融合在心裏面，超越景物的實相，達到「形似」。這裏的「形似」和《文心雕龍．物色》中「故能瞻言而見貌，印字而知時也」不一樣，王昌齡所說的「形似」，並不是語言描述之準確，以至於我們看到文字就準確地聯繫到具體畫面，他指的更多是對宇宙的體悟，這種描述也能解釋王維詩歌入禪的現象。

在我們講過的五絕山水詩中，巔峰之作當數王維的〈鳥鳴澗〉：「人閑桂花落，夜靜春山空。月出驚山鳥，時鳴春澗中」，這首詩並不像精雕細琢的工筆畫將景物的細枝末節全部刻畫出來，但卻讓人感受到一種極致的「靜」。這種「靜」，正是王維通過那落下的桂花、驚飛的山鳥，心領神會而到達的禪境。他的五律〈終南山〉：「太乙近天都，連山接海隅。白雲回望合，青靄入看無。分野中峰變，陰晴眾壑殊。欲投人處宿，隔水問樵夫」，同樣進入了禪境。這說明王維在觀察景物的時候，做到了「瑩然掌中」，將世界萬物融合在心裏面，了然它們的起落盛衰，最後呈現出來的作品當然是十分精妙的。

接着講情境，王昌齡說：「娛樂愁怨，皆張於意而處於身，然後馳思，深得其情。」這一段話，很多人都摸不着頭腦。「張於意而處於身」是甚麼意思？「深得其情」是甚麼意思？這些問題，在我們讀了這麼多詩歌後，應該能夠試着去深入理解了。我們讀杜甫的詩，最能體會到王昌齡的「情境」之含義。「娛樂愁怨」，杜甫的詩歌沉鬱頓挫、憂國憂民，當以「愁怨」為多，偶爾有像〈聞官軍收河南河北〉有「漫卷詩書喜欲狂」的「娛樂」。而「處於身」可解為詩人對「娛樂愁怨」親身的經歷體驗，「張於意」則是對個人體驗的超越。「意」是藝術的重新創造，詩人要主動下工夫進入想像世界，通過一系列語言技巧，達到「語不驚人死不休」的感覺，這也就引申到了「馳思」或說「思之於心」。比如，我們讀杜甫〈登岳陽樓〉，他「馳思」的過程，就是通過對偶、煉字，以及長句倒裝，寫出震古爍今的名聯「吳楚東南坼，乾坤日夜浮」，與發生在自己身上的「愁怨」之事（「親朋無一字，老病有孤舟」）相對比，即最大程度上「張於意」。他在抒發自己痛苦的時候，還不忘記憂心自己的國家，將自己生活的痛苦和對國家命運的擔憂牢牢結合在一起，故可稱「深得其情」，說出旁人不能道的深情，且引起我們深深的情感共鳴。

最後講意境，這裏王昌齡說得十分簡短：「亦張之於意，而思之於心，則得其真矣。」由於他說得太簡略，所以這一部分讓很多詩論家都很困惑。王昌齡其實想告訴我們，「意境」是針對內容全源自藝術想像的作品而言的。「張之於意，而思之於心」，一切都是心中虛構出的，而憑着藝術的加工，即「意」的營造，詩歌能夠通過虛幻的事物揭示出萬物的真相。我認為，最好的例子不外乎是李商隱的〈錦瑟〉。

錦瑟無端五十弦，一弦一柱思華年。
莊生曉夢迷蝴蝶，望帝春心託杜鵑。

滄海月明珠有淚，藍田日暖玉生煙。

此情可待成追憶，只是當時已惘然。

這首詩既不是觀物，也不是情感的記載，一切都是或真或幻的思想活動（「張於意」），這就是王昌齡所說的狹義之意境了。李商隱的藝術構思是何等之高超，才能把這種心理活動寄託於「意」呢？前面講解〈錦瑟〉時已經指出，這首詩每一聯之間的空間都很大，頷聯、頸聯是十分精妙的對偶句，每一個意象的選擇也很美、很有意味，說明並不是率然寫就的，而是在心裏思考很久、認真構思，才能將複雜的心理活動描述出來。為甚麼說他所描寫的情感是複雜的呢？〈錦瑟〉所描寫的感情，不像喜、怒、哀、樂那麼具體而單一，它是十分複雜的心理活動，從前沒人描述，但李商隱能夠通過藝術的構思「張之於意」，以近乎意識流的寫作手法，揭示出我們能感而不能言的一些心理感受。這就是王昌齡說的「得其真」了，境是幻境，情卻是真情。我們讀李賀古詩〈金銅仙人辭漢歌〉，所感受的也是僅存於想像的意境。

讀了這麼多詩歌，我們不僅欣賞了唐詩境界的偉大，陶冶了自己的性情、藝術修養，還通過實際分析破解了王昌齡「三境說」的真正含義。回想一下之前對詩的分析，我們更能體會王昌齡對詩歌境界總結的精妙之處。參照王氏「三境說」，我們不僅可以發現唐詩不同題材、體裁的特性，還能發現所有好詩的共性，葉燮這段話是最好的總結：

詩之至處，妙在含蓄無垠，思致微渺，其寄託在可言不可言之間，其指歸在可解不可解之會；言在此而意在

彼，泯端倪而離形象，絕議論而窮思維，引人於冥漠恍惚之境，所以為至也。(《原詩》)

的確，大家想一想那些千古傳誦的好詩，是不是都達到了這個境界？杜甫、李白、王維就是通過對句法、章法、篇法的妙用，取得感覺與超感、詩歌藝術與儒道佛世界觀的完美結合，達到了「至虛而實，至渺而近」的審美絕境。

讀到這裏，我想問問大家，你們覺得王昌齡的三境說有甚麼缺陷嗎？本着對古人的懷疑與批評精神，我認為，王氏所說的「三境」全是從視覺想像的經驗展開的，我們讀王維的詩歌已經知道，他的詩裏面聲音描寫十分精妙，可以說離開聽覺描寫，王維詩就難完美地入禪。實際上，很多詩歌都是如此，沒有聲音就失去了光芒。而除了詩歌內的聽覺描寫之外，近體詩本身就是一種完美的聲覺感受，每一首都遵循平仄格律。

當然，很多人都覺得平仄格律學起來十分困難，格式龐雜，這對中文系學生來說歷來都是一個難點。而我在美國教書時，也發現西方的中文教學中，從來沒人觸及平仄的教學。大家試想一下，我們學起來都十分費力，如何教給母語非中文的學生呢？實際上，就近體詩而言，我們是有辦法按照像數學那種精確度把詩歌所有的平仄格律總結出來的。先師高友工以語言學的角度分析詩歌藝術，我受到他的影響，發展了一套十分詳細、直觀的近體詩格律平仄學習方法。以「唐詩之音韻」為題目，我製作了九集視頻，對此新方法作了詳細的解釋。大家感興趣，不妨訪問影片分享網站，看看自己是否可將唐代近體詩平仄格律納入掌中，做到了然於心！

跋

拙著繁體字版得以同步問世，有賴於香港三聯書店總經理葉佩珠女士和總編輯于克凌先生鼎力支持。記得我在一個週五下午與葉總通話介紹此書，並呈送目錄和樣章，想不到週二就收到于總編輯的電郵，告知香港三聯將竭盡全力爭取出版繁體字版。三聯如此信任，我倍覺榮幸，感激不已。繁體版的面世，讓我實現了回饋香港社會、報答嶺南大學支持的願望。

雖說此書稿的撰寫和出版僅用一年多的時間，它卻凝聚了我長年在嶺南大學教研古典詩歌的心得體會。與此書相配套、在影片分享網站上播放的粵語視頻系列《唐詩之意境》也是與嶺南大學的學生團隊一道製作的。這一源自香港的文化產品，若能對香港中小學推廣古典詩歌的教與學有所裨益，若能為廣大香港市民接受和喜愛，那麼我和我的團隊的喜悅和成就感是無法用言語表達的。

香港三聯書店張軒誦先生認真細緻地審校全書，對尚存的訛誤加以勘正，特此鳴謝。

是為跋。

蔡宗齊

2025 年 5 月 1 日

於香港嶺南大學